HEDWIG
COURTHS-MAHLER

Nur aus Liebe, Marlies

HEDWIG COURTHS MAHLER

Nur aus Liebe, Marlies

WELTBILD VERLAG

Genehmigte Lizenzausgabe für
Weltbild Verlag GmbH, Augsburg 1996

Einbandgestaltung: Peter Engel, München
Umschlagmotiv: Eric Bach/Superbild, München
Gesamtherstellung: Presse-Druck Augsburg
Printed in Germany
ISBN 3-86047-991-1

1

Jetzt aber schnell an die Arbeit, die Gastzimmer müssen noch in Ordnung gebracht werden! Marlies, steh nicht wieder da und träume! Ich habe keine Zeit, mich auch noch darum zu kümmern, habe ohnedies alle Hände voll zu tun.«

Marie Elisabeth Mainau, von ihren Verwandten Marlies genannt, kam gerade atemlos nach ziemlich schwerer Arbeit in die Halle herauf. Sie hatte keine Sekunde Zeit gehabt zu träumen, sah übrigens auch gar nicht danach aus, sondern ihre Augen blickten sehr munter und wirklichkeitsnah in die Welt. Sie wußte aber schon aus Erfahrung, daß man ihr hier im Haus meist allerlei andichtete, was ihre Tüchtigkeit in Frage stellte. Deshalb verzichtete sie auf jeden Einwand; es zuckte nur ein kleines Lächeln um ihren Mund, und dann sprang sie die Treppe schon hinauf, um auch diese Aufgabe Tante Beates nach bestem Ermessen zu lösen. Die Tante hatte aber mit scharfen Augen dieses Lächeln erspäht, und es stieg zornige Röte in ihr Gesicht.

»Warum lächelst du so spöttisch, Marlies?« rief sie ihr nach.

Marlies hielt es für besser, diese Frage zu überhören, denn Tante Beate ließ sich in solchen Fällen der »Unbotmäßigkeit« nie von einem längeren Verhör abhalten. Und es war jetzt keine Zeit dazu, wenn alle angemeldeten Gäste gut und bequem untergebracht werden sollten. Ihr Vetter Herbert hatte heute morgen erst mitgeteilt, daß er drei seiner Freunde mit zum elterlichen Gut bringen würde, man solle dafür sorgen, daß seine Gäste gut aufgenommen würden. Vetter Herbert war der einzige Sohn Tante Beates und nach seines Vaters Tod Herr auf Mattenheim, wovon er aber nicht viel mehr Gebrauch machte, als daß er alles, was das Gut abwarf, in Berlin unter die Leute brachte. Arbeit durfte es für ihn nicht geben, auch keine Verpflichtungen, und er übte seine Herrenrechte nur aus, indem er ab und zu mit einigen Freunden im Mattenheimer Herrenhaus das Unterste zuoberst kehrte. Seine Mutter, die mit Marlies so hart umging, sah dem zärtlich geliebten Sohn alles nach und hatte ihn unglaublich verzogen. Immer nahm sie ihn gegen seinen strengen Vater zu dessen Lebzeiten in Schutz, und er erreichte alles bei der Mutter, was der Vater ihm aus erzieherischen Gründen versagt hatte.

Marlies war eine Nichte des verstorbenen Besitzers von Mattenheim, die Tochter seiner einzigen Schwester. Als sie nach deren Tod als zwölfjähriges Mädchen verwaist zurückblieb, nahm der Onkel sie in sein Haus. Daß sie darin bleiben durfte, solange sie selbst es wollte, hatte er letztwillig verfügt, weil er seine Frau kannte und annehmen mußte, daß sie in irgendeiner Laune Marlies einfach auf die Straße setzen könnte.

Aber Frau Beate Mattenheim ließ sich nicht wehrlos eine Nichte aufnötigen, ohne dabei ihren Vorteil zu suchen, und so mußte Marlies fleißig im Hause arbeiten, damit sie – wie Frau Beate meinte – ihr Brot nicht umsonst äße.

Das tat Marlies bestimmt nicht, wollte es auch nicht. Gewissenhaft verrichtete sie jede Arbeit, die man von ihr verlangte, aber ganz wehrlos überließ sie sich dabei doch nicht der Willkür ihrer Tante und ihres Vetters, der, sooft er in Mattenheim war, allerlei besondere Arbeiten für Marlies hatte, damit ihr ja nicht zu wohl würde. Zuweilen trumpfte Marlies auf, wenn man ihr wieder einmal eindringlich klarmachte, wie dankbar sie zu sein hätte für alles Gute, das man ihr antat. Sie sagte dann ganz ruhig und sachlich:

»Onkel Ernst habe ich zu danken, sonst keinem Menschen.

Ich tue freiwillig, was ich tun kann. Und ich tue es gern. Aber, bitte, bedenkt immer, daß ich es freiwillig tue.«

Das erboste Tante Beate selbstverständlich sehr, zumal sie sehr wohl wußte, daß Marlies recht hatte und sie wirklich Hervorragendes im Haus und auf dem Gut leistete. Jedenfalls viel mehr als der jetzige Herr, der ganz Mattenheim hätte verkommen lassen, wenn Marlies und seine unbedingt tüchtige und fleißige Mutter nicht alles in bestem Stand gehalten hätten. Marlies liebte Mattenheim und wollte es um keinen Preis vor die Hunde gehen lassen. Darin wenigstens war sie mit Tante Beate einer Meinung.

Diese fühlte sehr wohl, wenn sie es auch nie eingestand, daß sie sich mit allen Kräften gegen den Untergang stemmen müsse; denn ihr Sohn verbrauchte so viel, daß kaum für die notwendigsten Reparaturen etwas übrigblieb. Und sie selbst war auch nicht stark genug um aufzuhalten, was sich drohend nahte. Sie tat, was sie konnte – aber das reichte eben nicht aus. Und sie ahnte nicht, daß Marlies Mainau ihrem sterbenden Onkel in die Hand gelobt hatte, Mattenheim nicht zu verlassen. Denn er allein hatte erkannt, daß nur Marlies imstande sein würde, das Gut zu halten; sie war ungemein tüchtig, so jung sie auch war.

Marlies hatte ihm gesagt: »Man wird mich nicht im Haus lassen, Onkel Ernst, ich bin hier wahrscheinlich überflüssig, wenn du uns genommen wirst.«

Darauf hatte er geantwortet: »Du darfst dich daran nicht kehren, mein Kind, ich habe deshalb schon in meinem Testament niedergelegt, daß niemand dir verbieten kann, in Mattenheim zu bleiben. Laß es dich nicht anfechten, wenn Tante Beate und mein Sohn Herbert nicht freundlich zu dir sind, denke daran, daß du hier nötig bist, und da du das weißt, wirst du auf dem Posten bleiben. Laß sie reden und bleibe, solange du es irgend ertragen kannst. Mein Segen wird bei dir sein. Und – verrate keinem Menschen, daß ich dein Vermögen, es sind allerdings nur dreißigtausend Mark, die deine Eltern dir hinterlassen haben, in sicheren Papieren auf der Deutschen Bank hinterlegt habe, wo du sie am Tag deiner Mündigkeit abheben kannst. Ich habe schon alles mit meinem Freund Bassermann besprochen, der nach mir die Vormundschaft über dich antreten wird. Du bist erst achtzehn Jahre und kannst noch nicht über dieses Geld verfügen. Karl Bassermann wird es verwalten. Nur wenn du unbedingt etwas brauchst, wende dich an ihn, er wird dir dann von den Zinsen auszahlen lassen, was du unbedingt haben mußt. Aber wie gesagt – halte das geheim, niemand hier im Haus soll wissen, daß du dieses Geld besitzt. Ich fürchte, daß mein leichtsinniger Sohn dich bestimmen könnte, es ihm zu geben. Das darf nicht sein – auf keinen Fall, es soll dich, wie es deine Eltern wollten, vor größter Not schützen. Ich habe es weder meine Frau noch meinen Sohn wissen lassen, daß du dieses Geld geerbt hast. Also – versprich mir das!«

Und Marlies hatte es ihm versprochen und ihr Versprechen gehalten. Jetzt war der Onkel schon ein halbes Jahr tot, und sie hatte nach seinen Wünschen gehandelt. Im Grunde war es diesem achtzehnjährigen Mädchen zu danken, wenn auf Mattenheim noch immer erträgliche Zustände herrschten. Sie war von früh bis spät auf den Füßen in Haus und Keller, Hof und Scheunen. Und sie verstand sehr viel und wußte vor allem richtig mit den Leuten umzugehen, die sie immer wieder bei guter Laune und Arbeitswilligkeit erhielt, auch wenn Tante Beates launenhafte Art diese oft genug verstimmte. Immer renkte Marlies Mainau alles wieder ein, so daß jeder seine Pflicht tat.

Um Tante Beates kleine Feindseligkeiten kümmerte sie sich so wenig wie um die gelegentlichen Flegeleien ihres Vetters, der zum Glück nicht viel zu Hause war. Sie war auch durchaus keine »wehrlose Dulderin«, damit wäre sie in Mattenheim nicht weit gekommen; sie konnte, wenn nötig, recht widerborstig ihr Recht verfechten.

Im Augenblick war sie gerade dabei, die Fremdenzimmer behaglich instand zu setzen. Mattenheim sollte seinen Ruf als gastliches Haus nicht verlieren. Es ging ihr alles flink von der Hand. Zwischen Staubwischen und Blumen in die Vasen ordnen wurde sie verschiedentlich von unten angerufen, bald von der Tante, bald von Untergebenen, die sich irgendeinen Rat bei ihr holen wollten. Mit lachendem Gesicht gab sie diesen Rat oder fuhr auch, wo es nötig war, mit einem kleinen Donnerwetter dazwischen. Tante Beates Ausfälle wehrte sie mit Humor ab und ließ sich weder die Stimmung noch die Arbeitsfreude verderben.

Als sie mit den Gastzimmern fertig war – der Sicherheit halber hatte sie fünf statt drei gerichtet, weil sie wußte, daß Herbert oft mehr Gäste mitbrachte, als er angemeldet hatte –, überblickte sie mit zufriedenem Lächeln ihr Werk und dachte: selbst wenn er wieder Damen mitbringt, ich habe vorgesorgt, wir lassen uns hier im Haus nicht lumpen.

Und dann lief sie hinunter, um noch einmal in der Küche nachzusehen, ob alles klappen würde. Die Küche lag im Kellergeschoß, und sie mußte die Halle durchqueren. Da stand Tante Beate vor einem kleinen weinenden Hausmädchen und kanzelte es ab, daß ihm Hören und Sehen verging. Marlies trat hinzu.

»Was hat Burgerl angestellt, Tante Beate?«

»Es ist zum Auswachsen mit den Hausangestellten – hat die dumme Dirn wieder vergessen, die Teppiche hier in der Halle auszulegen!«

Die Teppiche wurden der Schonung halber zusammengerollt in einem Wandschrank unter der Treppe aufbewahrt, wenn keine Gäste anwesend waren. Burgerl hatte sie am frühen Morgen mit dem Diener auslegen sollen, doch Marlies hatte ihr eine andere Arbeit gegeben. Die Gäste sollten ja erst mit dem Vieruhrzug eintreffen, würden also erst gegen halb fünf hier sein.

Burgerl wollte aber nicht verraten, daß Marlies ihr einen anderen Auftrag gegeben hatte, und heulte nun zum Steinerweichen über die harten Worte Frau Beates in ihre Schürze. Es zuckte um Marlies' Mund.

»Aber Burgerl, warum sagst du der Herrin nicht, daß ich angeordnet habe, die Teppiche sollten erst nach Tisch ausgelegt werden?«

Burgerl ließ die Schürze sinken und sah Marlies an.

»Ich wußte doch nicht, ob ich das sagen durfte, Fräulein Marlies.«

Diese lachte.

»Warum denn nicht, dumme Burgerl? Läßt dich da an meiner Stelle ausschimpfen. Geh nur jetzt, nach Tisch ist noch Zeit, und die Teppiche werden nicht erst schmutzig getreten.«

Burgerl war wie der Wind davon, und Tante Beate wollte nun Marlies abkanzeln, aber diese winkte lachend ab.

»Nur nicht aufregen, Tante Beate, dann bekommt dir die Mahlzeit nicht. Ich denke, wir essen jetzt erst einmal.«

»Immer denkst du nur ans Essen!« murrte die Tante.

Marlies nickte vergnügt.

»Hab' mir auch einen prachtvollen Hunger angezüchtet, Tante Beate. Und heute ist fleischloser Tag; habe von den letzten Winteräpfeln einen Strudel backen lassen. Der wird munden.«

»So? Und wovon sollen wir nun für die Abendkost Kompott bekommen?«

»Selbstverständlich ist auch noch eine Schüssel Apfelmus da, und jetzt eben will ich der Köchin sagen, daß sie morgen schon jungen Rhabarber ernten kann. Salatköpfchen haben wir auch genug, müssen ohnedies Platz machen für andere Schößlinge. Sorge dich nur nicht, wir werden Herberts Gäste schon satt bekommen; dafür liegen wir dann, wie schon oft, ein bißchen krumm, wenn er mit ihnen abgezogen ist.«

»Das sagst du wieder in so spöttischer Weise, Marlies; Herbert ist schließlich der Herr von Mattenheim, und du – «

»Weiß schon, Tante Beate, und ich bin nur die arme Verwandte, die hier das Gnadenbrot ißt. Brauchst keine Angst zu haben, daß ich das jemals vergesse.«

»Das solltest du dir auch immer vor Augen halten. Sind die Gastzimmer endlich fertig?«

»Jawohl, Tante Beate, du kannst sie dir ansehen.«

»Hast du nur drei gerichtet?«

»Nein, fünf!«

»Das ist auch nötig, damit der junge Herr von Mattenheim nicht in Verlegenheit kommt, falls er den einen oder anderen Gast mehr mitbringt.«

»An solche Überraschungen sind wir ja gewöhnt, er soll uns gewappnet finden. Und nun komm zum Essen, damit du erst noch dein Mittagsschläfchen abhalten kannst, ehe die Sintflut über uns hereinbricht.«

»Was für Ausdrücke du immer hast!«

»Laß nur, Tante Beate, es ist nicht bös gemeint.«

Die beiden Damen gingen zu Tisch, nachdem Marlies schnell noch mal in die Küche hinuntergelaufen war und dort den Duft des Apfelstrudels genüßlich in ihr Näschen gezogen hatte. Ach, würde der gut schmecken nach dem mit Arbeit angefüllten Vormittag! Marlies war ein gesundes Mädchen und brauchte nicht in Sorge um ihre schlanke Linie zu sein bei ihrer anstrengenden Arbeit.

Wie immer, wenn die Damen allein aßen, war das Mittagessen sehr bescheiden, aber trotzdem sehr schmackhaft. Die alte Köchin setzte ihren Stolz darein, auch das einfachste Mahl sorgfältig zu bereiten.

Dann sorgte Marlies dafür, daß Tante Beate zu ihrem Ruhestündchen kam; und weil sie sich gar so lieb darum mühte, war die Tante etwas weniger schroff zu ihr als sonst. Wohlig streckte sie sich aus und schloß die Augen, während Marlies leise das Zimmer verließ. Die alte Dame mußte ganz still bei sich denken, daß es zuweilen doch sehr angenehm war, Marlies in Mattenheim zu haben. Das hätte sie aber um keinen Preis ausgesprochen.

Marlies aber machte sich nun daran, den Teetisch nett und einladend zu decken. Sie legte sechs Gedecke auf, stellte aber zwei weitere auf die Anrichte, so daß sie nur eingeschoben zu werden brauchten. Und während sie hantierte, blieb sie plötzlich sinnend mitten im Zimmer stehen und rief sich das Bild eines Mannes vor Augen, das sich ihr ins Herz geschlichen hatte. Sie wußte, daß er auch heute unter Herberts Gästen sein würde, wie schon oft. Zwar konnte sie nicht verstehen, daß sich dieser Mann zu Herberts Freunden zählte, weil seine ganze Art der ihres Vetters in jeder Hinsicht unähnlich war. Sie hatte erwartet, er werde nur eine flüchtige Bekanntschaft sein und ein zweites Mal nicht wiederkommen, aber er hatte sich doch wieder eingestellt, jedesmal, wenn Herbert mit Freunden nach Mattenheim kam. Und so sehr sie sich dagegen wehrte, Lutz Bergmann hatte ihr junges Herz schon beim ersten Zusammentreffen erobert, wenn sie das auch keinem Menschen, nicht einmal sich selbst, eingestand.

Nun sollte sie ihn heute wiedersehen, und das Herz klopfte ihr bei diesem Gedanken bis zum Hals, so sehr sie sich auch darüber ärgerte. Lächerlich von ihr, an diesen Mann zu denken. Er beachtete sie gar nicht, obwohl Herberts andere Freunde sich sehr um ihre Gunst bemühten, da sie ein schönes Mädchen war. Lutz Bergmann schien das nicht zu bemerken, er hatte eine etwas überlegene, spöttische Art und war anscheinend immer kühl, beherrscht und jeder Lage gewachsen. Das machte ihn ihr gerade interessant, und es tat ihr ein wenig weh, daß er sie so gleichgültig übersah. Sie warf bei diesen Gedanken den Kopf trotzig zurück. Mochte er sich doch ausgiebig mit den jungen Damen unterhalten, die zuweilen in Herberts Begleitung waren – er sollte unbedingt glauben, daß sie dem ganz gleichgültig zusah. Wenn ihr auch darüber das Herz in Stücke zu gehen drohte, er sollte gewiß nichts davon merken. Und schließlich war es doch keine

Empfehlung für ihn, daß er sich in der seichten Gesellschaft um ihren Vetter wohl zu fühlen schien und er sich angelegentlich mit den oberflächlichen Modepuppen befaßte, die mit Herbert und dessen Freunden zuweilen nach Mattenheim kamen. Sie konnte überhaupt diese modernen jungen Damen nicht ausstehen, die sich wie ungezogene Jungen benahmen und den Männern sehr deutlich entgegenkamen. Daß hierbei die Eifersucht mitsprach, hätte sie sich niemals eingestanden. Sie wußte aber, daß Tante Beate diese Damen auch nicht besonders schätzte und nur ihrem Sohn zuliebe liebenswürdig zu ihnen war. Eine von ihnen sollte eine reiche Erbin sein, und auf diese hatte Herbert Mattenheim es abgesehen. Aber es war sehr wohl zu merken, daß Fräulein Lulu Strauß sich viel mehr für Lutz Bergmann interessierte und ihn in ihre Netze zu ziehen suchte. Das war ihr freilich nicht zu verdenken, denn Herbert war ein fader, blonder nichtsnutziger Schlingel, der dem lieben Gott die Tage abstahl, Lutz Bergmann dagegen ein sehr interessanter und anscheinend vollwertiger Mensch. Er mußte aber trotzdem an der aufdringlichen Art von Fräulein Lulu Strauß Gefallen finden, da er sich viel mit ihr beschäftigte. Mochte er! Aber einen tiefen Zorn – und einen nagenden Schmerz – empfand Marlies bei diesem Gedanken doch.

Vielleicht tut er es nur, weil sie reich ist. Die Männer wollen ja alle reiche Frauen haben, dachte sie ingrimmig und warf stolz den Kopf zurück. Aber sie ergab sich nicht ganz wehrlos und wünschte nur, diesem Fräulein Lulu Strauß einmal ordentlich die Meinung sagen oder ihr sonst etwas antun zu können, um ihrem Ärger Luft zu machen. Nein – Marlies gehörte durchaus nicht zu den sanften Frauen, die klaglos alle Widrigkeiten des Schicksals auf sich nehmen. Aber was konnte sie dieser reichen Erbin antun? Wenn sie doch heute wenigstens nicht dabei sein würde!

Heftig riß sie sich aus ihren Gedanken und mühte sich mit flinken Händen weiter, den Teetisch hübsch herzurichten. Dann ging sie noch einmal hinunter in das Kellergeschoß, wo sich die Wirtschaftsräume und die Dienstbotenzimmer befanden, gab in der Küche noch einige Anweisungen und eilte hinauf in ihr Zimmer, um sich umzukleiden. Dazu brauchte sie heute entschieden mehr Zeit als sonst. Sie wählte lange unter ihrem bescheidenen Kleidervorrat, ehe sie sich für ein schlichtes, aber sehr hübsches hellblaues Leinenkleid entschied. Sorgfältig kämmte sie das in weichen, natürlichen Wellen um ihr feines Köpfchen fallende Haar, über dessen goldbraunen Ton die Sonne metallische Lichter streute. Dabei schauten ihre lichten Grauaugen, die – ein entzückender Gegensatz – von ganz dunklen Brauen und Wimpern umsäumt waren, scharf prüfend in das zart blühende Gesicht. Sie gefiel sich durchaus nicht, und widerborstig schnitt sie eine Grimasse.

Das erleichterte sie ein wenig. Hastig drehte sie sich auf dem Absatz herum und trat an das Fenster, von dem aus sie den Weg übersehen konnte, auf dem das große Auto herankommen mußte, das man zur Bahn geschickt hatte. Vor ihrem Blick lag bis zum Wald sanft abfallendes Wiesengelände, und ringsum türmten sich die Berge, als müßten sie das weite Tal beschützen.

Es war ein herrliches Landschaftsbild, mit allen Reizen der bayrischen Berge geschmückt. Mattenheim lag nicht südlich genug, als daß die Berge hier besonders hoch gewesen wären, aber bei klarem Wetter konnte man oben von der Anhöhe, auf der sich das Herrenhaus erhob, in der Ferne die Schneehäupter der Bayrischen Alpen liegen sehen.

Während Marlies hinausschaute, wurde ihr das Herz leichter. Schön war es doch in Mattenheim, das ihr eine zweite Heimat geworden war. Und der liebe Gott würde helfen, daß es erhalten bleiben konnte. Sie wollte jedenfalls ihr Onkel Ernst gegebenes Wort halten und ihre junge Kraft in die Speichen stemmen, wenn die Räder abwärts rollen wollten. Ein wenig besser ging es ja schon, und hoffentlich bescherte der liebe Gott eine gute Ernte. Das Vieh sollte dieser Tage auf die Alm hinauf, wie in jedem Frühjahr. Da mußte ebenfalls vorgesorgt werden. Die Sennerinnen mußten gut ausgestattet werden mit allem, was sie brauchten.

Da war sie schon wieder mitten in ihren Sorgen um das Gedeihen von Mattenheim. Erschrocken fuhr sie auf, als sie jetzt das Auto aus dem Wald biegen sah.

Sie erkannte sofort, daß es reich besetzt war, also Herbert mehr als drei Gäste mitbrachte. Anscheinend war auch eine Dame dabei, denn ein langer Schleier flatterte mit dem Wagen heran. Ob das wieder diese unausstehliche Lulu Strauß war?

Schnell huschte Marlies hinunter und fand Tante Beate schon mit rotgeschlafenem Gesicht und umgekleidet in der Halle vor. Marlies mußte ihr schnell noch eine Spitzengarnitur um den Hals feststecken, dann war die Tante bereit, die Gäste ihres Sohnes und diesen selbst zu begrüßen, Marlies aber eilte in das Zimmer, wo der Teetisch gedeckt war, und schob auf alle Fälle die beiden bereitstehenden Gedecke zwischen die andern. Auch zwei Sessel rückte sie noch an den Tisch heran, denn ein Blick aus dem Fenster zeigte ihr, daß außer den angemeldeten drei männlichen Gästen noch zwei weibliche mitgekommen waren. Unter diesen zu Marlies' Leidwesen auch Fräulein Lulu Strauß. Nun aber ging sie pflichtgemäß hinaus in die Halle, um die Gäste zu begrüßen und dafür zu sorgen, daß sie in den für sie bestimmten Zimmern untergebracht wurden.

Eigentlich sah sie aber nur Lutz Bergmann, dessen hohe Gestalt die andern um ein gutes Stück überragte. Leider mußte sie aber auch sehen, wie er sich bemühte, den langen Schleier zu lösen, den Fräulein Strauß zu fest um ihren kleinen Hut geknüpft hatte. Daß Lulu Strauß ihn dazu aufgefordert hatte, wußte sie nicht, sie glaubte, es sei ein freiwilliger Ritterdienst, und das tat ihr weh.

Als sie ihren Vetter begrüßte, meinte dieser, ein fadblonder, schlanker Mensch mit ziemlich verlebten Zügen:

»Na, Marlies, schnell, schnell, schaff Platz auch für die beiden Damen, die sich uns angeschlossen haben, um uns die Langeweile des Landaufenthaltes zu vertreiben.«

Marlies sah ihn ernst und ruhig an und sagte kurz: »Es ist alles schon bereit – wir wissen ja, daß du uns immer Überraschungen bereitest.«

»Hoffentlich keine unangenehmen, Fräulein Mainau«, meinte Lulu Strauß, indem sie mit einem gefallsüchtig dankbaren Augenaufschlag ihren gelösten Schleier aus Lutz Bergmanns Händen entgegennahm.

Marlies stieg eine zornige Röte ins Gesicht.

»Ich habe hinzunehmen, was mein Vetter zu beschließen für gut findet; denn er ist der Herr von Mattenheim.«

Das klang durchaus nicht demütig und ergeben, sondern genau so aufsässig, wie Marlies dabei zumute war.

Herbert gab ihr einen kleinen Stoß.

»Also mach schnell, führe meine Gäste in ihre Zimmer und sorge dann für Tee und Zubehör. Und es ist sehr gut, daß du dir immer wieder in Erinnerung rufst, daß ich hier der Herr bin.«

Mit ihren leuchtenden Augen sprühte sie ihn an.

»Das brauchst du mir nicht zu sagen, ich weiß schon, was ich zu tun habe. Bitte, meine Herrschaften, wollen Sie mir nach oben folgen.«

Und ruhig, mit erhobenem Haupt, schritt Marlies die Treppe hinauf. Sie sah nicht den strahlenden Blick, den Lutz Bergmann hinter ihr her sandte. Mit einigen Sätzen war er an ihrer Seite.

»Ich bekomme hoffentlich dasselbe Zimmer, das ich schon einige Male bewohnt habe, mein gnädiges Fräulein?«

Schnell sah sie von der Seite zu ihm auf.

»Ja«, erwiderte sie nur kurz.

»O weh, Ihre Ungnade erstreckt sich auch auf mich armen unschuldigen Sterblichen?«

Sie hörte den leisen Spott aus seinen Worten und sah ihn mit funkelnden Augen an.

»Ich hindere Sie nicht, sich ebenfalls von meiner Ungnade betroffen zu fühlen, Herr Bergmann.«

»Und warum gilt sie auch mir?«

»Sie gilt Ihnen nicht im besonderen, sondern als Mitglied der ganzen Gesellschaft, die uns mein Vetter ins Haus geführt hat.«

»Ah, so feindlich sind Sie gegen Ihre Gäste eingestellt?«

»Ich habe niemals Gäste. Sie sind die Gäste meines Vetters, des Herrn von Mattenheim.«

»Gut, unterscheiden wir genau. Aber – ist es nicht eigentlich Ihre Pflicht, die Gäste des Hauses willkommen zu heißen?«

»Eigentlich gehört das mit zu meinen Pflichten, aber – Sie werden doch schon oft genug darauf hingewiesen worden sein, daß ich eine ziemlich pflichtvergessene, widersetzliche Person bin.«

Er sah von der Seite auf sie hinab. Es lag etwas Unerklärliches in seinem Blick, das ihr eine jähe Röte ins Gesicht trieb.

»Widersetzlich? Das stimmt! Ein Trotzkopf mit vielen Stacheln. Aber für pflichtvergessen halte ich Sie nicht – im Gegenteil. Ich habe beobachtet, daß Sie es sehr ernst mit Ihren Pflichten nehmen. Nur hindert Sie wohl Ihr Dickkopf, auch mir und den übrigen Gästen gegenüber Ihre Pflicht, liebenswürdig zu sein oder wenigstens zu scheinen, zu erfüllen.«

Sie hatte ihm mit geröteten Wangen zugehört und öffnete nun die Tür zu seinem Zimmer. Als hätte sie seine letzten Worte nicht gehört, sagte sie ruhig und eisig:

»Hier ist Ihr Zimmer, Herr Bergmann – wenn Sie noch etwas bedürfen, bitte zu klingeln.«

Marlies wandte sich ab und schritt den andern voran den langen Gang hinunter. Unterwegs öffnete sie ein Zimmer nach dem andern, nannte den Namen der Gäste, die jeweils das Zimmer bewohnen sollten. Das für Fräulein Lulu Strauß lag am weitesten entfernt von dem Lutz Bergmanns. Dieser hatte hinter Marlies hergesehen, und um seinen Mund zuckte ein heimliches

Lächeln. Seine Augen blitzten auf, als er bemerkte, daß Fräulein Strauß ganz hinten am letzten Ende des Ganges untergebracht worden war. Als Marlies wieder zurückkam, mußte sie an ihm vorüber. Sie sagte sich, er habe nur hinter ihr her gesehen, um zu erfahren, wo Fräulein Strauß wohnen sollte, und wollte schweigend an Lutz vorübergehen, aber er vertrat ihr den Weg.

»Sie haben Fräulein Strauß woanders untergebracht als sonst.«

Ein unbeschreiblicher Blick aus ihren Augen, der ihrem Gesicht einen seltsam weichen Ausdruck gab, flog zu ihm hoch.

»Hat sie sonst in einem andern Zimmer gewohnt?« fragte sie nachlässig.

»Ja – ich glaube hier dicht neben dem meinen.«

»Das hatte ich schon für Herrn von Selbitz zurechtmachen lassen. Es wird Ihnen hoffentlich nichts ausmachen, daß Fräulein Strauß Ihnen etwas ferner gerückt ist«, stieß sie in schmerzlichem Zorn hervor.

Und dann lief sie davon, die Treppe hinab. Er sah ihr nach. Es lag ein gutes Lächeln um seinen Mund. Schnell betrat er sein Zimmer und machte sich zurecht.

Marlies aber tat das Herz furchtbar weh. Es erschien ihr immer sicherer, daß Lutz Bergmann Lulu Strauß liebte. Wie sehr er sich für die Lage ihres Zimmers interessierte! Das hatte er übrigens ihr zu verdanken, denn mit Absicht hatte sie Lulu Strauß aus seiner Nähe fortgeschafft, weil sie beobachtet hatte, daß beide sich noch aus ihren Fenstern heraus unterhalten hatten, während alle andern Gäste längst schon schliefen.

Bei einem noch spät durch den Garten unternommenen Rundgang hatte Marlies das zu beobachten vermocht.

Das wußte sie aber nicht, daß Lutz ganz harmlos noch eine Zigarette am offenen Fenster geraucht hatte, als auch Fräulein Lulu Strauß am Fenster ihres Zimmers erschien und ihn gleich in ein Gespräch zog. Das war ihm ganz und gar nicht willkommen gewesen. Er hatte damals Marlies über den Gartenweg huschen sehen und konnte sich nun sehr leicht erklären, warum Fräulein Strauß entfernt von ihm untergebracht worden war.

Und wieder spielte ein weiches, gutes Lächeln um seinen Mund.

2

Eine halbe Stunde später füllte Marlies am Teetisch die Tassen der Gäste und reichte ihnen leckere Fleischbrötchen und kleine knusperige Kuchen, sie versorgte auch alle mit Zucker, Zitrone und Sahne und auf Herberts besonderen Wunsch auch mit Arrak. Am Tisch herrschte eine lustige, angeregte Unterhaltung. Sie war beinahe zu laut und burschikos, in Anbetracht dessen, daß auch Damen zugegen waren. Es wurden unzählige Zigaretten geraucht, mehr oder minder gute Witze gemacht, und die Hausfrau, Herberts Mutter, und Marlies wurden dabei als ziemlich überflüssig empfunden. Sie störten, wenigstens nach Ansicht der beiden weiblichen Gäste, die Gemütlichkeit. Diese beiden Landpomeranzen waren mehr als rückständig, sahen immer sehr betroffen aus, wenn mal ein offenes, forsches Wort fiel. Diesen beiden gegenüber mußte man sich immerhin etwas vorsehen, und das mochten diese jungen Leute nicht, die sich wenig um Zucht und Sitte kümmerten und sich nur nach ihrem Belieben ausleben wollten.

Tante Beate zwang freilich ein gequältes Lächeln um ihren Mund und versuchte vor allem Fräulein Lulu Strauß gegenüber so liebenswürdig wie möglich zu sein, weil sie in dieser reichen Erbin schon die Frau ihres Sohnes sah. Dieser fahlblonde, verlebt aussehende junge Mann, der seine schlottrigen Glieder faul in einen Sessel geflegelt hatte, die Hände in den Taschen und mit gewollt betonter Lebemannsmanier den Rauch seiner Zigarette von sich blies, war aber durchaus nicht Lulus Geschmack.

Ihr gefiel Lutz Bergmann viel besser, und diesem machte sie immer wieder durch den leichten Rauch ihrer Zigarette hindurch verliebte Augen, was sie aber die anderen nicht merken ließ. Nur Marlies merkte das alles, und ihre sonst so hellen, strahlenden Augen wurden dunkel vor heimlicher Empörung. Lulu Strauß lockte es nun, ihren Witz ein wenig an Marlies zu üben und sie sagte nachlässig über den Tisch hinüber zu ihr:

»Sie entsetzen sich wohl heimlich über unsere losen Redensarten, Fräulein Marlies?«

Diese richtete sich zu Lutz Bergmanns Vergnügen sofort kriegerisch auf und sagte kühl:

»Nicht nur heimlich! Im übrigen heiße ich für Fremde Fräulein Mainau.«

Lulu Strauß maß diese arme Verwandte des Gutsherrn mit ein wenig erstaunten, zugleich aber auch empörten Blicken. Wie kam dieses arme Mädel, das hier, wie sie wußte, das Gnadenbrot aß, zu solcher Anmaßung? Schon wollte sie zu einem heftigen Ausfall ausholen, da nahm Herbert ihr das Wort vom Mund weg und sagte zornig zu seiner Base:

»Ich bitte mir einen liebenswürdigeren Ton aus meinen Gästen gegenüber, Marlies! Was fällt dir ein, so anmaßend zu sein!«

Marlies sah ihn furchtlos an, warf auch einen heimlich forschenden Blick zu Lutz Bergmann hinüber, um zu ergründen, ob sie ihn ebenfalls mit ihren kühlen, abweisenden Worten geärgert hätte. Er blickte sie aber lächelnd an; ein Lächeln war es, das sie für Spott hielt. Das reizte sie nur noch mehr. Ihren Vetter nun groß ansehend, sagte sie ruhig und bestimmt:

»Ich wurde von Fräulein Strauß lediglich nach meiner Meinung gefragt; im übrigen bemerkte ich nur, daß ich als Fräulein Mainau angeredet zu werden wünsche, da ich ja Fräulein Strauß auch nicht Fräulein Lulu nenne.«

»Aber da besteht doch ein großer Unterschied«, sagte Herbert zornig.

»Ah, du meinst, weil Fräulein Strauß eine reiche Erbin ist und ich nur eine arme Verwandte, die hier deiner Meinung nach das Gnadenbrot ißt?«

»Nun ja, da du es selbst aussprichst, muß ich das bestätigen.«

»Aber ich bin nicht einer Meinung mit dir, Herbert; denn ich verdiene mir ehrlich mein Brot und – außerdem war es eine letztwillige Verfügung deines Vaters, daß ich in Mattenheim eine Heimat haben sollte, solange es mir beliebt.«

Inzwischen hatte Tante Beate sich von ihrem Ärger über das unbotmäßige Benehmen ihrer Nichte erholt und warf ziemlich giftig hin:

»Und es wird dir sehr lange belieben.«

Ruhig sah Marlies in ihre Augen.

»Mindestens so lange, wie Mattenheim meiner bedarf, Tante Beate, das weißt du sehr wohl. Und solange Herbert hier nicht seine Pflichten als Gutsherr erfüllt, will und muß ich für ihn eintreten. Das habe ich seinem sterbenden Vater versprochen, und ich werde es halten.«

Dieser Meinungsaustausch drohte sich zuzuspitzen, deshalb lenkte Lutz Bergmann ein. Er hatte sich gefreut über Marlies' Tapferkeit.

Lange schon studierte er ihr Wesen, und er kam hauptsächlich mit nach Mattenheim, um sie wiederzusehen. Denn an dem Verkehr mit Herbert und Leuten seiner Art lag ihm blitzwenig. Er war im Besitz eines großen Vermögens, dachte aber nicht daran, sich auf die faule Haut zu legen. Von Beruf Geologe, hatte er große Forschungsreisen gemacht und stand im Begriff, über ihre Ergebnisse ein Werk zu schreiben.

Marlies hatte ihm gleich großes Interesse abgenötigt. Er staunte darüber, mit welcher Ausdauer sie ihre Pflicht erfüllte, ohne sich knechten und demütigen zu lassen. Immer wieder ließ er sich von Herbert bestimmen, seine selbsterteilte Urlaubszeit in Mattenheim zu verbringen, obgleich ihm an dem Verkehr mit

Herbert Mattenheim wenig gelegen war. Aber wenn er hörte, daß dieser sich auf das Gut begeben wollte und er gebeten wurde, ihn zu begleiten, da es draußen auf dem Land gar zu langweilig sei, nahm er jedesmal die Einladung an, nur um Marlies Mainau endlich wiedersehen zu können. Er freute sich ihres furchtlosen, kampfbereiten Wesens, das ganz anders war als die Oberflächlichkeit der modernen jungen Damen seiner Gesellschaftskreise. Und wenn es auch nicht seine Art war, schnell und unüberlegt eine aufblühende Neigung Macht über sich gewinnen zu lassen, wollte er die heimlich Geliebte doch immer wieder beobachten und sich und sie gründlich prüfen. Denn für leichte Liebeleien war er nicht zu haben, und eine festere Bindung einzugehen, ehe er sich genau über alles unterrichtet hätte, war er bei seinem tiefgründigen Wesen nicht imstande. So gab er sich vorläufig den Anschein, ein Herz und eine Seele zu sein mit den leichtfertigen Gästen des Hauses Mattenheim. Allein sobald er bemerkte, daß Marlies ihm ebensowenig gleichgültig gegenüberstand wie er ihr, als er erkannte, daß sie auf Lulu Strauß eifersüchtig war, wurde ihm wärmer und immer wärmer ums Herz.

Sie verhielt sich, weil er ihr nicht gleichgültig war, ihm gegenüber stets sehr abweisend, und verriet eben dadurch, wie es um sie stand.

Um sie aus ihrer Zurückhaltung herauszulocken, erweckte er hin und wieder den Anschein, als gehe er auf Lulus Entgegenkommen ein.

So war es auch heute wieder. Er schlug einen Spaziergang durch den Park vor, und man brach auf. Lulu Strauß hängte sich gleich in seinen Arm, und weil die Herren in der Überzahl waren, schob sie ihren anderen Arm unter den des Hausherrn. Herbert Mattenheim war so sehr von seiner Unwiderstehlichkeit überzeugt, daß er Lutz Bergmann als Rivalen nicht fürchtete. Mit dünkelhafter Miene nahm er den Platz an Lulus anderer Seite ein. Es eilte ihm noch gar nicht, sich den Goldfisch einzufangen, weil er damit auch seine Freiheit aufgeben mußte. Seine Mutter hätte es gern gesehen, wäre er etwas forscher vorgegangen, allein sie wagte nicht ihm Vorhaltungen zu machen, denn Herbert konnte manchmal so unausstehlich sein, daß selbst die eitle Mutter sich dadurch verletzt fühlte.

Zu Lutz Bergmanns Verdruß schloß Marlies sich dem Spaziergang nicht an, obwohl die anderen Herren sie dringend dazu aufforderten. Er selbst sagte kein Wort, sondern ging anscheinend ganz zufrieden mit den anderen davon. Marlies sah noch, wie er ritterlich besorgt eine warme Hülle um Lulus Schultern legte, denn es war an diesem Frühlingstag im Freien noch recht frisch. In ihrem reizenden Gesicht zuckte es vor unterdrücktem Kummer. Das sah Lutz noch im Fortgehen, und er wäre sehr gern bei ihr geblieben. Aber er war zu ehrenhaft, Hoffnungen in ihr zu erwecken, solange er noch nicht den festen Entschluß gefaßt hatte, ihr seine Hand anzubieten.

Marlies wurde sehr schnell aus ihrem Kummer aufgerüttelt durch eine geharnischte Strafpredigt ihrer Tante.

»Du hast dich wieder einmal unglaublich benommen, Marlies. Wie konntest du Herbert gegenüber so auftrumpfen auf dein Recht, in Mattenheim zu bleiben. Immerhin muß er dir als Herr von allem hier doch seine Erlaubnis dazu geben.«

Marlies strich sich über die Stirn, um einige widerspenstige Löckchen zurückzulegen, und sagte dann mit einer gewissen Müdigkeit:

»Laß nur gut sein, Tante Beate, ihr solltet doch beide wissen, daß ich nicht in diesem Ton mit mir reden lasse. Ich tue meine Pflicht, scheue mich vor keiner Arbeit und verlange Anerkennung für meine Leistung, die ihr mir immer wieder versagt. Eure versteckten Drohungen, mir die Tür vor der Nase zuzumachen, schrecken mich nicht. Denn erstens hat Onkel Ernst mir wirklich Heimatrecht zugesichert, und zweitens bin ich fest davon überzeugt, daß alles hier drunter und drüber gehen würde, wenn ich ginge. Sonst – das kannst du mir glauben, wäre ich schon längst auf und davon.«

»Das sagst du so! Was wolltest du anfangen, wenn du von hier fortgehen müßtest?«

»An einer anderen Stelle auf dieser Erdkugel arbeiten und eine Pflicht erfüllen; du kannst versichert sein, daß ich mich nirgends schlechter stehen würde. Aber nun laß uns dieses unerfreuliche Thema beenden – ich habe noch zu tun.«

Damit ging Marlies hoch erhobenen Hauptes davon, um in der Küche allerlei für die Abendtafel zu bestellen und Vorräte herauszugeben.

Frau Beate hatte wieder einmal den kürzeren gezogen, das mußte sie einsehen. Sie wäre viel weniger scharf und hart zu Marlies gewesen, wenn diese sich in Demut ihrem Willen gefügt hätte. Das lag aber Marlies durchaus nicht. Und zu ihrem Leidwesen sah Beate Mattenheim in besinnlichen Stunden sehr wohl ein, daß man ohne Marlies hier in Haus und Hof nicht weit kommen würde. Selbst auf den Wiesen und Feldern wußte diese besser Bescheid als der langjährige Inspektor, mit dem zusammen sie alles besprach, was draußen bei der Bewirtschaftung von Mattenheim geschehen mußte.

Frau Beate fand es zwar unerhört, daß dieses achtzehnjährige Mädchen so viel zu leisten vermochte, aber wo wären sie alle hier geblieben ohne ihr Eingreifen. Da mußte wirklich erst Herbert für immer nach Hause kommen und sich um die Wirtschaft kümmern. Aber vielleicht tat er das, wenn er heiratete. Und so Gott wollte, würde er Lulu Strauß heimführen. Diese gefiel ihr freilich durchaus nicht, aber sie hatte viel Geld, und dieses Geld würde Mattenheim zugute kommen. Also mußte man alles tun, um diese Partie zustande zu bringen. Als Frau würde Lulu sich schon den ziemlich freien Ton abgewöhnen, man konnte ja auf sie einwirken.

Was Lulu wohl gesagt hätte, wüßte sie, welche Hoffnungen Frau Beate Mattenheim auf sie setzte?

Lulu war im Augenblick eifrig bemüht, ihre zwei Begleiter gegeneinander auszuspielen. Sie kam Herbert Mattenheim stark entgegen, um Lutz Bergmann eifersüchtig zu machen und ihn aus seiner Zurückhaltung herauszulocken. Weit davon entfernt anzunehmen, irgendein Mann könne imstande sein, ihr Entgegenkommen zu übersehen, war sie in bezug auf sich selbst mindestens ebenso eingebildet wie Herbert. Nicht nur auf ihr Vermögen, sondern auch auf ihre Persönlichkeit. Denn man schmeichelte ihr überall. Sie war auch durchaus nicht häßlich, sogar durchaus ansehnlich, und wenn sie sich zu beherrschen verstanden hätte, wäre sie sehr ansprechend gewesen. Aber sie forderte von aller Welt Beachtung und Bewunderung und nahm als sicher an, daß sie jeden Mann erobern könnte, den sie nur haben wollte. Es dauerte ihr schon zu lange, bis Lutz Bergmann mit einer Werbung herauskam, und deshalb zeigte sie heute einmal Herbert ein so besonderes Entgegenkommen, daß dieser geschmeichelt lächelte und ihren Arm ziemlich kräftig an sich drückte, als wollte er damit sagen: Liebes Kind, gedulde dich nur noch ein Weilchen, eines Tages werde ich dich schon zur Frau von Mattenheim machen.

Lulu verstand diesen Druck sehr gut, aber sie dachte nicht daran, Herbert von Mattenheim ernst zu nehmen. Lutz Bergmann hattte ihr sprödes Herz besiegt.

Sie setzte jetzt alles daran, ihn zu erobern. Keine Ahnung kam ihr, daß er eine andere Frau lieben könnte. Sie bezweifelte nicht, daß er nur ihretwegen in Mattenheim sei, denn auch ihr wollte es scheinen, als könne zwischen Herbert von Mattenheim und seinen anderen Bekannten und Lutz Bergmann keinerlei freundschaftliche Bindung bestehen. Sie wußte sehr wohl, daß letzterer ein ganz anderer Charakter war, und obwohl sie selbst besser zu den leichtlebigen Menschen paßte, lockte es sie viel mehr,

Lutz Bergmann für sich zu gewinnen. Aber so hoch dachte sie doch nicht von ihm, daß sie annehmen konnte, er sei völlig unempfindlich gegen ihre Millionen.

Er würde schon zu besiegen sein. Sicherlich fehlte ihm nur der Mut, seine Werbung bei ihr anzubringen. Zu diesem Mut mußte ihm irgendwie verholfen werden. Und deshalb begann sie sehr deutlich mit Herbert zu liebäugeln, damit Lutz Bergmann eifersüchtig gemacht würde.

Dieser reagierte aber leider nicht darauf. Lulu Strauß war ihm nicht nur gleichgültig, sondern geradezu zuwider. Er konnte diese Art Frauen nicht verstehen und mochte sie nicht.

Inzwischen schaffte Marlies eifrig in Haus und Küche und trat nur zuweilen an eines der Fenster, ob sie Herbert mit seinen Gästen erblicken könnte. Gerade, als sie wieder eifrig spähend am Fenster des Speisezimmers stand, trat ihre Tante ein und sah Marlies müßig stehen.

»Aber Marlies, soll wieder alles auf meinen Schultern ruhen? Da stehst du nun und schaust zum Fenster hinaus, als gäbe es im Haus nicht alle Hände voll zu tun.«

»Es ist alles fertig, Tante Beate, du brauchst dich um nichts mehr zu kümmern. Und auch ich ziehe mich jetzt zurück, um mich zur Abendtafel fertigzumachen. Oder hast du noch Wünsche?«

»Ich wüßte nicht. Du kannst gehen. Aber frisiere dich nicht so auffallend; Fräulein Strauß darf nicht in den Schatten gestellt werden von dir, es könnte sie verletzen.«

Marlies richtete sich mit einem Ruck empor.

»Ich kann mich Fräulein Strauß zu Gefallen nicht in eine Vogelscheuche verwandeln, Tante Beate, mein Haar ist nicht anders zu frisieren, ich kämme es nur einfach durch, dann fällt es, wie es will.«

»Aber Fräulein Strauß hat nun mal etwas sprödes und struppiges Haar, und sie könnte dich beneiden um deine natürlichen Locken. Deshalb könntest du dein Haar etwas mehr bändigen.

Es ist wirklich recht auffallend, wie dir das Haar in das Gesicht fällt. Wie ein Kinostar siehst du aus.«

»Mein Aussehen hat mir der liebe Gott gegeben, ich will und kann das nicht ändern. Aber sei nur ganz ruhig – Fräulein Strauß wird von mir bestimmt nicht in den Schatten gestellt, sie ist reich, und ich bin arm. Deshalb wird sie den Männern stets begehrenswerter erscheinen als ich.«

In diesem Augenblick kam die Post. Frau Beate sah sie durch. Außer einigen stark nach Parfüm duftenden Briefchen an Herbert, geschäftlichen Briefen und einigen Zeitungen war auch ein Schreiben an Frau Beate darunter. Sie drehte es unbehaglich in der Hand hin und her, denn sie wußte gleich, von wem es kam. Eine Kusine ihres Mannes, eine verwitwete Frau Oberst von Breul, die, seit sie Witwe war, in einem Damenstift lebte, hatte es abgeschickt.

Albertine von Breul oder, wie sie sich immer nennen ließ, Frau Oberst von Breul, war sozusagen der Schrecken der Familie. Sie meldete sich meist ganz überraschend und fast immer zu unpassender Zeit zu Besuch an, dehnte ihre Gastspiele stets sehr lange aus und hielt es für ihre Pflicht, ihren Anverwandten unter dem Motto wohlgemeinter Aufrichtigkeit viel Unangenehmes zu sagen. Ebenso pflegte sie das Haus bis in die abgelegensten Winkel zu durchstöbern, um festzustellen, ob überall gut Staub gewischt sei. Das war sozusagen ihre Lebensaufgabe, und vor ihrem Erscheinen gab es daher überall erst ein großes Generalscheuerfest, um ihr keinen Anlaß zum Tadel zu geben.

Frau Beate ahnte, daß wieder ein Besuch von Tante Albertine, wie Herbert diese seit seiner Kindheit zu nennen pflegte, bevorstehe. Schnell riß sie den Brief auf und las:

»Teure Beate!

Es ist wieder einmal Frühling geworden, und ich erinnere mich, wie schön der Lenz in den bayerischen Bergen ist. Es ist selbstverständlich Voraussetzung, daß noch Schnee auf den Gipfeln liegt. Um mir diesen herrlichen Ausblick wieder einmal zu verschaffen, werde ich Euch auf längere Zeit besuchen. Ihr wartet doch noch einige Tage, bis Ihr das Vieh auf die Almen schickt? Ich bin gar zu gern dabei, wenn es unter Geläut seiner Glocken davonzieht, unter der Obhut der Sennerinnen und Sennbuben. Leider werde ich nicht so lange bleiben können, bis die Kühe im Herbst blumengeschmückt und strotzend vor Kraft und Leben wieder abgetrieben werden. Später könnte ich aber im Herbst noch einmal für einige Zeit zurückkommen, um auch diesen Anblick zu genießen. Inzwischen gehe ich dann mit meiner Freundin, der Generalin Spenzer, an den Thuner See, wo mir der Hochsommer immer so besonders gut bekommt. Also länger als bis Ende Juni könnte ich diesmal nicht bleiben, doch hole ich im Herbst vielleicht nach, was ich jetzt werde versäumen müssen. Also erwarte mich am nächsten Sonnabend; ich reise, wie du weißt, immer sonnabends, wenn es möglich ist, weil man dann gleich einen Sonntag vor sich hat. Bitte, richte mein Zimmer wieder nach der Südseite, wie ich am liebsten wohne. Marlies weiß das schon und wird mir alles behaglich machen. Grüße Herbert herzlich von mir, hoffentlich bekomme ich ihn in Mattenheim zu sehen. Er befindet sich doch wohl noch immer hauptsächlich in Berlin, wo man sich in der Gesellschaft tolle Sachen von ihm erzählt. Hoffentlich sind die nur zur Hälfte wahr, was auch noch mehr als genug sein würde. Ich werde ihm einmal auf den Zahn fühlen. Bei mir läßt er sich kaum noch sehen, obwohl unser Stift so nahe bei Berlin liegt. Aber die Jugend, meine liebe Beate! Wir wurden doch ganz anders erzogen. Also Sonnabendnachmittag gegen halb fünf Uhr bin ich in Mattenheim, und wir werden uns über das Wiedersehen freuen.

Sei gegrüßt von Deiner

Albertine.«

Mit einem Seufzer ließ Frau Beate den Brief sinken. Das war eine unliebsame Überraschung. Tante Albertine zwischen den Gästen ihres Sohnes – großer Gott, was mochte daraus werden! Und wie viele Mühe die alte Dame zu machen pflegte, war ihr genugsam bekannt. Sie brachte regelmäßig ihre alte Dienerin Pauline mit, die beinahe ebenso anspruchsvoll war wie ihre Herrin. Für einige Monate setzte Albertine Breul sich immer fest, und der einzige frohe Tag, den man mit ihr verlebte, war der ihrer Abreise.

Herbert würde schön zornig sein, wenn er von diesem Besuch hörte.

3

Marlies war, ahnungslos, welche Überraschung ihrer harrte, nach oben gegangen, um sich ein wenig aufzufrischen. Ihr Zimmer lag dem des Fräulein Strauß schräg gegenüber, und nachdem Marlies sich ihre Sachen zurechtgelegt hatte, hörte sie Herbert mit seinen Gästen zurückkommen.

Man machte viel Lärm dabei, schrie sich etwas zu, lachte und knallte die Türen. Am lautesten wurde die Tür von Fräulein Strauß zugeschlagen. Sie hatte ihre Jungfer nachkommen lassen, weil sie behauptete, nicht ohne diese auskommen zu können. Und nun schien diese Jungfer irgend etwas falsch gemacht zu haben, denn Marlies hörte, als sie ihre Tür öffnete, einen Schwall von Schimpfworten aus Lulus Zimmer herausdringen, der von sehr viel Unbeherrschtheit und ungebändigter Wut zeugte.

Wie würde Fräulein Strauß sich erst innerhalb ihrer eigenen vier Wände aufführen, wenn sie schon in fremden Häusern, wo sie Gast war, so rücksichtslos vorging?

Leise schloß Marlies wieder ihre Tür und machte sich fertig.

Dabei beschäftigten sich ihre Gedanken mit der Szene drüben. Und sie fragte sie, was Lutz Bergmann wohl von einer derartigen Szene denken würde. Überhaupt, ob er wohl ahnte, welche Charaktereigenschaften diese junge Dame besaß? Wußte er, daß sie lügenhaft, gefallsüchtig, ränkevoll und ziemlich gewöhnlich war? Ihre Eltern waren entweder sehr nachsichtig gewesen, oder sie hatten selbst nicht gewußt, wie sich ein gebildeter Mensch benehmen muß. Lutz Bergmann wollte ihr schon leid tun, aber dann warf sie den Kopf zurück. Warum sollte sie sich deswegen das Herz schwer machen? Lulus Reichtum würde ihm wahrscheinlich alles vergolden, er wollte ihre Fehler gar nicht sehen, sonst hätte er längst gewahr werden müssen, daß sie nicht nur ihm, sondern auch anderen ausgiebig schöne Augen machte. Warum sollte sie ihn also bedauern? Wenn er sie zur Frau erwählte, mochte er sehen, wie er mit ihr fertig wurde.

»Er ist eben selbst nicht viel mehr wert als sie«, sagte sie vor sich hin. Aber es tat ihr viel weher, als sie es sich eingestehen wollte.

Und dann rief sie sich wieder selbst zur Ordnung. Was kümmerte es sie, wenn er mit einer solchen Frau unglücklich wurde? Er verdiente es nicht anders, wenn er sich durch ihren Reichtum blenden ließ. Denn lieben konnte er sie unmöglich, sie war doch eine unausstehliche Kokette – und schön auch nicht, trotz ihrer auffallend eleganten Toiletten, mit denen sie den Männern die Augen verblenden wollte. Schamlos sah sie zuweilen aus, ja, schamlos. Aber mochte sie es. Und Lutz Bergmann war es nicht wert, daß man sich um ihn kümmerte – ja, man ärgerte sich bloß, weil er so blöd und dumm in sein Unglück hineinrannte. Aber mochte er, ihr war es gleichgültig. Nein, noch mehr – sie haßte ihn, ja, sie haßte ihn, daß ihr zuweilen alles weh tat davon. Das konnte nur Haß sein! Ach, wenn sie nur ihm und ihr etwas antun könnte – ja, so sehr haßte sie diese beiden Menschen, daß sie das mit allen Fasern ihres Herzens ersehnte.

Und Marlies vergrub sich wütend und zugleich schmerzbewegt in diesen Haß, der doch nichts war als verborgene Liebe.

Jetzt mußte sie aber wieder hinuntergehen, wo Tante Beate ihr mitteilte, daß Tante Albertine am Sonnabend zu längerem Besuch kommen würde.

»Die hat mir gerade noch gefehlt, diese anspruchsvolle Person in all dem Trubel. Was sollen wir nur anfangen?«

Marlies mußte lachen. Tante Albertine war auch für sie eine Prüfung, aber trotzdem ein amüsantes Original. Sie pflegte zu sagen, daß Tante Albertine so viel grimmigen Reiz habe wie Adele Sandrock im Film.

»Ach, Tante Beate, laß es dich nur nicht verdrießen, Tante Albertine ist gar nicht so schlimm, wie es einem im ersten Augenblick erscheint. Wir werden auch diesmal mit ihr fertig werden und sie im übrigen mit Humor ertragen.«

»Ich verstehe nicht, wo man Humor hernehmen soll, wenn sie im Haus ist.«

Wieder mußte Marlies lachen. Ihre Tante Beate und Humor, das waren unvereinbare Begriffe. Das durfte sie ihr aber nicht sagen.

»Es wird schon alles gehen, Tante Beate, überlaß Tante Albertine mir.«

»Nun, sie wird wie gewöhnlich im ganzen Haus herumstöbern und jeden Winkel prüfen bezüglich seiner Sauberkeit.«

»Dann hat sie wenigstens etwas zu tun.«

»Aber denke dir den Aufstand, wenn sie wirklich irgendwo ein Stäubchen entdeckt.«

»Oh, sie ist dann glücklich für den ganzenTag und denkt sich immer neue Strafpredigten für uns aus. Sehr oft wird sie nicht dazu kommen, denn, gottlob, wir haben keine Staubwinkel im Haus, es sei denn auf dem Speicher, wo die alten Kisten und Koffer aufbewahrt werden. Aber auch der Speicher hat kürzlich ein großes Frühjahrsscheuerfest durchgemacht, und auch da wird sie nur wenig Staub finden – die Arme.«

»Ach, wie du das nur wieder sagst.«

Marlies hatte bei dieser Unterhaltung ihr schweres Herz ein wenig vergessen – ebenso ihren »Haß«. Sie besichtigte die Tafel im Speisezimmer, rückte hier und da noch etwas hübscher zurecht und gab nach der Küche Weisung, daß angerichtet werden könne. Die Hauptmahlzeit wurde in Mattenheim nach englischer Sitte am Abend eingenommen, und wenn Herbert mit Gästen anwesend war, kam man immer in großer Toilette zu Tisch. So geschah es auch heute. In wenigen Minuten erschienen die Gäste in Abendanzügen, die Herren im Smoking, die Damen in eleganter großer Toilette. Selbst Marlies hatte ein schlichtes schwarzes Abendkleid angelegt und ebenso Tante Beate. Sie betonten beide in ihrem Anzug, daß sie noch um Onkel Ernst trauerten.

Herbert Mattenheim hatte freilich seinen Vater längst vergessen. Er war immer äußerst streng gegen ihn gewesen, weil er sehr wohl erkannt hatte, daß sein einziger Sohn ein ziemlich wertloser Mensch war. Wie sehr seinen Vater diese Erkenntnis geschmerzt hatte, ahnte Herbert gar nicht einmal. Jedenfalls hatte er seinen Vater nie geliebt, wie er auch seine Mutter nicht liebte, sondern im Grunde nur sich selbst.

Und so war es ihm gar nicht lieb, durch die Trauerkleider seiner Mutter und seiner Base daran erinnert zu werden, daß man immer noch in einem Trauerhaus weilte. Er hatte jedenfalls nicht vor, darauf irgendwelche Rücksicht zu nehmen. Die Stimmung wurde bei Tisch wieder sehr laut. Nur Lutz Bergmann erschien, wie immer, ernst und zurückhaltend und warf nur zuweilen einige sarkastische Worte in die Unterhaltung.

Lulu Strauß liebäugelte wieder heftig mit ihm und ebenso mit Herbert und den anderen.

Und Marlies quälte sich mit dem herum, was sie ihren Haß nannte, denn sie fand, daß Lulu Strauß ein widerwärtiges Geschöpf sei. Allerdings war die andere Dame, ein Fräulein von Stratz, auch nicht liebenswerter. Auch sie kokettierte, warf mit kessen Sätzen um sich und rauchte nach Tisch eine Zigarette nach der anderen. Aber für Fräulein von Stratz empfand Marlies nur kühle Abneigung, an Haß grenzten ihre Gefühle für sie nicht.

Als die Mutter erzählte, daß Tante Albertine sich für Sonnabend angemeldet habe, zog Herbert seine Stirn ärgerlich zusammen.

»Was will denn das alte Fossil? Du solltest ihr abschreiben, Mama, weil du das Haus schon voller Gäste hast.«

»Das würde sie nur erst recht herlocken, sie würde versichern, in einem Mausewinkel Platz zu haben.«

»Und dann das halbe Haus für sich beanspruchen, das kennen wir schon.«

»Aber Herr von Mattenheim, ist das Ihre vielgerühmte Gastfreundschaft«, neckte Lulu ihn und blies den Rauch ihrer Zigarette ungeniert dem Hausherrn ins Gesicht.

»Sie kennen eben Tante Albertine nicht, mein gnädiges Fräulein.«

»Also bitte, beschreiben Sie sie!«

Das tat Herbert.

»Stellen Sie sich eine beleibte Dame von Gardemaß vor, mit immer drohenden Augen, umwölkter Stirn und im Besitz von des Basses Grundgewalt. Sie kann einen das Gruseln lehren, wenn sie mit ihrer Nase in alle Geheimnisse hineinwittert. Dabei wuchtet sie von früh bis spät durch das ganze Haus, um zu erspähen, in welcher Ecke zufällig nicht Staub gewischt ist. Dann geht ein Strafgericht auf meine Mutter oder Marlies nieder, und bei dieser Gelegenheit bekomme ich dann auch jedesmal ein paar Liebenswürdigkeiten ab, weil ich mich nicht besser um Mattenheim kümmere. Eine besondere Spezialität von ihr ist, ihre Taschentücher überall herumliegen zu lassen und dann jeden Anwesenden auf die Suche danach zu schicken. Sie tut das mit dem Scharm eines preußischen Unteroffiziers, obwohl man sie beileibe nicht anders als Frau Oberst anreden darf, falls man nicht, wie ich, die unerhörte Bevorzugung genießt, sie Tante Albertine nennen zu dürfen, obwohl sie berechtigten Anspruch hat, Großtante genannt zu werden. Wenn man sich bei ihr einschmeicheln will, muß man ihr sagen, daß sie genau wie Adele Sandrock aussehe und denselben Scharm habe wie diese. Das glaubt sie auch, nur pflegt sie mit einem verschämten Lächeln zu sagen, daß Adele Sandrock mindestens zehn Jahre älter sei als sie. Aber wenn ich auch nicht weiß, wie alt oder wie jung die Sandrock ist – meiner Tante Albertine traue ich schon dasselbe Alter zu.«

Lulu Strauß jubelte auf.

»Ihre Tante Albertine scheint ein Original zu sein. Und das wollten Sie uns neidisch vorenthalten?«

Herbert seufzte auf.

»Noch etwas habe ich vergessen. Sie glaubt sich berechtigt dazu, immer die Wahrheit zu sagen, solange diese keine Schmeichelei enthält, sondern nur mehr oder weniger gepfefferte Grobheiten. Sie ist von einer balkenbiegenden Rücksichtslosigkeit.«

Es hatte bei dieser Beschreibung schelmisch um Lutz Bergmanns Mund gezuckt. Auch er freute sich auf die Bekanntschaft mit Tante Albertine und zitierte lächelnd:

»Doch erfrischend wie Gewitter
Sind zu Zeiten
Goldne Rücksichtslosigkeiten.«

Herbert lachte ärgerlich auf.

»Nun, lassen Sie sich erfrischen, lieber Herr Bergmann – Sie werden schnell genug davon bekommen.«

»Ich glaube nicht. Wenn ein Mensch nur den Mut hat, Original zu sein, dann bin ich mit allem ausgesöhnt. Schablonenmenschen kann ich nicht leiden.«

Nachdenklich sah Marlies zu ihm hinüber. Wenn er Schablonenmenschen nicht leiden konnte, warum verkehrte er in dieser Gesellschaft? Auch Fräulein Strauß war nichts weiter. Das mochte er aber nicht zugeben, denn sie war von dem Glanz ihrer Millionen in einen vorteilhaften Rahmen gehüllt. Das hob sie für ihn wohl aus der Schablone heraus.

Wieder stieg es heiß und zornig in ihr empor. Oh, wie sie ihn haßte – das wurde immer schlimmer. Und Lulu Strauß haßte sie noch viel mehr.

Sie nahm jetzt dem Diener das Tablett mit den Mokkatassen ab und füllte diese mit dem duftenden Trank, den sie selbst auf der Maschine bereitet hatte. Dann ließ sie von dem Diener das Tablett mit Zuckerschale und Rahmkanne herumreichen. Herbert stellte Zigaretten bereit und Liköre, mit denen sich auch die beiden Damen bedienten.

Lulu Strauß setzte sich an den Flügel und gab einige Schlager zum besten, die nicht ganz einwandfrei waren, aber begeisterten Beifall fanden. Sie sah dabei spöttisch zu Marlies hinüber, die sehr rot geworden war, als sie die leichtfertigen Worte anhören mußte. Wieder regten sich Haß und Verachtung in Marlies' Herzen. Sie schämte sich für Lulu Strauß. Aber Fräulein von Stratz gab ebensolche Lieder zum besten – Marlies wünschte sich weit fort. Sie sah ganz entsetzt zu Lutz Bergmann hinüber. Konnte diesem wirklich eine Frau gefallen, die solche Worte in den Mund nahm? Sein Blick begegnete dem ihren, und sie erschrak darüber, seine Augen hatten einen seltsam weichen Ausdruck.

Konnten diese leichtfertigen Lieder ihm so gefallen, daß seine Augen einen derartigen Ausdruck bekamen?

Ach, welche Macht hatte das Geld, es vergoldete alles – alles.

Und sie hätte am liebsten geweint. Selbstverständlich nur aus Haß und Zorn, wie sie sich einredete.

Plötzlich trat Lutz Bergmann zu ihr heran, als Fräulein von Stratz wieder ein leichtfertiges Lied vortrug. Auch Tante Beate mußte sich zwingen, ruhig zuzuhören. Marlies stand dicht neben ihr, als brauche sie einen Schutz. Lutz neigte sich zu den beiden Damen nieder:

»Sie sollen sich einmal draußen auf der Terrasse den Mond und den Sternenhimmel ansehen, meine verehrten Damen, es lohnt sich schon, die Gesellschaft auf ein Weilchen zu verlassen.«

Tante Beate erhob sich sofort und ging mit Lutz hinaus. Marlies schloß sich ihnen an. Sie fürchtete, daß das Lied, das Fräulein von Stratz begonnen hatte, wahrscheinlich die andern an Schamlosigkeit noch überträfe und daß Lutz Bergmann nicht wollte, daß Tante Beate es hören sollte. Daß er sie selbst schonen wollte, weil er das Lied genugsam kannte, ahnte sie nicht.

Eine Weile standen sie draußen auf der Terrasse. Es bot sich ihnen ein wundervolles Bild. Über den Schneehäuptern der fernen Berge stand der Mond in voller Klarheit, und die Sternbilder traten leuchtend hervor. Im Tal lagen die dunklen Tannenwälder und dazwischen die Laubbäume mit dem feinen Blattgeriesel, das sich hinausgewagt hatte in den derben Bergfrühling. Wie schön das war, wie beruhigend, wie rein! Marlies' Brust hob sich in befreiten Atemzügen. Ihre zarte Gesichtslinie hob sich von dem dunklen Hintergrund ab wie eine feine Gemme, und wieder sah Lutz den Ausdruck eines heißen Schmerzes in ihren Augen. Wie liebte er sie darum, wie sehr entzückte sie ihn in ihrer herben, frischen Reinheit. So jung war sie und so tapfer. Wie hoch stand sie über den beiden Damen da drinnen.

Er ahnte nicht, daß Lulu Strauß ihm ärgerlich nachgesehen hatte, als er mit Frau von Mattenheim und Marlies verschwand. Es tröstete sie gar nicht, daß Lutz und Marlies nicht allein waren. Zum ersten Mal empfand sie heftige Eifersucht auf Marlies, die sie ohnedies nicht leiden mochte, weil sie in ihren Augen »eine blöde Tugendgans« war. Jetzt aber fürchtete sie, dieses arme Aschenbrödel könnte ihr in den Weg treten. Dieser Gedanke trieb sie plötzlich empor, und auch sie trat auf die Terrasse hinaus, wo sie die drei Personen nebeneinander an der Brüstung stehen sah – Lutz in der Mitte.

Mit einem Scherz zwängte Lulu sich zwischen Lutz und Marlies und sagte lachend:

»Also hier wird in Mondscheinzauber geschwelgt. Kann man da mithalten, meine Herrschaften?«

Dabei schob sie ihren Arm in den von Lutz Bergmann, der sehr bedauerte, daß Marlies von seiner Seite gedrängt wurde.

Er sagte aber doch artig und höflich:

»Bitte sehr, mein gnädiges Fräulein, der Mond und der Sternenhimmel sind bereit, sich noch von mehr Augen bewundern zu lassen.«

Lulu hatte ganz und gar keinen Sinne für Naturschönheiten. Sie wollte jedoch Lutz gefallen und drängte ihn seitwärts zur Terrassentreppe.

»Kommen Sie, Herr Bergmann, lassen Sie uns einen Gang durch den Garten machen, er sieht wundervoll aus im Licht des Mondes.«

Das war Lutz eine unangenehme Aufforderung, er wäre viel lieber an Marlies Mainaus Seite geblieben, konnte jedoch nicht so ungezogen sein, Lulus Wunsch zu überhören. So sagte er zu Frau von Mattenheim und Marlies:

»Wenn es den Damen recht ist?«

Frau von Mattenheim war durchaus nicht gewillt, Lulu Strauß mit einem so gefährlichen Mann wie Lutz Bergmann allein zu lassen, sie wollte dafür sorgen, daß die Aussichten ihres Sohnes nicht gefährdet wurden.

»Das können wir ja tun. Komm, Marlies!«

Diese war aber nicht gewillt, mit anzusehen, wie Fräulein Strauß sich um Lutz Bergmann bemühte und ihm schöne Augen machte.

»Ich muß ins Haus, Tante Beate, ich habe noch einiges anzuordnen, du entschuldigst mich. Bist ja in guter Gesellschaft.«

Und ehe ihre Tante antworten konnte, hatte sie sich herumgewandt und war davongegangen. Niemand sah, daß zornige Tränen ihre Augen füllten. Es war ihr ein Trost, daß Tante Beate wenigstens mit da draußen war und Lutz Bergmann mit Lulu

Strauß nicht allein durch den mondbeschienenen Garten ging. Sie mißgönnte Lulu das Zusammensein mit Lutz. Das hätte sie sich aber nie eingestanden. Wieder einmal sagte sie vor sich hin:

»Wie ich sie hasse – beide, ja, ich hasse sie.«

Die sonst über ihre Jahre gereifte Marlies war in dieser Beziehung wie jedes andere noch sehr junge Mädchen. Sie redete sich ein, den jungen Mann zu hassen, den sie doch im Grunde liebte.

Sie machte sich im Haus zu schaffen, um im Salon keinen leichtfertigen Gesprächen zuhören zu müssen, und ahnte nicht, daß Lutz sehr wenig von dem Spaziergang erbaut war. Ahnte nicht, wie unmißverständlich er von Fräulein Strauß abrückte, wenn sie sich zu eng an ihn schmiegte. Er hatte auch ihre Hand sehr ruhig von seinem Arm gestreift und diesen dafür Frau von Mattenheim geboten. Lulu war im stillen sehr ärgerlich auf ihn und noch ärgerlicher auf Marlies, die ihnen diese langweilige Tante »aufgehalst« hatte, wie sie es bei sich nannte.

Als Lutz nach einer Weile erklärte, es sei zu kühl für die Damen, widersprach sie nicht, und so kehrten alle drei ins Haus zurück.

Lutz sah sofort, daß Marlies nicht bei den anderen saß, und ahnte, daß sie vor ihren leichtfertigen Gesprächen geflohen war. Lulu aber war wütend, Marlies jetzt nicht erreichen zu können, denn sie sehnte sich danach, ihren Zorn an der unschuldigen Marlies auszulassen. Endlich kam Marlies zurück, um die Tante zu fragen, ob man ihrer noch bedürfe.

»Sonst möchte ich mich zur Ruhe begeben, Tante Beate.«

»Ach, schon zu Bett gehen?« fragte Lulu spitz. »Sie sind wohl eine kleine Schlafmütze, jetzt soll es doch erst vergnügt werden.«

Marlies sah sie groß und ernst an.

»Ich bin hier überflüssig, und morgen früh muß ich um fünf Uhr schon wieder auf dem Posten sein.«

Lulu ärgerte sich über Marlies' Ruhe, sie wollte sie unbedingt kränken.

»Mein Gott, Fräulein Mainau, Sie verstehen es, einem Ihre

Vortrefflichkeit immer wieder vor Augen zu halten. Ohne Sie würde Mattenheim wohl gar nicht bestehen können?«

Marlies sah kühl und abweisend in ihr Gesicht. Sie fühlte, daß Lulu Strauß sie reizen wollte. Aber sie war nicht dazu geschaffen, sich herausfordern zu lassen, ohne mit gleicher Münze zu dienen.

»Sie haben recht – Mattenheim könnte schwer ohne mich bestehen.«

Lulu funkelte sie bösartig an und sah aufreizend zu Herbert hinüber.

»Haben Sie gehört, Herr von Mattenheim, Ihre Base hält sich hier für unentbehrlicher als Sie selbst.«

Herbert hatte aber keine Lust, sich mit Marlies in einen Streit einzulassen, weil er dabei immer den kürzeren gezogen hatte. Darum sagte er nur achselzuckend:

»Gegen Anmaßung läßt sich nichts machen.«

Marlies ging an ihm vorbei zur Tür.

»Sonst hättest du dieses Mittel wohl längst bei dir selbst anwenden müssen. Gute Nacht, allerseits.«

Damit verließ sie das Zimmer, ohne noch einen Blick zurückzuwerfen, so sehr Lutz Bergmann sich auch danach sehnte, daß sie ihn noch einmal ansehen möchte.

Oben in ihrem Zimmer warf Marlies sich weinend auf ihr Lager. Eifersucht hatte sie bisher in ihrem Leben noch nicht kennengelernt, und sie ahnte nicht einmal, daß es Eifersucht war und kein Haß, was ihr das Herz so sehr bedrückte.

4

Am anderen Morgen war Marlies schon einige Stunden tätig gewesen, als Herbert und seine Gäste sich vom Lager erhoben.

Diese hatten bis lange nach Mitternacht zusammengesessen und gelärmt und gelacht.

Marlies war gerade dabei, die Frühstückskörbchen mit frischem Gebäck zu füllen und sie auf den großen runden Frühstückstisch zu stellen, als Lutz Bergmann eintrat. Seine Augen leuchteten zu Marlies hinüber.

»Guten Morgen, mein gnädiges Fräulein!«

»Es genügt, wenn Sie mich Fräulein Mainau nennen.«

»Aber mir genügt das nicht«, erwiderte er lächelnd.

Sie warf den Kopf trotzig zurück.

»Ich bin aber durchaus kein gnädiges Fräulein.«

»Allerdings, mir scheint, daß Sie im Gegenteil sehr ungnädig sind, wenigstens mir gegenüber.«

»Ich habe keine Veranlassung, Sie anders zu behandeln als die anderen Gäste meines Vetters.«

»Mir scheint doch, daß Sie mit mir eine Ausnahme machen.«

»Ich möchte wissen, warum!«

»Das möchte ich auch gern wissen, aber Sie behandeln mich am schlechtesten von allen Anwesenden.«

»Das bilden Sie sich bloß ein. Es können Ihnen nicht alle Menschen so liebenswürdig entgegenkommen wie Fräulein Strauß«, entfuhr es ihr wider Willen.

Sie ahnte nicht, daß sie sich ihm dadurch wieder einmal verriet.

»Das ist aber schade«, neckte er sie ein wenig.

Sie sah nur flüchtig zu ihm auf, aber er gewahrte, daß ihre Augen feucht glänzten. Es tat ihm furchtbar leid, und er hätte sie sehr gern ein wenig getröstet, vielleicht hätte er es auch getan, aber in diesem Augenblick trat Lulu Strauß hastig ein, sah sich im Zimmer um und sagte spitz:

»Oh, hoffentlich störe ich nicht!«

Lutz hätte ihr gern gesagt, daß sie sogar sehr störe, aber Marlies sah sie vernichtend an, von oben bis unten, und ging schnell hinaus, um das Frühstück auftragen zu lassen.

Lulu wandte sich achselzuckend an Lutz.

»Diese kleine Hausangestellte hat sich ein Benehmen angewöhnt wie eine Prinzessin.«

Lutz richtete sich abwehrend auf.

»Fräulein Mainau ist so gut wie die Tochter des Hauses.«

Lulu trieb der Zorn die Röte ins Gesicht.

»Ach, machen Sie doch keine Geschichten, Herr Bergmann, was heißt hier Tochter des Hauses? Sie ißt hier das Gnadenbrot, und weiter nichts!«

»Ich meine, daß sie sich das wirklich reichlich verdient.«

»Sagt sie! Mir scheint, Sie wollen sie verteidigen. Gelüstet es Sie vielleicht nach einer kleinen Liebschaft mit dieser durchaus nicht häßlichen Marlies? Sie ist wohl sehr entgegenkommend?«

Lutz stieg dunkle Röte in die Stirn.

»Ich würde Ihnen raten, mein gnädiges Fräulein, vorsichtiger mit der Ehre einer Geschlechtsgenossin umzugehen. Fräulein Mainau ist arm und muß ihre Ehre sorgsamer behüten als manche reiche Erbin.«

Sie sprühte ihn an.

»Wollen Sie mich damit in Vergleich ziehen?«

»Ich will nichts, als Fräulein Mainau verteidigen, weil sie eine hilflose Frau ist.«

»Ach, haben Sie sich doch nicht so. Hilflos ist Fräulein Mainau gewiß nicht, sie pflegt sehr kräftig wiederzuschlagen, wenn man etwas von ihr will.«

»Ja, sie ist sehr tapfer, aber – man sollte sie nicht in die Notwendigkeit versetzen, sich verteidigen zu müssen.«

Sie trat nahe an ihn heran und sah gefallsüchtig zu ihm auf.

»Sind Sie nicht doch ein wenig in sie verschossen?«

»Nein!« erwiderte er hart und kalt. Er war ja wirklich nicht »verschossen« in Marlies, sondern er liebte sie. Auf einmal war ihm das klar geworden. Lulu nahm das aber anders auf. Sie glaubte ihm unbedingt und meinte, er lehne damit jedes wärmere

Interesse für Marlies ab. So schob sie ihre Hand in seinen Arm.

»Ich gönne ihr auch nicht, daß sie Ihnen etwas gilt, Lutz Bergmann.«

Er trat rasch zurück.

»Ich höre die anderen kommen«, sagte er ruhig und ging an seinen Platz am Frühstückstisch.

Sie konnte nichts erwidern, weil die anderen wirklich eintraten. Lutz aber sagte sich, daß Fräulein Strauß sehr weit gegangen sei mit ihren Worten und daß er gut tun würde, ihr möglichst auszuweichen.

Gespannt wartete er auf Marlies' Rückkehr, aber sie ließ sich nicht mehr beim Frühstück sehen. Gleich nachdem sie das Zimmer verlassen hatte, war sie auf ihrem Rad ins Dorf gefahren, wo sie allerlei Einkäufe und Bestellungen zu machen hatte. Niemand vermißte sie – außer Lutz Bergmann.

Lulu Strauß aber wandte kaum ihre Augen von Lutz. Sie wollte ergründen, welchen Eindruck ihre Worte auf ihn gemacht hatten. Daß man ihn sozusagen mit der Nase darauf stoßen mußte, daß er Aussichten bei ihr habe, erschien ihr klar. Und sie beschloß, ihm nicht mehr zu gestatten, sich weiter so zurückhaltend zu benehmen wie bisher.

Um ihm noch besonders einzuheizen, liebäugelte sie wieder sehr auffällig mit Herbert, der sich das gnädig gefallen ließ und bei sich beschloß, eines Tages Lulu Strauß für diese Bemühungen mit seiner ganzen für ihn sehr wertvollen Persönlichkeit zu belohnen.

Nach dem Frühstück begaben die jungen Leute sich auf den Tennisplatz, wo Lulu und Fräulein von Stratz einerseits und Herbert und Herr von Selbitz andererseits ihre Kräfte miteinander messen wollten. Lulu wußte, daß sie bei diesem Sport immer gut abschnitt. Man hatte ihr sogar oft genug versichert, daß sie eine ungewöhnlich anmutige Spielerin sei. Wenn das nun auch nicht ganz wörtlich genommen zu werden brauchte, so war immerhin gewiß, daß sie nirgends eine bessere Figur machte als beim Tennisspiel.

Lutz und der andere Gast gaben die Zuschauer ab. Von Lutz konnte man allerdings nur behaupten, daß er dabei saß, denn seine Gedanken suchten Marlies Mainau, die er trotz aufmerksamsten Umherspähens nicht mehr im Haus gesehen hatte.

Als die Tennispartie reichlich eine Stunde gedauert hatte und zugunsten der beiden Damen entschieden war, sah Lutz plötzlich jenseits des Parks Marlies Mainau auf ihrem Rad herankommen. Da es ziemlich steil bergauf ging, sprang sie ab, und er bemerkte, daß ihr Rad mit zahlreichen Paketen beladen war, die rechts und links angebunden waren. Auch die anderen Herren entdeckten Marlies, und alle, außer Herbert, eilten zu dem Zaun hin, um Marlies zu begrüßen und ihre Hilfe anzubieten. Marlies wehrte lachend ab, sie werde schon allein fertig.

Lutz aber sprang mit einem eleganten Satz über den Zaun, nahm ihr ruhig die Lenkstange aus der Hand und schob das Rad aufwärts.

»Ich vermute, Sie haben allerlei im Dorf eingeholt, was uns zugute kommen soll, und auf keinen Fall dürfen wir zulassen, daß Sie das Rad mit den schweren Paketen bergaufwärts schaffen. Sie müssen mir schon gestatten, es für Sie zu tun. Die anderen Herren sind wohl schon müde vom Tennisspiel, ich aber bin gut ausgeruht und folglich der nächste dazu«, sagte er ruhig.

Mit einem dankbaren Blick sah Marlies ihn an.

Lulu und Fräulein von Stratz waren ebenfalls herbeigekommen. Die erstere funkelte Marlies spöttisch an.

»Es war wohl gut, daß Sie hier vorüberkamen, Fräulein Mainau, damit Sie einen Ritter fanden, der Ihnen hilfreich beistehen sollte.«

Marlies zuckte die Achseln.

»Man muß nicht immer von sich auf andere schließen. Vom Dorf aus habe ich keinen anderen Weg als diesen hier, und ich ahnte nicht, daß die Herrschaften sich auf dem Tennisplatz aufhielten. Guten Morgen – ich bin etwas eilig, weil die Köchin für das Mittagessen allerlei von dem braucht, was ich hier in meinen Paketen habe.«

Damit wandte sie sich ihrem Rad wieder zu, das Lutz langsam den Berg hinanschob.

»Bitte, machen Sie sich keine Mühe, Herr Bergmann, ich bin es gewohnt, diesen Berg hinaufzugehen, es macht mir nichts. Sie brauchen sich nicht von Ihrer Gesellschaft zu trennen.«

»Es ist ganz ausgeschlossen, daß ich Ihnen die Beförderung dieses mit Paketen beladenen Rades überlasse. Wenn Sie auch eine noch so schlechte Meinung von mir haben, es liegt mir nicht, zuzusehen, wenn eine Dame sich müht.«

Die Röte stieg ihr ins Gesicht, während sie nun unbeschwert neben ihm aufwärtsging.

»Ich bin doch keine Dame in diesem Sinn und bin an schwere Arbeit gewöhnt.«

Er blickte von der Seite in ihr süßes, trotziges Gesichtchen.

»Und ich bin keiner, der ruhig zusehen kann, daß eine Frau schwere Arbeit in seiner Gegenwart verrichtet. Fügen Sie sich schon darein, Fräulein Mainau. Daß Sie es nicht gern tun, weiß ich schon. Mich vertreiben Sie aber nicht mit Ihren zornigen Augen.«

Sie sah zur Seite.

»Man wird Ihnen nur Vorwürfe machen, daß Sie vom Spiel wegliefen.«

»Man wird das ganz gewiß nicht tun, da ich ohnedies nicht mitgespielt habe. Ich habe an diesem Spiel nicht viel Freude, mein Ehrgeiz geht andere Wege, als einen Ball kunstgerecht zurückzuschlagen. Auf meinen Forschungsreisen habe ich andere Arten von Sport kennengelernt.«

Sie hätte ihn zu gern nach seinen Reiseerlebnissen gefragt, und doch hätte sie sich lieber die Zunge abgebissen, als das zu tun.

Eine Weile schritten sie schweigend nebeneinander her, und Lutz war froh, daß er ihr abgenommen hatte, das Rad zu schieben, denn es war keine leichte Arbeit. Nachher fragte er:

»Also morgen kommt neuer Besuch nach Mattenheim, die Frau Oberst von Breul?«

Sie war über diese unverfängliche Frage froh.

»So ist es, Tante Albertine trifft morgen nachmittag ein.«

»Sie haben wohl ein wenig Angst vor diesem Besuch? Ihr Vetter und Ihre Frau Tante scheinen gleichfalls nicht davon erbaut zu sein.«

»Nein, ich habe keine Angst, ich komme gut mit Tante Albertine aus. Sie ist gar nicht so schlimm, obgleich man manchmal ein wenig über ihre Schrullen lachen muß. Ich sage mir immer, daß sie eine arme, alte Frau und als frühere Regimentsmama den barschen Ton gewöhnt ist. Seit Jahren ist sie ein einsames Stiftsweiblein – man muß das nicht vergessen und wird sie dann ganz erträglich finden.«

Es rührte ihn, wie sie von der alten Dame sprach, von der er nur gehört hatte, daß sie schrecklich sei, daß sie Greuel statt Breul heißen müsse, daß sie wie eine Landplage sei und ihre Nase in alles stecke und daß man ihr allerlei kleinen Schabernack spielen müsse. Nun er Marlies' Ansicht über sie gehört hatte, nahm er sich vor, sich mit ihr anzufreunden und durch ihre Schrullen nicht abschrecken zu lassen.

»Ich will mich bemühen, ihr Gerechtigkeit widerfahren zu lassen, Fräulein Mainau.«

»Es wird Sie nicht gereuen«, sagte sie freundlicher als sonst, aber dann fiel ihr wieder ein, daß sie ja Herrn Bergmann schrecklich haßte, und das steifte ihr den Nacken.

Sie waren inzwischen oben auf der Höhe des Gutshauses angelangt, und Marlies bemächtigte sich jetzt kurzerhand ihres Rads.

»Ich sitze wieder auf und fahre zum Haus hinüber«, sagte sie kurz und bestimmt.

Aber da sie dabei wider Willen Lutz Bergmanns Hände berührte, stieg ihr das Blut jäh ins Gesicht. Er bemerkte es sehr wohl und sah sie, während sie aufstieg, mit einem weichen Blick an. Sorgsam ordnete er noch die Pakete, daß sie gleichmäßig verteilt waren, dann trat er zurück und verbeugte sich schweigend. Sie jagte auf ihrem Rad davon, als sei eine große Gefahr hinter ihr. Lutz blieb stehen und blickte ihr nach. Dabei verglich er ihr zurückhaltendes Wesen mit dem aufdringlichen von Fräulein Strauß, und dieser Vergleich fiel sehr zu Marlies' Gunsten aus.

Erst als sie am Portal des Herrenhauses angekommen war, wandte er sich zum Gehen. Sie merkte erst jetzt, als sie zurücksah, daß er stehengeblieben war, und wandte sich schroff ab. Was hatte er ihr nachzustarren? Sollte er sich doch zu Lulu Strauß zurückbegeben, die ihn sicherlich schon mit Vorwürfen empfangen würde, weil er einem armen Mädchen höflich begegnet war.

Eilig begab sie sich mit ihren Paketen in die Küche, wo die Köchin schon auf sie wartete.

Lutz schritt langsam wieder den Berg hinab. Es zog ihn nichts zu den anderen. Er wäre am liebsten allein geblieben, das ging aber nicht, denn schließlich war er Herbert Mattenheims Gast und durfte sich hier nicht in dem Maße von ihm zurückhalten wie in Berlin.

Die andern kamen ihm schon entgegen. Niemand hatte mehr Lust gehabt, Tennis zu spielen. Am wenigsten Lulu Strauß. Er wurde mit Hallo begrüßt und geneckt wegen seines Ritterdienstes. Lulu schmollte ganz offensichtlich mit ihm, aber er tat, als bemerke er nichts von dem allen, sondern schloß sich ihnen wieder an, ohne ein Wort zu sagen.

Lulu wußte es so einzurichten, daß sie an seiner Seite gehen und sich in seinen Arm einhängen konnte. So kamen sie oben wieder an, Marlies sah vom Fenster aus, wie dicht Lulu Strauß sich an Lutz Bergmanns Seite schmiegte. Da preßte sie die Lippen fest zusammen. Mochte sie ihn sich ruhig erobern, was ging sie das an. Sie würde nur froh sein, wenn diese unausstehlichen Menschen alle wieder abgereist waren, von denen ihr zwei geradezu verhaßt waren.

Ja, verhaßt – verhaßt! Das bestätigte sie sich nachdrücklich. Viel lieber würde ihr der Besuch von Tante Albertine sein, die wenigstens nicht so scheußliche Lieder singen und so frivol sein würde. Ja, Tante Albertine war besser. Wenn es ihr doch gelingen möchte, die anderen Gäste fortzugraulen – wenigstens Lulu Strauß und, nun ja – und Lutz Bergmann. Die anderen waren ihr nicht so schrecklich verhaßt wie diese beiden.

Arme kleine Marlies! Wie sie sich mit diesem eingebildeten Haß herumquälte.

5

Tante Albertine zog mit dem großen Pomp in Mattenheim ein, ohne den sie nicht zu denken war. Kein Mensch sollte auf den Einfall kommen, sie sei eine arme Verwandte der Mattenheim, ein armseliges altes Stiftsweiblein, das froh war, auf einige Zeit ihre knappen Groschen sparen zu können. Daß ihr dabei wirklich die wundervolle Berglandschaft am Herzen lag, hätte ihr kein Mensch zugetraut. Um ihren Wunsch zu erfüllen, hatte man den Auftrieb des Viehes aufgeschoben bis zum folgenden Montag. Tante Albertine erkundigte sich gleich, ob man alle ihre Wünsche erfüllt habe. Sie bekam ihr Zimmer, das nach Süden lag, Marlies hatte schon alles für sie bereit gemacht, so daß es an nichts fehlte. Sie half ihr nun auch gleich bei dem Auspacken ihres Koffers und räumte alles in Schränke und Schubfächer.

Tante Albertine nickte ihr zufrieden zu.

»Du bist ein liebes gutes Tierchen, Marlies, aber in deiner Lage bleibt dir selbstverständlich nichts anderes übrig, als deiner Umgebung dienstbar zu sein. Wer sind denn diese jungen Leute, die am Portal aufgereiht waren?«

»Es sind Gäste von Herbert.«

»So, so? Na, dann werden sie wohl nicht viel wert sein; Herbert ist es ja auch nicht, und: sage mir, mit wem du umgehst, so sage ich dir, wer du bist! Sie machten mir auch alle keinen sehr günstigen Eindruck – nur der eine, der mir sehr artig die Hand küßte, schien mir eine rühmliche Ausnahme zu sein. Wie hieß er doch?«

»Du meinst sicherlich Herrn Lutz Bergmann.«

»So, so. Was ist er denn?«

»Er hat große Forschungsreisen gemacht und arbeitet jetzt an einem Werk über deren Ergebnisse.«

»Ah – so, so, also ein nicht ganz gewöhnlicher Mann. Ich werde ihn durch eine Unterhaltung auszeichnen. Und die Damen?«

»Die mit dem rötlichen Haar –«

»Das ist gefärbt, Marlies, und sie hat sich die Augenbrauen rasiert und mit dem Stift nachgezogen. Eine greuliche Mode! Also wer ist das?«

»Eine Millionenerbin, Tante Albertine.«

»So, so? Also diese müßte man im Auge behalten. Millionärinnen dürfen sich vieles erlauben, sogar Schminke und Lippenstift. An die sollte sich Herbert heranmachen. Er sieht geradezu erbärmlich aus. Kein Wunder bei diesem Lebenswandel, man hört schlimme Dinge von ihm. Wie heißt die Millionärin?«

»Fräulein Lulu Strauß.«

»Also nicht von Adel? Nun, bei ihrem Reichtum ist das unwichtig. Also Herbert soll sehen, daß er sie erobert.«

»Ich glaube, sie hat andere Absichten.«

»Weiß du, welche?«

»Sie kommt Herrn Bergmann in ungewöhnlicher Weise entgegen.«

Interessiert sah Tante Albertine mit ihren blitzenden Blauaugen auf Marlies herab.

»Sieh da? Dann freilich – mir wäre dieser Bergmann auch lieber, in seiner kraftvollen, gediegenen Männlichkeit, als dieser fahlblonde Herbert mit seiner Ungezogenheit. Hast du gesehen, daß er die eine Hand in der Tasche behielt, als er mich begrüßte?«

»Das sind so die Gewohnheiten der jungen Herren von heute.«

»Ich liebe diese Gewohnheiten nicht, sie sind mir verhaßt. Also diese reiche Erbin hat Absichten auf Herrn Bergmann? Da soll er nur schnell zugreifen, Millionenerbinnen sind selten heutzutage. Und er ist wohl arm und vermögenslos?«

»Soviel ich weiß, ja, Tante Albertine, und ich glaube, er ist schon drauf und dran, sich die reiche Erbin zu sichern.«

»Sage das nicht so verächtlich, Marlies, die Männer sehen manchmal sehr auf Geld; man kann es ihnen in einigen Lebenslagen gar nicht verdenken. Und wie ist es mit der anderen jungen Dame, die wie ein Junge auf der Terrassenbrüstung saß? Ist die auch so reichlich mit Glücksgütern gesegnet?«

»Nein, sie soll nur ein sehr bescheidenes Vermögen von ihrer Mutter zu erwarten haben.«

»Also kommt sie für Herbert nicht in Frage. Der Schlingel müßte sich eifrig um eine reiche Frau bemühen. Was soll sonst aus ihm werden? Verzieht Beate ihn immer noch so sträflich?«

»Er ist ihr ein und alles, Tante Albertine.«

»Und wie stehen jetzt hier die Verhältnisse?«

»Wir setzen alles daran, Mattenheim zu halten, aber es wird mit jedem Monat schwerer, und Herberts Ansprüche werden immer größer. Es wäre schon gut, wenn er eine reiche Frau bekäme.«

»Und hoffentlich eine sehr energische, die ihm die Flausen austreibt. Da – diese Spitzengarnitur packe recht sorgfältig wieder in Seidenpapier und lege sie in dieses Schubfach, so daß sie von nichts anderem berührt wird. Es ist mein kostbarstes Stück, ich hüte es wie meinen Augapfel.«

»Die Spitzen sind auch wirklich wunderschön, Tante Albertine.«

»Eine Königin würde mich darum beneiden«, sagte die alte Dame ziemlich großsprecherisch. Marlies lächelte nachsichtig und verwahrte die Spitzen sorgfältig.

Tante Albertine fragte noch mancherlei, und Marlies gab ihr Auskunft, so gut sie konnte. Immerhin lag eine gewisse Güte Marlies gegenüber in dem Wesen der alten Dame, aber es war unbedingt eine herablassende Güte. Frau Oberst von Breul war der Ansicht, daß man ein solch armes Ding nicht gar zu üppig werden lassen dürfe. Huldvoll dankte sie wie eine verbannte Königin für Marlies' Dienste und entließ sie dann, um noch zum Tee zurechtzukommen.

Marlies eilte hinab, um noch die letzte Hand an den Teetisch zu legen. Dann stellten sich nach und nach die Gäste ein. Zuletzt rauschte Tante Albertine herein, in einem Kleid, das wohl vor fünfzehn Jahren sehr pompös gewesen war und überall Fältchen und Rüschen zeigte, um kleine Schäden zu verstecken. Ihr dünnes graues Haar war mit allerlei Anleihen, die nicht auf ihrem Kopf gewachsen waren, zu einer üppigen Fülle aufgebauscht, und nur am Ansatz an der Stirn, der ziemlich dürftig war, sah man die Kopfhaut durchschimmern. In der Hand hielt sie einen perlbestickten Strickbeutel und die andere Hand klammerte sich um ein Stielglas aus glanzlos gewordenem Schildpatt. Vom Nakken flatterte ein langer Schleier hinter ihr her, der die Aufgabe hatte, zu verbergen, daß Kinn und Hals keine jugendliche Rundung mehr vortäuschen konnten. Es war aber jedenfalls ein großes Ereignis, als sie stolz hereinrauschte, und es folgte ihrem

Auftritt ein atemloses Schweigen. Da ihre stattliche Größe und Breite viel Raum beanspruchte, hatte Marlies den geräumigsten Sessel an den Platz gerückt, den die Tante immer einnahm. Es war ein Platz, der sie in eine nicht zu scharfe Beleuchtung brachte.

Huldvoll teilte sie ringsum Liebenswürdigkeiten aus, die einer kleinen Spitze nicht ermangelten. Jeder bekam seinen Teil – nur Lutz Bergmann wurde verschont. Für ihn hatte sie wirklich einige liebenswürdige Worte, ohne jeden Stachel. Auch Lulu Strauß kam einigermaßen leidlich weg, denn die Frau Oberst hatte große Hochachtung vor wirklichem Reichtum, wahrscheinlich deswegen, weil sie selbst jeden Groschen dreimal umdrehen mußte.

Die jungen Leute belustigten sich im geheimen über die ein wenig gespreizte Art der alten Dame und waren sich einig, daß sie in jeder Pose, in Blick und Wort der Sandrock ähnlich war, wenn diese ihre köstlichen Typen im Film oder auf der Bühne zeigte.

Es dauerte aber nicht lange, dann ließ das Interesse an dem alten Original nach, und die jungen Leute unterhielten sich wieder in ihrer gewohnten Weise, ohne auf die Tante Breul Rücksicht zu nehmen. Diese zwang sich noch eine Weile zu einem liebenswürdig sein sollenden Lächeln, woran aber die empört blitzenden Augen nicht teilnahmen, dann erstarb auch dieses gezwungene Lächeln, und nun war Tante Albertine nur noch Entrüstung. Sie sah immer wieder zu Beate hinüber, forderte sie mit ihren Blicken auf, diesem Ton Einhalt zu gebieten, und als das nicht geschah, richtete sie sich energisch hoch und fragte Fräulein von Stratz, die eben einen sehr eindeutigen Schläger trällerte:

»Wo sind Sie eigentlich erzogen worden, gnädiges Fräulein?«

Dieser blieb bei dem unerwarteten Angriff der Ton in der Kehle stecken, und sie sah halb beleidigt, halb unsicher in die strengen Augen der alten Dame. Das dauerte aber nicht lange, dann sagte sie mit einem spöttischen Lachen:

»Soll ich Ihnen meine Schulzeugnisse vorlegen, Frau Oberst?«

»Lieber nicht, ich wette, sie sind sehr wenig befriedigend.«

Jetzt richtete sich Herbert kampfbereit auf.

»Ich muß dich bitten, Tante Albertine, an meinen Gästen keine Kritik zu üben.«

Sie tippte ihm mit ihrem Stielglas auf den Arm.

»Wenn in meiner Gegenwart derartig leichtfertige Lieder gesungen werden, noch dazu von einer Dame, dann habe ich das Recht, Kritik zu üben. Das merke dir, mein Sohn. Daß du deiner Mutter zumutest, das anzuhören, ist stark, aber sie ist leider so vernarrt in dich, daß sie dir alles nachsieht. Ich als deine Verwandte gestatte mir, dir zu sagen, daß das sehr ungehörig ist. Im übrigen ist auch Marlies da, die das anhören muß, und Fräulein Strauß.«

Lulu lachte hell auf.

»O bitte, ich bin nicht zimperlich, mir macht das gar nichts. Wir sind moderne junge Damen und haben jede falsche, einengende Moralfatzkerei längst über Bord geworfen. Ich selbst singe diese Liedchen sehr gern.«

Tante Albertine nahm das Stielglas vor die Augen, sah sich die junge Dame mit vernichtenden Blicken an und sagte mit ihres Basses Grundgewalt:

»Dann sind Sie sehr zu bedauern.«

»Ich fühle mich keineswegs bedauernswert.«

»Um so schlimmer!«

Wieder warf Herbert sich in die Brust.

»Tante Albertine, ich muß dich nochmals bitten, meine Gäste nicht herauszufordern.«

Sie sah nun auch ihn scharf durch das Augenglas an.

»Dein Vater würde sich im Grabe herumdrehen, könnte er hören, welcher Ton in seinem Hause herrscht. Ich muß jedenfalls energisch bitten, daß in meiner Gegenwart weder leichtfertige Liedchen gesungen, noch zweideutige Worte gewechselt werden. Beate, ich glaube, es ist auch für dich das beste, wenn du dich mit mir zurückziehst, und Marlies sollte auch nicht länger hierbleiben.«

Damit erhob sich die alte Dame, sah durch ihr Augenglas noch einmal alle Gesichter scharf an und rauschte hinaus. Beate folgte ihr, teils, weil auch sie den Ton der jungen Leute schlecht vertragen konnte, teils, um Albertine zu begütigen. Marlies nahm ein Tablett, räumte es voll Geschirr und entfernte sich. Auch sie kam nicht wieder.

Als Herbert mit seinen Gästen allein war, lachten die beiden Damen und Herr von Selbitz laut auf.

»Herr von Mattenheim, das ist ja ein unbezahlbares Original aus der Rumpelkammer«, sagte Lulu mit lautem Lachen und warf sich in ihren Sessel zurück.

Auch Fräulein von Stratz gab ihrer Heiterkeit unverhohlenen Ausdruck. Herbert sah sehr ungehalten aus.

»Sie müssen alle entschuldigen, ich habe Ihnen ja im voraus gesagt, daß Tante Albertine ein altes Fossil ist.«

»Aber – sie hat recht!« sagte in diesem Augenblick Lutz Bergmann und erhob sich vom Teetisch.

Alle sahen ihn erstaunt an.

»Bergmann – Sie haben wohl einen moralischen Katzenjammer? Das ist ja zum Schießen«, sagte Fräulein von Stratz burschikos.

»Das ist doch nicht Ihr Ernst; Lutz Bergmann», warf Lulu ein.

»Doch, mein gnädiges Fräulein.«

»Aber um Gottes willen, Sie wollen wohl unter die Rückständigen gehen?« fragte Herbert fassungslos.

»Man braucht nicht rückständig zu sein, um Frivolitäten zu verabscheuen. Das tue ich nämlich.«

»Himmel! Lutz Bergmann als Tugendbold! Hält man das für möglich? Sie haben doch sonst immer mitgemacht – «

»Ich habe mich nie an solchen Gesprächen beteiligt, sie haben mir nie gefallen. Zugehört habe ich, weil ich es nicht ändern konnte. Aber als eben die alte Dame ihrer berechtigten Entrüstung Worte gab, schämte ich mich, daß ich bisher ohne Widerspruch zugehört habe.«

Die anderen sahen ihn an, als rede er in einer fremden Sprache mit ihnen.

»Lutz Bergmann als Bußprediger – das ist eine Sensation.«

»Nehmen Sie es, wie Sie wollen, Fräulein Strauß, ich erkläre, daß ich weder von meiner Frau, falls ich eine hätte, noch von meiner Schwester solche Worte hören möchte. Es geht auch anders. Man muß jedenfalls empfindsame Leute nicht mit dergleichen verletzen. Das ist mein Standpunkt. Ich werde mich jetzt zurückziehen, damit Sie Zeit haben, den Stab über mich zu brechen. Aber hoffentlich tragen meine Worte dazu bei, daß die beiden alten Damen und Fräulein Mainau nicht mehr unter diesem Ton zu leiden haben.«

Er verbeugte sich und ging hinaus.

Eine Weile blieb es still, dann sprachen plötzlich alle durcheinander.

»Bergmann ist wohl plötzlich wahnsinnig geworden?«

»Oder ein Betbruder?«

»So ein langweiliger Moralfatzke!«

»Was fällt ihm nur ein, uns so herunterzuputzen?«

»Müssen wir uns das von ihm gefallen lassen?«

»Das ist doch unerhört! Herr von Mattenheim – geben Sie den Ton in Ihrem Haus an oder diese Frau Oberst Breul oder Herr Lutz Bergmann?«

Nach diesem allgemeinen Ausbruch wurde es wieder still. Es war ein sehr beleidigtes Stillschweigen. Aber Lulu Strauß fragte sich heimlich, während sie die Fingerspitzen gegeneinander stieß: Ist er deshalb so zurückhaltend, weil er so tugendmoppelig ist? Dann muß ich freilich andere Saiten aufziehen. Wenn er mir dann gehört, werde ich ihm schon beibringen, daß er diese Rückständigkeit als mein Gatte aufzugeben hat. Und nach einer Weile sagte sie, sich aufrichtend:

»Ja, Kinder, dann helpt dat nich – dann müssen wir einen Verein der Tugendmoppeligen gründen, wenigstens, solange es unbedingt nötig ist. Kann ja zur Abwechslung auch mal ganz lustig sein. Eine Weile hält man das schon aus. Herr von Mattenheim, geben Sie mir mal Feuer, ich muß eine Beruhigungszigarette rauchen. Hoffentlich verbietet die Tante Albertine das nicht auch noch.«

Sie nahm eine Zigarette aus ihrem Etui; Herbert ließ sein Feuerzeug aufflammen und hielt es an ihre Zigarette. Sie nickte dankend, und die anderen rauchten nun auch, um sich zu beruhigen.

Frau Beate war mit Tante Albertine ins Wohnzimmer gegangen. Teils war sie froh, daß diese so ungeniert ihrer Empörung Luft gemacht hatte, denn ihr selbst paßte dieser Ton schon längst nicht mehr, teils war sie in Sorge, daß Herberts Aussichten bei Lulu Strauß dadurch herabgemindert worden sein könnten.

Sie setzten sich einander gegenüber an die beiden Fenster und sahen eine Weile schweigend hinaus in den sonnigen Frühlingstag. Endlich sagte Tante Albertine:

»Wenn man diese wundervolle Landschaft vor sich sieht, diese erhabene Reinheit, diese großartige Schönheit, dann kann man es noch weniger begreifen, daß diese jungen, sogenannten modernen Menschen so unsaubere Worte über ihre Lippen bringen. Das darfst du nicht dulden in deinem Haus, Beate, ich kann mir nicht denken, daß dir das Freude macht.«

Die letzten Worte klangen fast drohend.

Beate schüttelte den Kopf.

»Was denkst du, Albertine, es mißfällt mir durchaus. Aber erstens bin ich nicht unumschränkte Herrin des Hauses, hier ist Herbert Herr; und zweitens sind wir vielleicht wirklich etwas rückständig. Es herrscht eben ein freierer Ton unter der heutigen Jugend als zu unserer Zeit.«

Tante Albertine tippte mit ihrem langen Stielglas auf die Sessellehne.

»Schön und gut, ein freierer Ton herrscht jetzt allerdings unter den Menschen, aber – muß das unbedingt ein so unanständiger, frecher Ton sein, wie die Gäste deines Sohnes ihn anschlagen? Da steigt einem noch als alte Frau die Schamröte ins Gesicht. Ich bitte dich, so etwas darf man doch nicht einreißen lassen. So hat man sich in unserer Jugendzeit vielleicht an einem Herrenabend gehen lassen. Und die beiden jungen Damen waren, offen gesagt, die schlimmsten. Nein, nein – das darfst du nicht dulden.«

»Ach – du weißt nicht, warum ich dazu schweige, Albertine. Herbert muß eine reiche Frau haben, sonst sind wir hier in einigen Jahren zu Ende. Dieses Fräulein Strauß ist Millionärin, und ich hoffe, daß sie Herberts Frau wird. Es wäre schrecklich, wenn du sie beleidigt hättest.«

»Im Gegenteil, sie hat mich beleidigt, mich und dich – und auch Marlies. Schön und gut, wenn Fräulein Strauß Herrin von Mattenheim werden soll, dann muß sie auch lernen, sich dieses Hauses würdig zu zeigen, und deshalb ist es ganz gut, wenn sie mal von mir die Wahrheit gehört hat. Ich hoffe, sie werden sich nicht wieder so gehenlassen. Und auch Herbert gegenüber müßtest du endlich energischer auftreten. Was hat er in Berlin herumzuschwärmen, statt hier treu und brav seinen Kohl zu bauen? Dann würde hier vieles besser sein. Er verbraucht, soviel ich weiß, Unsummen für seinen sehr liederlichen Lebenswandel. Und wie sieht er aus? So verlebt und abgewirtschaftet. Du tust ihm keinen Gefallen, wenn du das alles so hingehen läßt. Bedenke nur, wie dein Mann immer dagegen aufgetreten ist, daß du ihn so erzogen hast. Das muß doch mal ein Ende nehmen.«

»Ich kann ihm keine Bitte abschlagen, er ist doch mein Einziger.«

»Du mußt aber trotzdem energischer ihm gegenüber werden, sonst geht alles schief.«

»Ich habe leider gar keinen Einfluß auf ihn, seit er Herr von Mattenheim ist.«

»Er wird es nicht mehr lange sein, wenn das hier so weitergeht.«

»Deshalb muß er eine reiche Frau bekommen. Und so lange wir Marlies haben, wird es ja nicht zum Schlimmsten kommen.«

»Ja, Marlies – die ist tüchtig, und das vergeltet ihr ihr dadurch, daß ihr so tut, als hätte sie hier das Gnadenbrot.«

»Das hat sie doch auch«, meinte Frau Beate naiv.

»Na, erlaube mal, sie schafft für zwei und bekommt Essen und Trinken und ein Zimmer zum Schlafen. Sie ersetzt euch gut zwei Angestellte, und ihr zahlt ihr keinen Pfennig Geld.«

»Sie hat doch alles, bekommt auch ihre Kleidung.«

»Das ist das wenigste. Sie ist ein armes Geschöpf, das Leben ist hart mit ihr umgegangen.«

»Wieso denn?«

»Na, erlaube mal. Seit ihrem zwölften Jahr lebt sie als Waise hier in Mattenheim. Ob sie allerdings Vollwaise ist, weiß man nicht einmal genau.«

Beate sah sie mit großen Augen an.

»Wie meinst du das? Ihre Eltern sind doch gestorben, alle beide.«

Tante Albertine sah versonnen vor sich hin.

»Weißt du denn nicht, daß ihr Vater nur verschollen ist? Man weiß nicht gewiß, ob er tot ist.«

Fassungslos sah Beate Tante Albertine an.

»Verschollen? Ich denke, er starb einige Jahre vor ihrer Mutter, das hat mir Ernst doch gesagt.«

»So, so! Nun, meine Liebe, dann muß ich dir mal reinen Wein einschenken. Es war bei uns in der Familie beschlossen, daß nicht darüber geredet werden sollte. Ehe ich dir nun aber alles sage, mußt du mir dein Wort geben, daß Marlies nichts von alledem erfährt, was ich dir offenbare.«

»Nun ja, ich gebe dir mein Wort.«

»Auch darauf, daß Marlies deshalb in keiner Weise Unannehmlichkeiten haben wird.«

»Schön, meinetwegen auch darauf. Nun spanne mich nicht länger auf die Folter.«

»Also Marlies' Vater hatte, wie du weißt, eine sehr gute Stellung in einem großen Geschäftsbetrieb. Dort hatte er auch die Kasse unter sich. Ich weiß, daß er uns immer als Ehrenmann erschienen ist und ihm kein Mensch zugetraut hat, was ihm später zur Last gelegt wurde. Kurzum, eines Tages fehlten in seinen Kassenbeständen hunderttausend Mark, die ihm auf eine unerklärliche Weise abhanden gekommen waren. Der Verdacht fiel auf ihn, daß er die Summe veruntreut habe. Es gab eine große Aufregung, man konnte kaum an seiner Schuld zweifeln, und doch beteuerte er immer wieder, er wisse nicht, wohin das Geld gekommen sei. Man gab ihm drei Tage Zeit, die Summe wieder zur Stelle zu schaffen, sei er nach drei Tagen dazu nicht imstande, würde man ihn der Polizei übergeben.«

»Um Gottes willen – das ist ja fürchterlich!«

»Allerdings. Er versuchte überall, das Geld aufzutreiben, aber umsonst, denn irgendwie war etwas durchgesickert und man hatte kein Vertrauen mehr zu ihm. Seine Frau besaß ein kleines Kapital von etwa zwanzigtausend Mark – das stellte sie ihm zur Verfügung. Er wies es zurück, sie sollte sich nicht berauben, und mit diesen zwanzigtausend Mark hätte sie ihm sowieso nicht helfen können. Sie hat das Geld später auch sehr nötig gebraucht. Nachdem ihr Mann verschwunden war, hat sie noch einmal von ihrer Tante ein kleines Vermögen geerbt, etwa in der gleichen Höhe. Davon hat sie wohl mit der kleinen Marlies gelebt. Ihr Mann war dann, da er das Geld nicht herbeischaffen konnte, spurlos verschwunden. Er hatte seiner Frau ein Briefchen hinterlassen, in dem er nochmals seine Unschuld beteuerte und ihr sagte, er wolle sich auf keinen Fall ins Gefängnis stecken lassen, deshalb gehe er ins Ausland, und auch deswegen, weil er eine Spur gefunden zu haben glaubte, wer der wirkliche Täter sei, der die hunderttausend Mark aus seinem Geldschrank entwendet habe. Er werde nur dann wiederkehren, wenn er seine Unschuld klar beweisen könne, hoffe aber, daß er dieses Ziel erreichen werde. Also er war fort, spurlos verschwunden. Niemand hat je wieder etwas von ihm gehört. Seine arme Frau hatte diese Sache bis ins Herz getroffen. Sie war siech seit jener Zeit, kränkelte jahrelang, und es war, als könne sie nicht leben und nicht sterben. Endlich, als Marlies schon zwölf Jahre alt geworden war, starb sie doch, und dein Mann, der Marlies' Vormund geworden war, nahm das Kind zu sich. Er hat sich seiner Zeit Marlies' Mutter angenommen und ihr das Sterben leicht gemacht durch das Versprechen, daß er Marlies in Mattenheim für immer eine Heimat geben würde. So ist sie nach dem Tod ihrer Mutter zu euch gekommen. Dein Mann war ein großherziger und großmütiger Mensch, und ich denke, Marlies hat es euch reichlich vergolten, was ihr für sie getan habt.«

Frau Beate zuckte die Achseln.

»Wenn ich gewußt hätte, daß sie das Kind eines Verbrechers war, hätte ich gegen ihre Aufnahme wahrscheinlich Einspruch erhoben.«

»Ich glaube nicht, daß Heinz Mainau ein Verbrecher war. Nie hat er einen solchen Eindruck auf uns gemacht. Alle stellten ihm das beste Zeugnis aus. Der Schein war freilich gegen ihn – und er kam nicht wieder. Aber vielleicht ist er längst gestorben. Jedenfalls darf die arme Marlies nie etwas davon erfahren.«

»Dann würde sie wohl ihren Hochmut fahren lassen.«

»Ich habe nie gemerkt, daß sie hochmütig ist.«

»Nun, jedenfalls ist sie sehr stolz und läßt sich nie etwas gefallen. Das kannst du mir glauben.«

»Immerhin kann sie stolz sein auf ihre Leistung hier im Haus; es ist fabelhaft, was dieses junge Geschöpf vollbringt. Sie ist ja im Grunde noch ein Kind, und doch erledigt sie schwere Aufgaben wie ein Mann. Ohne sie stände es hier viel schlimmer, so viel Urteil habe ich auch. Und ich an deiner Stelle ließe mich durch das, was ich dir eben berichtet habe, nicht noch mehr gegen sie einnehmen, sondern würde ihr mütterliche Zuneigung entgegenbringen. Zu einer armen Waise muß man ein wenig gut sein, Beate.«

Diese zog die Stirn zusammen.

»Sie macht sich gar nichts daraus, daß man gut zu ihr ist. Immer hat sie nur spitze, schnippische Entgegnungen, wenn man ihr etwas sagt.«

»Ich habe auch noch nie bemerkt, daß du ihr ein wenig Güte bezeigt hättest. Du verschwendest alle Liebe und Güte nur an deinen Herrn Sohn, darum bleibt für diese arme Waise nichts übrig. Beate, auch ich bin eine harte alte Frau geworden, ich war niemals sehr weichherzig, aber der Marlies bin ich gut – sie ist ein wertvoller, tüchtiger Mensch. Halte sie dir warm. Solange sie in Mattenheim ist, kann es hier nie ganz schlecht gehen. Hast du das nicht schon selbst gemerkt, Beate?«

Diese, vollkommen in die Enge getrieben, mußte schon zugeben, daß Marlies für Mattenheim unentbehrlich sei. »Aber, wenn sie sich nur mit Herbert besser stellen wollte. Immer fährt sie ihm über den Mund und macht sich dadurch bei ihm unbeliebt.«

»Nun, so mag Herbert erst einmal leisten, was dieses junge Mädchen leistet, dann wird er schon merken, daß er ihr Dank schuldig ist, statt, wie er anzunehmen scheint, umgekehrt. Wie sie das Haus instand hält, ist fabelhaft. Ich prüfe doch alles gründlich, bis in die letzte Ecke, aber nirgends herrscht so unbedingte Ordnung wie hier. Alle Hochachtung vor diesem jungen Ding. Und bemerkst du nicht, wie vorteilhaft sie von diesen jungen Damen absticht, die dein Sohn als Gäste mitgebracht hat?«

»Nun ja doch – du wirst ja sehr beredt, Albertine. Vergiß aber bitte nicht, daß wir, Ernst und ich, sie gut und streng erzogen haben.«

»Ernst gut – du aber wohl nur streng. Versuche es mal mit ein bißchen Güte; wie gesagt, verschwende nicht alles an Herbert, der es dir nur wenig dankt.«

Da weinte Frau Beate.

»Ich habe ihn doch so lieb, er ist mein einziges Kind, und Marlies ist für mich eine Fremde. Und nun auch noch dieses unselige Familiengeheimnis. Das darf ich Herbert gar nicht sagen.«

»Besser, du behältst es für dich, obwohl Marlies ganz unschuldig ist. Auch ihren Vater halte ich noch immer für unschuldig. Wenn du ihn gekannt hättest, wie ich ihn kannte, würdest du es auch tun.«

Die Damen wechselten den Gesprächsstoff. Vor allem beschwor Frau Beate die alte Dame, nicht mehr so schroff gegen Lulu Strauß vorzugehen.

»Es wäre ein kaum ausdenkbares Glück, wenn Herbert sie heiraten würde.«

Tante Albertine wiegte den Kopf hin und her.

»Wer weiß, ob er nicht glücklicher werden könnte ohne sie, wenn er ordentlich zu arbeiten anfinge und seine dummen Streiche ließe. Aber von mir aus soll nichts mehr geschehen, Fräulein Strauß zu vergrämen. Meine Ansicht hat sie gehört, so gut, wie die andere, und wenn mir ihre Unterhaltung nicht gefällt, kann ich mich ja zurückziehen. Da fällt mir ein – habt ihr das Vieh schon auf der Alm?«

»Nein, Montag früh ziehen alle hinauf, das Vieh, die Sennerinnen und die Sennbuben. Aus Rücksicht auf deinen Wunsch haben wir es einige Tage verschoben. Du wirst also übermorgen im Schlaf gestört werden.«

»Immerzu. In meinem Alter schläft man nicht mehr so lange, und für mich ist es eine Augenweide, das prächtige Vieh unter dem Klang der Almglocken dahinziehen zu sehen.«

Jetzt trat Marlies ein, die inzwischen schon wieder allerlei Arbeiten erledigt hatte. Keine Ahnung sagte ihr, was man hier über sie und ihre Angelegenheiten gesprochen hatte. Sie brachte der Tante Beate das kleine Wirtschaftsbuch für die wöchentlichen Ausgaben, wie jeden Sonnabend gegen sechs Uhr. Frau Beate warf einen flüchtigen Blick auf die Endsumme und sagte seufzend:

»Man merkt recht deutlich, daß viele Gäste im Haus sind.«

»Meinetwegen brauchst du dir keine großen Kosten zu machen, Beate, ich esse nicht viel und bin abends mit einer Satte Dickmilch zufrieden, wenn es sein muß.«

Um Marlies Mund zuckte ein Lächeln. Sie wußte, daß Tante Albertine einen gesegneten Appetit hatte und außer ihrer üblichen Satte Dickmilch noch allerlei gute Sachen zu vertilgen vermochte. Mit einem neckischen Lächeln nahm sie von allem und pflegte zu sagen: »Solche Leckerbissen bekommen wir aus unserer Stiftsküche nicht, ihr wißt gar nicht, wie gut ihr es habt.«

Auch Tante Beate mußte mit Marlies einen lächelnden Seitenblick tauschen.

»Wo sind denn die jungen Herrschaften verblieben, Marlies?« fragte Tante Beate.

Marlies machte sich mit einigen Decken zu schaffen, die sie auflegte.

»Herbert ist mit zwei Damen und zwei Herren hinunter ins Dorf. Sie wollen sich einen Ulk machen und dort die Läden besuchen, um die unmöglichsten Dinge zu verlangen, die es hier selbstverständlich nicht gibt. Und Herrn Bergmann sah ich den Berg hinaufsteigen – ich glaube, er hatte keine Lust, mit ins Dorf zu gehen.«

»So, so«, sagte Tante Albertine interessiert – »ich möchte auch ein Stück aufwärts steigen. Vielleicht erwarte ich seine Rückkehr oben an der Aussichtsbank. Ich würde mich gern zuweilen allein mit ihm unterhalten. Willst du mir, bitte, meine Flauschjacke herunterholen, Marlies?«

»Gern, Tante Albertine. Aber versteig dich nicht, in einer Stunde wird es dunkel.«

»So kann ich den Anblick der untergehenden Sonne noch genießen, und unter Herrn Bergmanns Schutz komme ich sicherlich gut wieder unten an.«

6

Wenig später machte Tante Albertine sich rüstig auf den Weg. Sie sah unglaublich aus in ihrem rüschengeschmückten Kleid von ehemaliger Eleganz, das bis auf den Fußboden reichte, mit der derben Flauschjacke darüber und dem kräftigen Bergstock in der Hand. Zierlich raffte sie das viel zu lange Kleid und stieg den schmalen Weg hinauf, der zur Aussichtsbank und auf den Berggipfel führte.

Marlies und Tante Beate sahen ihr vom Haus aus lächelnd nach.

»Herr Bergmann wird seine helle Freude haben, wenn er sie erblickt, sie sieht wieder einmal unmöglich aus«, sagte Frau Beate.

»Und doch irgendwie vornehm und stattlich. Das ist das Drollige bei ihr, sie kann einfach alles tragen. Die ältesten Sachen sehen immer auf ihrem Körper so aus, als könnte sie nicht besser und passender gekleidet sein. Sieh nur, wie lustig der Schleier um ihren Hals hinter ihr herflattert«, entgegnete Marlies.

»Ja, von dem Schleier läßt sie nicht, ich glaube, sie trägt ihn sogar des Nachts.«

»Wohl möglich, er verbirgt den Hals, der ihr Alter deutlicher verrät, als sonst etwas an ihr. Aber auch der Schleier gehört zu ihr.«

Frau Beate seufzte.

»Man muß sich mit ihr abfinden. Wenn sie nur nicht so taktlos wäre und Herberts Gäste ungeschoren ließe.«

»Taktlos kann man ihr Benehmen nicht einmal nennen, Tante Beate, und mit ihrem Ausfall am Teetisch hatte sie wirklich nicht ganz unrecht. Gestehe es nur selbst, dir paßt der Ton auch nicht, der zwischen Herbert und seinen Gästen herrscht.«

»Nun gut, er ist außergewöhnlich, aber man muß über ihn hinwegsehen.«

»Dazu ist er zu aufdringlich, Tante Beate.«

Diese ging achselzuckend davon.

»Ich kann es nicht ändern. Sie werden ja nicht den ganzen Sommer bleiben.«

Marlies blickte ihr nach. Sie wußte, wie sehr Tante Beate unter den Rücksichtslosigkeiten ihres Sohnes litt. Aber davon konnte ihr niemand helfen als sie selbst. Dann sah sie zu dem Berggipfel hoch. Warum war Lutz Bergmann allein hinauf gestiegen? Warum war er nicht mit den andern ins Dorf gegangen, um sich mit ihnen auf Kosten der Dorfbewohner lustig zu machen? Sie würden sich wieder nett aufführen und die unglaublichsten Witze reißen. Vielleicht war Herrn Bergmann das doch nicht lieb, vielleicht wollte er absichtlich solchem Treiben fernbleiben.

Sie sah dort oben nichts von ihm, nur Tante Albertine tauchte noch einige Male auf und schwenkte ihr grüßend den Stock entgegen. Marlies mußte lachen über ihren Unternehmungsgeist. Aber dann mußte sie wieder ins Haus, um sich um die Abendtafel zu kümmern. Es war die höchste Zeit dazu. Gleich lief sie noch zu den Gemüsebeeten hinüber, um nachzusehen, ob man einige zarte Salatköpfchen ernten konnte oder Radieschen, die hier besonders gut gediehen. Nächste Woche würde es auch die ersten jungen Mairettiche geben, und zarte Dillpflanzen sproßten auch schon zwischen den Gemüsebeeten. Die sollten an den Salat geschnitten werden.

Sie nahm mit in die Küche, was sie gebrauchen konnte, nahm auch die Stachelbeerbüsche in Augenschein. An denen hingen viele Blüten. Bald würde man Stachelbeertorten backen können. Jetzt wurde es mit jedem Tag besser für die Küche, nun der lange Winter vergangen war.

Befriedigt von ihrer Besichtigung ging sie mit ihrer Ernte in die Küche und gab ihre Anweisungen. Dann setzte sie sich in die Nähstube, um allerlei schadhafte Wäsche durchzusehen, die ausgebessert werden mußte. Dabei wurde es dunkel, und sie erhob sich, um das Licht anzudrehen. Sie blieb einen Augenblick am Fenster stehen und sah hinauf auf den Berg. Da gewahrte sie, daß Tante Albertine, neckisch auf Lutz Bergmanns Arm gestützt, wieder herunterkam. Ein Lächeln huschte über ihr Gesicht. Das Gespräch der beiden so verschiedenen Menschen hätte sie gern belauscht. Gewiß war es nicht uninteressant.

Aber dabei mußte sie doch denken, wie viel besser Lutz Bergmann an der Seite der Tante Albertine aufgehoben war, als an der von Lulu Strauß. Es erleichterte ihr schweres Herz ein wenig, daß sie ihn nicht mit Lulu zusammen wußte. Warum – darauf blieb sie sich die Antwort schuldig. Es gab ihr auch nicht einmal zu denken, daß der »Haß« gegen Lutz Bergmann immer viel weniger heftig war, wenn er nicht mit Fräulein Strauß zusammen war. Nur die Abneigung gegen Lulu blieb immer gleich heftig. Marlies war noch viel zu jung und unerfahren, um die Ursache ihres »Hasses« zu ergründen.

Während sie sich mit verbissener Energie wieder an ihre Arbeit machte, waren Lutz Bergmann und Tante Albertine in einem angeregten Gespräch begriffen. Lutz hatte Frau Oberst Breul auf der Aussichtsbank erblickt, als er vom Berg herabgekommen war, wo er einen weiten Ausblick auf die schneebedeckten Berge der Bayrischen Alpen gehabt hatte. Plötzlich stand er dann überrascht vor der alten Dame.

»Ah, Frau Oberst, Sie haben sich soweit heraufgewagt? War Ihnen das nicht sehr beschwerlich?« fragte er, ein Lächeln verbeißend, beim Anblick ihrer seltsamen Kostümierung.

Sie sah ihn vergnügt an.

»Was werden Sie erst sagen, daß ich eigens hier heraufgestiegen bin, um mir ein Stelldichein mit Ihnen zu geben.«

»Das ist außerordentlich schmeichelhaft für mich.«

»Schmeichelhaft? Daß eine so alte Frau Ihnen buchstäblich nachsteigt, Herr Bergmann?«

»Unbedingt schmeichelhaft!«

»Nun gut, lassen wir es dabei bewenden. Wie kommt es, daß Sie nicht mit den jungen Herrschaften in das Dorf gegangen sind?« fragte sie wie ein Untersuchungsrichter.

Er mußte über diesen Ton wieder ein Lächeln unterdrücken.

»Weil mir diese Art Vergnügungen nicht liegt. Ich kann keinen Witz darin finden, wenn man bei einem Dorfkrämer frische Hummer verlangt und angibt, sich in den Tod zu wundern, wenn er beklommen sagt, keine zu haben. Auch finde ich es nicht sehr ulkig, wenn man beim örtlichen Schnittwarenhändler echt japanische Kimonos verlangt und in der kleinen Tankstation eine Auswahl von neuen Autos vorgeführt sehen möchte.«

»So so? Also solchen Fez treiben die Herrschaften? Nun, immerhin ist das noch harmloser, als das Absingen frivoler Lieder und das Erzählen ziemlich eindeutiger Witze.«

»Auch dafür habe ich keine Vorliebe, und ich war Ihnen dankbar, daß Sie Frau von Mattenheim und Fräulein Mainau so energisch hinausführten aus diesem Kreis.«

Sie sah ihn forschend an mit ihren sehr großen, blauen Augen, die von vielen Falten umgeben waren und dabei doch noch so jung wirkten.

»Ja – aber warum verkehren Sie in diesem Kreis, wenn er Ihnen nicht zusagt?«

Er überlegte eine Weile, dann antwortete er lächelnd:

»Ich bin mit Leidenschaft Forscher.«

Sie hob ihren Bergstock und zeigte auf ihn.

»Jetzt wollen Sie eine alte Frau irreführen.«

»Weil ich Ihnen keine genauere Antwort geben kann.«

»So so? Auch ohne eine solche komme ich dahinter. Marlies hat mir eine Andeutung gemacht, daß Fräulein Lulu Strauß – ein unglaublicher Rufname – Absichten auf Sie hat. Und wenn eine Millionärin auf einen jungen Mann Absichten hat, der, wie mir angedeutet wurde, obendrein noch vermögenslos ist, dann ist es nicht schwer zu erraten, daß Sie diese Absichten wirksam unterstützen möchten.«

Er verneigte sich. Also Marlies glaubte anscheinend fest an seine Werbung um Lulu Strauß, sonst hätte sie das der alten Dame nicht gesagt. Eine leise Rührung stieg in ihm auf. Lange sollte Marlies nicht mehr gequält werden, er wollte nicht von hier abreisen, ohne sie um ihr Jawort zu bitten. Aber noch wollte er nicht darüber sprechen, Marlies mußte zuerst erfahren, was er für sie empfand, und er glaubte, daß es sehr reizvoll sein würde, ihr das Geständnis ihrer Liebe zu entreißen. Allzu leicht würde das nicht sein, ihr süßer Trotzkopf würde sich wehren, daran zu glauben, daß er nur ihretwegen hier sei. So sagte er nur:

»Sie befinden sich vielleicht in einem Irrtum. Es ist mir ziemlich gleichgültig, ob eine Frau, die ich liebe, arm oder reich ist.«

Durchdringend sah sie ihn an.

»Dann sind Sie ja ein weißer Rabe. Kommen Sie, setzen Sie sich ein wenig an meine Seite, wir können die Aussicht gemeinsam bewundern. Und dabei können wir noch ein wenig plaudern. Also, es ist Ihnen nicht darum zu tun, eine Millionärin zu erobern?«

»Durchaus nicht, Millionärinnen liegen mir nicht.«

Wieder sah sie ihn von der Seite forschend an.

»Fabelhaft! Sie können sich ruhig als Sehenswürdigkeit ausstellen lassen. Aber irgendeinen Grund müssen Sie doch haben, daß Sie hierher gekommen sind. Wir wollen ganz offen sein – das bin ich immer, wo es möglich ist. Es ist mir ganz lieb, daß Sie keine Absichten auf dieses Fräulein Strauß haben. Ich möchte gern, daß mein Neffe Herbert sie heiratet, nicht, weil ich besonders entzückt von ihr wäre, sondern nur, weil hier in Mattenheim dringend Geld gebraucht wird. So, jetzt habe ich meine Karten aufgedeckt. Und nun können Sie mir vertrauensvoll sagen, weshalb Sie hier sind, in einer Gesellschaft, die Ihnen nicht zusagen kann.«

Er wippte mit seinen Fußspitzen auf und ab, denn er hatte folgsam neben ihr Platz genommen.

»Gut, Offenheit gegen Offenheit. Ich habe einen ganz besonderen Grund, der mich veranlaßt, Herrn von Mattenheims Einladung immer wieder anzunehmen. Ich kann Ihnen diesen Grund zur Zeit noch nicht nennen, aber ich denke, vor meiner Abreise kann ich ihn enthüllen. Bitte, haben Sie so lange Geduld.«

»Nun, hoffentlich sind Sie nicht Detektiv und haben hier die Spuren eines Verbrechens zu suchen«, sagte sie humorvoll.

Er lachte.

»Das kann ich Ihnen auf Ehrenwort versichern, daß ich kein Detektiv bin. Ich bin nur Forscher.«

»Ist auch so etwas Ähnliches. Aber gut, ich bescheide mich. Und nun können wir wohl an den Abstieg denken, damit wir uns noch zum Nachtmahl umkleiden können. Es war mir immerhin eine interessante halbe Stunde in Ihrer Gesellschaft. Hoffentlich wird mir noch öfter eine solche zuteil. Dann müssen Sie mir von Ihren Forschungsreisen erzählen. Ich sehe nicht ein, warum nicht auch eine alte Frau sich mit einem interessanten jungen Mann unterhalten soll.«

»Das sehe ich auch nicht ein. Ich werde gern noch oft mit Ihnen plaudern, habe ich mir doch schon vorgenommen, den Versuch zu wagen, gut Freund mit Ihnen zu werden. Fräulein Mainau hat mir nämlich viel Liebes über Sie berichtet.«

Sie sah überrascht auf.

»So so, die Marlies? Ja, das ist ein goldtreues Gemüt, man weiß hier gar nicht recht, was man an ihr hat.«

»Auch ich habe das Gefühl, daß ohne sie Mattenheim nicht

mehr auf der Höhe sein würde. Hauptsächlich Herr von Mattenheim sieht sehr auf sie herab.«

Sie stützte sich fest auf seinen Arm.

»Ach, Herbert ist ein dämlicher Bengel – Sie wissen, ich bin offen. Und sein Lebenswandel gefällt mir auch nicht. Es wäre Zeit, daß er sich mal selbst ein wenig um seinen Besitz kümmerte.«

Lutz mußte lachen.

»Vielleicht wäre das noch schlimmer, als wenn er fernbleibt.«

»Vielleicht sind wir auch in diesem Punkt einig. Aber nun sehen Sie sich lieber an, wie da drüben die Schneegipfel im Schein der untergehenden Sonne aufglühen. Hat der liebe Herrgott nicht für seine verbohrten Menschenschafe Herrliches geschaffen?«

»Es bleibt einem nichts anderes übrig, als ihn restlos zu bewundern und anzubeten.«

»Schön, das gefällt mir. Und nun sehen Sie da unten Herbert mit seiner Kolonne! Hoffentlich müssen wir ihnen nicht begegnen. Ich möchte mir den Genuß an Gottes Schönheit nicht zu früh stören lassen.«

»Gestatten Sie mir, daß ich Sie hinter dem Haus auf einem mir bekannten Schleichweg herumführe, dann kommen wir um diese Begegnung herum, Frau Oberst.«

»Gut, schleichen wir uns – ich bin dabei.«

Herbert und seine Gesellschaft erblickten aber doch da oben Lutz Bergmann und die alte Dame und machten ihre Glossen darüber. Herbert meinte spottend:

»Bergmann stellt Tante Albertine bloß.«

Lulu Strauß war sehr ärgerlich, daß Lutz sich der alten Dame gewidmet hatte, statt mit ihr zu gehen.

»Sehen Sie nur, wie Tante Albertine sich herausgeputzt hat, wie ist so etwas möglich.«

»Zum Schreien sieht sie aus«, bestätigte Fräulein von Stratz. »Aber es wird ein Ulk, wenn wir heute Abend wie die unschuldsvollen Lämmer auf der Weide ihre Zufriedenheit erringen werden. Wir müssen sie unbedingt zufriedenstellen, sie soll ihre Freude haben, wie erzieherisch ihre Rede gewirkt hat.«

Beim Abendessen trafen alle Hausbewohner wieder zusammen. Tante Albertine erschien als letzte und hatte sehr sorgfältig Toilette gemacht. Ihr Kleid gehörte allerdings der Mode von vor etwa fünfzehn Jahren an und hatte damals wahrscheinlich berechtigte Bewunderung erregt. Heute machte es einen überladenen Eindruck, und eine andere Frau als Tante Albertine hätte es sicherlich nicht tragen dürfen. Aber wie Marlies richtig gesagt hatte: Tante Albertine konnte alles tragen und wirkte immer großartig. Auch heute fehlten weder Spitzengeriesel noch Rüschen aus duftigen Stoffen, und auch jetzt umgab ein wehender Schleier Schultern und Hals. Auch hatte sie sorgfältig Puder aufgelegt, dessen rosige Färbung sie, zumal bei Abendlicht, jünger erscheinen ließ. Sie sah jedenfalls immer sehr gepflegt aus, und nur an ihrem Gang erkannte man die alte Dame jenseits der Siebzig.

Als sie sich im Kreis der andern umsah, bemerkte sie sofort eine betonte Einfachheit im Anzug der beiden weiblichen Gäste Herberts. Sie trugen dunkle hochgeschlossene Kleider, machten ihr eine tiefe Verbeugung und küßten ihr ehrerbietig die Hand. Tante Albertine nahm das hin als etwas Selbstverständliches. Und da die beiden Damen sich einer streng moralischen Unterhaltung befleißigten, nickte sie beifällig mit dem Kopf und meinte huldvoll, daß ihr heute abend die Unterhaltung bedeutend besser gefalle als am Nachmittag, und es gehe doch auch so. Sie bildete sich ein, ihre Strafpredigt habe tiefen Eindruck gemacht. Marlies wußte sehr wohl, daß dies alles nur Komödie war, und auch Frau Beate war überzeugt, daß ihre Gäste sich nicht in wenigen Stunden so ganz geändert haben könnten. Denn auch die jungen Herren vermieden strengstens jedes freie Wort, und alle gaben sich sehr salbungsvoll.

Lutz Bergmann ahnte sehr wohl, daß hinter dem allen eine

Teufelei steckte, aber er hatte sein Wesen in keiner Weise geändert und widmete sich in liebenswürdigster Weise den beiden älteren Damen.

So ging es während des Abendessens, und auch nachher im Nebenzimmer befleißigten sich die jungen Leute einer tadellosen Haltung. Nur sah Marlies sehr wohl, daß es spöttisch und übermütig in ihren Augen aufblitzte. Jedenfalls war sie froh, einmal nicht über eine Unterhaltung bei Tisch empört sein zu müssen.

Es wurde auch heute musiziert, und zwar brachte Lulu Strauß ein altes, rührseliges Volkslied zum Vortrag, das sie mit sittsamen Gebärden begleitete.

Fräulein von Stratz spielte mit ebenso sittsamer Miene die Klosterglocken und das Gebet einer Jungfrau, Stücke, die Tante Albertine sehr wohl aus ihrer Jugendzeit kannte und mit Wohlgefallen aufnahm.

Lutz Bergmann aber war überzeugt, daß die alte Dame durch das alles nur verspottet werden sollte, erhob sich plötzlich, um sich selbst an den Flügel zu setzen. Er begann sofort die Mondscheinsonate von Beethoven zu spielen, und gab sie so wundervoll wieder, daß es ganz still um ihn her wurde und Marlies mit großen Augen zu ihm hinübersah. Ihr war ganz weihevoll zumute, und in dieser Stunde konnte sie nicht daran denken, daß sie Lutz Bergmann haßte. Vielleicht spürte sie, daß zwischen einem Mann, der in dieser Weise Beethoven spielte, und einer Frau, die leichtsinnige frivole Chansons sang, keine innere Gemeinschaft bestehen konnte. Es machte sie froh, daß er so wunderschön und beseelt spielte, ohne daß sie sich darüber klarwurde, warum es sie froh machte.

Als Lutz geendet hatte, wurde ihm viel Beifall zuteil, selbst von den andern Gästen Herberts, aber er nahm anscheinend gar keine Notiz davon, präludierte eine Weile und begann dann die H-Moll-Sonate von Schumann. Es war, als habe er ganz vergessen, daß er nicht allein war. Wahrscheinlich war ihm seine Zuhörerschaft auch ganz unwichtig – bis auf eine schlanke junge Dame, die er mit gefalteten Händen und feuchten Augen hatte seitwärts vom Flügel sitzen sehen. Es war Marlies, für die er spielte, für die er in Tönen sprach und der er sein Inneres erschloß. Er hatte mit seinem Spiel den frivolen Geist aus diesen Räumen vertrieben, der sich dieser Tage hier die Herrschaft angemaßt hatte. Lange würde das nicht anhalten, das wußte er, aber heute brauchte er eine reine Luft um sich und Marlies, denn endlich war er sich ganz klar darüber geworden, daß er sie liebte.

Als er mit seinem Vortrag zu Ende war, erhob er sich schnell, schloß den Flügel und sah nach der Uhr.

»Es ist wohl Zeit, zur Ruhe zu gehen«, sagte er. Damit wehrte er jeden Beifall von sich ab; er konnte es nicht leiden, wenn über sein Spiel gesprochen wurde.

Man verabschiedete sich gegenseitig. Und das war gut so, denn es brach sofort wieder der freie Ton zwischen den Berliner Gästen durch, und Lutz wollte nicht, daß er heute schon wieder die Oberhand gewann. Der einzige, auf den Lutz Bergmanns Spiel keinerlei Eindruck gemacht hatte, war Herbert Mattenheim. Er gähnte ganz ungeniert und äußerte, daß es ein »mordslangweiliger Abend« gewesen sei.

Der nächste Tag, ein herrlicher Frühlingssonntag, verlief wie alle übrigen. Schon am Frühstückstisch herrschte wieder der frivole laute Ton, obwohl Tante Albertine empört von einem zum andern sah. Sie konnte nicht verstehen, warum die jungen Leute plötzlich wieder so unausstehlich waren, nachdem sie sich doch gestern abend so anständig benommen hatten. Aus Rücksicht auf die reiche Erbin, die wieder die schlimmste war, vermied sie es, erneut eine Philippika loszulassen, aber sie wechselte empörte Blicke mit Beate und schickte Marlies hinaus, weil sie merkte, daß diese wie auf Kohlen saß. Lulu lachte spöttisch auf.

»Das Unschuldslämmchen darf wohl nicht mal wissen, daß es zweierlei Menschen gibt«, sagte sie ziemlich laut zu Lutz, der neben ihr saß. Marlies hörte es sehr wohl, und ihr stieg das Blut in den Kopf. So schnell wie möglich eilte sie hinaus. Deshalb hörte sie auch nicht, daß Lutz antwortete:

»Es wäre wirklich notwendig, gnädiges Fräulein, daß Sie etwas mehr Rücksicht auf Ihre Umgebung nähmen.«

Sie lachte gereizt.

»Ah, sieh da, Herr Bergmann empfiehlt sich als Unschuldslämmchen Nummer zwei.«

Das hatte zur Folge, daß auch die Hausfrau und Tante Albertine das Zimmer verließen und gleich hinter ihnen auch Lutz Bergmann. Nun waren die andern gleichgesinnten Seelen wieder unter sich und konnten sich nach Herzenslust lustig machen über die Tugendmoppeligkeit der andern. Marlies war mit ihrem Rad auf die Felder gefahren, wo sie mit dem Inspektor etwas zu besprechen hatte. Ihr war bitterschwer ums Herz.

Nach dem Abend gestern mit Lutz Bergmanns wundervollem Klavierspiel hatte sie ohne jeden haßerfüllten Gedanken gegen ihn einschlafen können, und nun ging es doch weiter in dem seichten Ton. Welch tiefen Eindruck mußte die Millionärin auf ihn gemacht haben, daß er ruhig ihre freien Reden anhören konnte, ohne sich davon angewidert zu fühlen.

Sie ahnte ja nicht, daß er Lulu Strauß im Grunde nicht ausstehen konnte. Noch weniger aber, wie er im Herzen zu ihr selbst stand. Sonst wäre ihre Stimmung wohl eine andere gewesen.

In ihren zornigen Schmerz vertieft, wünschte sie wieder einmal in ihrer temperamentvollen Art, Lulu Strauß irgend etwas antun zu können, was diese so schwer ärgerte, daß sie abreisen würde. Dabei wurde ihr gar nicht klar, daß ihr »Haß« gegen Lutz Bergmann seit gestern abend sehr abgeschwächt worden war.

Am andern Morgen zog das Vieh in aller Frühe auf die Alm hinauf. Marlies war selbstverständlich mit auf dem Platz und hatte noch allerlei zu ordnen gehabt. Auch Tante Albertine war im Morgenrock und mit Lockenwickeln im Haar am Fenster erschienen und hatte mit königlichem Anstand den Tieren ein Lebewohl zugewinkt. Aber sonst war niemand zu sehen gewesen, nicht einmal Tante Beate, die es nicht vertrug, so früh aufzustehen, und die außerdem bei Marlies alles in guten Händen wußte.

Erst als die Senner und Sennerinnen mit dem Vieh auf die Almen zogen, hatte Marlies Lutz Bergmann an seinem Fenster erblickt. Er war im Pyjama, sein Haar war nicht so tadellos wie sonst gescheitelt und sein kräftiger Hals war frei, nicht in einen Kragen gezwängt. Marlies hatte gleich wieder von ihm fortgesehen, sie wollte nicht, daß er merkte, daß sie ihn erblickt hatte. Später fiel es ihr wieder ein, wie stattlich er ausgesehen hatte.

Beim Frühstück hatten sich Herberts Gäste, außer Lutz, über die Störung ihrer Morgenruhe beklagt, und Lulu hatte gemeint:

»Was für einen häßlichen Klang haben diese Kuhglocken.«

Darauf hatte Tante Albertine nicht umhin gekonnt, zu antworten:

»Noch häßlicher wirken auf mich Ihre frivolen Schlager; da können Sie sich ungefähr ausrechnen, wie wenig sie mir gefallen. Ich finde das Geläut der Herden sehr melodisch. Jedenfalls hat es einen reinen Klang. Und ich freue mich jedes Jahr darauf, dies Glockengeläut zu hören.«

Lulu lachte spöttisch auf.

»Über Geschmack läßt sich nicht streiten, und unsere Großstadtnerven empören sich jedenfalls bei diesem Gebimmel.«

Marlies hätte dazu liebend gern gesagt: Dann sollten Sie nie ins Gebirge gehen. Aber sie konnte es zum Glück zurückhalten. Tante Albertine brachte aber eine gute Antwort:

»Dafür halten Ihre Großstadtnerven in anderer Beziehung bedeutend mehr aus als die unsern.«

Das war aber der einzige Meinungsunterschied zwischen Lulu und Tante Albertine heute am Frühstückstisch. Marlies hatte Tante

Albertine mit all ihren Fehlern und Schwächen immer ganz gern gehabt; seit sie aber Lulu Strauß zuweilen die Zähne zeigte, wurde sie von ihr geliebt.

Während Marlies in den sonnigen Frühlingsmorgen fuhr, um verschiedenes mit dem Verwalter zu besprechen, quälte sie sich wieder mit ihrem Haß herum, ihrem Haß auf Lulu Strauß und, als gewissermaßen zu ihr gehörend, auch auf Lutz Bergmann.

Dabei war ihr elend zumute, so daß sie am liebsten geweint hätte.

Es war ein Glück, daß sie jetzt den Verwalter stehen sah, der ihr schon zuwinkte und ihr zeigen wollte, was die Feldmäuse wieder für Schaden an den jungen Keimen angerichtet hatten. Marlies seufzte. Feldmäuse, andere schädliche Tiere und Unkraut waren die größten Sorgen der Landleute. Die beiden Menschen, denen das Wohl und Wehe von Mattenheim so viel dringender am Herzen lag, als dessen gleichgültigem Besitzer, berieten stundenlang, wie sie Rat und Hilfe schaffen könnten. Und der reichlich fünfzigjährige Verwalter, schon seit zwanzig Jahren auf Mattenheim, wußte genau, daß er in Marlies einen tüchtigen Arbeitskameraden gefunden hatte, wie sie hinwiederum wußte, daß sie sich in jeder Hinsicht auf ihn verlassen konnte.

Als Marlies sich von dem Inspektor verabschiedet hatte und wieder nach Hause fuhr, sah sie in einer Waldschneise plötzlich Lulu Strauß und Lutz Bergmann dicht zusammenstehen. Lulu hatte sich sehr dicht an ihn geschmiegt und gerade wieder ein anderes Manöver versucht, ihn für sich zu gewinnen, während die andern ein Stück vorausgegangen waren. Marlies ahnte nicht, daß die andern in der Nähe waren, sie glaubte, es handle sich um ein geheimes Stelldichein zwischen den beiden. Und sie ahnte ebensowenig, daß Lutz diesen neuen Angriff von Lulu ruhig und zielbewußt zurückschlug, obwohl sie ihm erzählt hatte, der freie Ton sei ihr selbst zuwider und sie mache nur mit, um sich nicht auslachen zu lassen. Sie sehne sich danach, in reinere Luft zu kommen, und suche einen Lebensgefährten, der ihr dazu verhelfen könne. Dabei hatte sie ihn schmachtend angesehen, aber Lutz hatte ihr ruhig und bestimmt geantwortet, er begrüße es, daß sie sich ändern möchte, und sicherlich werde sie, wenn sie ernstlich wolle, einen Mann finden, der ihr darin beistehen würde. Ganz bestimmt würde sie dieses Ziel erreichen, wenn es ihr Ernst sei. Er nähme aber an, daß es ihr so wenig Ernst damit sei, wie vorgestern abend, als sie der Frau Oberst die kleine tugendhafte Komödie vorgespielt habe. Und bei diesen Worten hatte er sie schnell weiter geführt, zu ihrem Ärger, so daß sie bald die andern erreichten.

Das alles wußte Marlies nicht, sie sah nur die beiden dicht nebeneinanderstehenden Menschen, und das Herz tat ihr wieder zum Zerspringen weh. Dabei wurden ihr die Augen feucht. Hätte sie geahnt, daß Lutz Bergmann Lulu sehr unzweideutig von sich abwehrte, wie viel leichter wäre ihr ums Herz gewesen.

»Wenn ich ihr nur etwas antun könnte! Sie wird ihn ja doch nur unglücklich machen, sie paßt doch gar nicht zu ihm. Ich hasse sie. Ihn gleichfalls, aber sie noch viel toller.«

So sagte sie sich, während sie ihr Rad den Berg hinaufschob und kreuzunglücklich war, ohne zu wissen, warum.

So kam sie im Herrenhaus an und fand zu ihrem Glück gleich wieder alle Hände voll zu tun. Daß auch Herbert mit seinen andern Gästen auf einem Spaziergang unterwegs war, erfuhr sie wohl, aber nicht, daß sie alle zusammen gewesen waren und Lutz und Lulu sich nur für kurze Zeit abgesondert hatten auf Lulus Betreiben. Mit wütendem Eifer machte sie sich an die Arbeit, denn heute abend sollte auf Herberts Wunsch ein Festessen stattfinden, und danach getanzt werden. Er wollte seinen Gästen etwas bieten, vor allem Lulu, um ihr zu beweisen, daß in Mattenheim glänzende und geordnete Verhältnisse herrschten.

Tante Albertine und Beate Mattenheim saßen im Wohnzimmer zusammen und machten gegenseitig ihren gepreßten Herzen Luft. Frau Beate war sehr aufgebracht darüber, daß heute morgen wieder dieser üble Ton angeschlagen war. Sie kämpfte einen heldenhaften Kampf zwischen ihrer Entrüstung über Lulu Strauß und ihrem Wunsch, deren Millionen an Mattenheim zu fesseln. Tante Albertine versäumte nicht, ihr das letztere in den schwärzesten Farben auszumalen.

7

Der Festabend, den Herbert seinen Gästen geben wollte, war herbeigekommen, und Marlies hatte das ihre getan, ihn so schön wie möglich zu gestalten, ohne daß zu große Kosten entstanden. Im Verlauf dieses Tages hatte sie viele Ungezogenheiten von Lulu Strauß in Kauf nehmen müssen; und das kam daher, weil Lutz Bergmann verschiedentlich während des allgemeinen Spaziergangs Marlies verteidigt hatte, wenn die andern über sie spotteten und sie eine langweilige Tugendgans nannten. Er hatte offen erklärt, daß ihm ihr zurückhaltendes Wesen sehr gefalle und er überzeugt sei, daß sie sich nie etwas vergeben würde.

Da war Lulu schließlich in heller Wut davongelaufen, denn sie hatte sehr wohl an seinem Verhalten gemerkt, daß sie bei ihm durchaus keine Aussichten hatte. Nun ließ sie ihren Zorn und ihre Wut an Marlies aus und suchte geradezu deren Gesellschaft, um sie zu peinigen.

Marlies war durchaus kein zahmes Lamm. Sie diente Lulu so gut sie konnte, aber sie war immer mehr von dem Wunsch beseelt, auch ihr etwas anzutun, das sie ärgern würde. Hätte sie nur eine Ahnung gehabt, woher Lulus Zorn kam, hätte sie das vermutlich viel leichter ertragen. Aber davon ahnte sie nichts, glaubte im Gegenteil, daß zwischen Lutz Bergmann und der reichen Erbin schon alles in Ordnung sei und die Verlobung baldigst veröffentlicht werden würde. Vielleicht schon heute abend. Sie wäre deshalb am liebsten dem Fest ferngeblieben, aber davon wollten weder Tante Albertine noch Tante Beate etwas wissen. Sie möge nicht so töricht sein, es gäbe für sie selten eine Gelegenheit zu tanzen, meinte Tante Albertine, und Frau Beate äußerte ihrerseits, es sei ganz selbstverständlich, daß sie mit tanzen müsse, es seien doch mehr Herren als Damen anwesend.

Am Nachmittag hatte Lutz sich wieder längere Zeit mit Tante Albertine unterhalten, und sie hatten weiter Gefallen aneinander gefunden. Wenn Lutz sich auf den heutigen Abend freute, geschah es nur, weil er ihm Gelegenheit geben würde, auch mit Marlies tanzen zu können.

Wenn diese nur eine Ahnung davon gehabt hätte. So meinte sie, er werde wohl nur mit Lulu Strauß tanzen.

Dazu kam noch, daß Lulu am Abend in einer wunderbaren weißen Seidenrobe mit tiefem Rückenausschnitt erschien, in der sie vorteilhafter denn je aussah und aller Blicke auf sich zog. Auch Lutz sah sie an wie ein schönes Bild, und sagte ihr eine Schmeichelei über ihr schönes, elegantes Gewand. Das hörte leider Marlies, als sie vorüberging. Sie kam sich in ihrem schlichten hellblauen Seidenkleidchen durchaus nicht vorteilhaft vor und ahnte nicht, wie hold und lieblich sie aussah. Lutz merkte das aber sehr wohl und sah ihr bewundernd nach. Das bemerkte nun wieder Lulu, und es entfachte einen maßlosen Zorn in ihr. Was hatte er so bewundernd dieser armen Verwandten des Hauses nachzusehen. Sie zog die Stirn zusammen, und auch sie hatte den innigen Wunsch, Marlies irgend etwas anzutun. Daß diese als so tugendhaft galt, ärgerte sie ungemein; sie wünschte, ihr diesen Nimbus nehmen zu können. Aber wie sollte das geschehen?

So war die Atmosphäre zwischen den beiden Damen mit Elektrizität geladen, und der kleinste Funke konnte verheerend wirken.

Zuletzt erschien Tante Albertine, und alle Anwesenden waren über die königliche Würde, die sie ausstrahlte, sprachlos. Sie trug ein Gewand, das von oben bis unten mit blaufunkelnden Pailletten bestickt war, die bei jeder Bewegung sprühten. Auch dies Kleid war schon vor einer Anzahl von Jahren modern gewesen, aber es paßte zu der hohen, königlichen Erscheinung. Zudem war die Tante mit ihrem sämtlichen Schmuck behängt, den sie noch aus besseren Zeiten gerettet hatte. Vielleicht war dieses und jenes Stück nicht echt, aber es wirkte alles zusammen überwältigend.

Lulu flüsterte Fräulein von Stratz mit heimlichem Lachen zu:

»Adele Sandrock in ihrer königlichen Rolle.«

»Fabelhaft«, spottete auch diese.

Aber Tante Albertine zweifelte nicht an ihrem Erfolg. Sie war es gewöhnt, Aufsehen zu erregen, und es hätte ihr etwas gefehlt, wenn nicht ringsum alles vor Bewunderung verstummt wäre.

Zu ihrer Genugtuung bot Lutz Bergmann ihr den Arm, um sie zu Tisch zu führen, aber an seine andere Seite kam Lulu Strauß zu sitzen.

Diesen beiden gegenüber hatte Marlies an Herrn von Selbitz' Seite Platz genommen. So konnte sie einen Teil der Unterhaltung zwischen den beiden mit anhören. Und es war manches dabei, das sie treffen und kränken sollte. Ein Zweck, den Lulu auch erreichte. Dadurch wurde Marlies' Stimmung keineswegs besser, glaubte sie doch, daß Lutz Bergmann mit Lulus Worten einverstanden sei.

Sie wäre am liebsten davongelaufen und hätte sich in der Einsamkeit ihres Zimmers ausgeweint.

Als dann endlich die süße Speise gereicht wurde, wozu es eine dunkelrote Wein- und Fruchtsoße gab, sagte Lulu von oben herab, sehr laut und deutlich:

»Es ist sehr unangenehm, wenn Angestellte mit am Tisch sitzen. Herr von Mattenheim hätte uns das wohl ersparen können, hätte dieses Fräulein Mainau auf ihrem Zimmer speisen lassen können.«

Marlies wurde bleich vor Zorn, und Lutz Bergmann auch. Tante Albertine aber wollte gerade für Marlies eine Lanze brechen, da herrschte Lulu über den Tisch hinüber Marlies an:

»Passen Sie doch auf, wo es fehlt, wenn Sie schon einmal hier sind. Ich habe keine Soße, reichen Sie sie mir herüber.«

Da sprühte es in Marlies Augen auf. Sie faßte jäh nach der Soßenschüssel und dachte dabei zornig: Möchte sie sich doch die Soße über ihr weißes Kleid schütten. Dabei erhobsie sich halb und reichte Lulu mit einem heftigen Schwung die Sauciere hinüber, so daß Lulu nicht schnell genug zufassen konnte. Die Schüssel fiel in Lulus Schoß,und der ganze Inhalt ergoß sich auf das schöne weiße Kleid.

Marlies erschrak nun doch, sprang auf und wollte mit ihrer Serviette den Schaden nach Möglichkeit gutmachen. Auch Lulu schnellte, nachdem der erste Schreck überwunden war, in die Höhe, und nun ergoß sich eine solche Flut von Schimpfreden über Marlies' Haupt, daß diese abwechselnd blaß und rot wurde. Und dann holte Lulu in ihrer Wut aus und wollte Marlies ins Gesicht schlagen. Da trat aber Lutz wie zufällig dazwischen und gab sich den Anschein, auch mit seinem Mundtuch den Schaden gutmachen zu wollen. So blieb Marlies vor der ihr zugedachten Ohrfeige bewahrt, und diese traf nur Lutz Bergmanns Arm. Marlies merkte in dem Bestreben, Lulus Kleid zu säubern, nichts von diesem kleinen Manöver, sie merkte auch nicht, daß Lutz wie ein Schutzwall zwischen ihr und der erbosten Lulu stand. Diese war so gewöhnlich und ausfallend in ihrer Wut, daß alle empört zu ihr hinüber sahen. Selbst Herbert fühlte sich beklommen.

Marlies aber ließ diesen Schwall wütender Worte still, ohne Gegenrede über sich ergehen, wußte sie jetzt doch selbst nicht mehr, ob sie die Soße mit Absicht über Lulus Kleid geschüttet hatte oder nicht. Gewünscht hatte sie in ihrem berechtigten Zorn jedenfalls, daß die rote Tunke sich über das weiße Kleid ergießen möchte.

Lulu war so wütend, daß sie Marlies schließlich, ehe Lutz es verhindern konnte, so heftig zurückstieß, daß Marlies rückwärts hinfiel.

Dann stürmte Lulu aus dem Speisesaal, um sich auf ihrem Zimmer umzukleiden, denn in dem befleckten Kleid konnte sie nicht bleiben.

Lutz half Marlies beim Aufstehen. Sie sah sehr blaß und elend aus, machte sich schnell aus seinen Händen los und begab sich in ein Nebenzimmer.

Die Tafel war durch diesen kleinen Zwischenfall schneller beendet als vorgesehen. Fräulein von Stratz, Herr von Selbitz und der andere Gast Herberts nahmen die Sache humoristisch, Herbert sprach ärgerlich auf seine Mutter ein und verlangte, daß sie Marlies gehörig die Meinung sagen solle wegen ihres Ungeschickes, und Lutz stand mit Tante Albertine zusammen, die unbedingt Marlies' Partei nahm und behauptete, Fräulein Strauß sei nur recht geschehen für ihre ungezogenen Angriffe auf die arme Marlies.

»Ich habe einen weiteren Aufschluß über den Charakter von Fräulein Strauß erhalten. Ihr Benehmen Marlies gegenüber war sehr unfein. Ich habe deutlich gesehen, daß sie Marlies schlagen wollte, nur Sie haben es verhindert. Eine dermaßen zügellose Frau wünsche ich Herbert wirklich nicht«, sagte sie mit ihrer dunklen, baßartigen Stimme.

Lutz hätte wahrscheinlich auch allerlei unliebsame Aufschlüsse über Lulus Charakter erhalten, wenn das nicht schon vorher der Fall gewesen wäre. Er übersah aber die ganze Angelegenheit noch viel besser als alle Anwesenden. Er hatte sehr wohl bemerkt, daß Marlies durch Lulus Verhalten sehr gereizt worden war, und ein sanftes Lämmchen, das sich willenlos zur Schlachtbank führen läßt, war sie nun mal nicht. Sie besaß viel

Temperament und ließ sich nicht ungestraft beleidigen. Anscheinend war sie sehr zornig und unbeherrscht mit der Soßenschüssel verfahren, hatte dann freilich einen großen Schrecken bekommen und sich geschämt, daß sie sich in solcher Weise hatte gehenlassen. Er mußte sich doch einmal nach der kleinen Sünderin umsehen.

Unbemerkt ging er ihr nach in das Nebenzimmer und fand sie auch dort, blaß, mit verweinten Augen am Fenster stehen. Als Lutz hinter sie trat und sie anredete, zuckte sie zusammen, aber alle Weichheit war aus ihrem Antlitz fortgewischt, denn sie nahm an, daß Lutz Bergmann sie zur Rechenschaft ziehen wollte. Zu ihrem Erstaunen sagte er aber ganz sanft und tröstend:

»Weinen Sie doch nicht, eine derartige kleine Ungeschicklichkeit kann jedem unterlaufen.«

Sie funkelte ihn an mit zornigen Augen, und ihre Tränen flossen stärker.

»War gar keine Ungeschicklichkeit, hab's mit Absicht getan«, stieß sie hervor und trocknete hastig ihre Tränen.

»Das wußte ich – Sie sahen sehr zornig aus.«

Verblüfft starrte sie ihn an.

»Sie wußten es?«

»Ja. Warum haben Sie es denn getan – warum das schöne Kleid verdorben?«

Sie zerrte erregt an ihrem Taschentuch. Seinen sanften Ton vermochte sie nach dem Vorgefallenen kaum zu ertragen.

»Weil ich sie hasse, diese ungezogene Person.«

»So, Sie hassen sie?« sagte er mit verhaltenem Lächeln. »Und warum hassen Sie Fräulein Strauß?«

»Weil ich – «

Sie hielt inne, beinahe wäre ihr entfahren, daß sie eifersüchtig auf sie sei. Aber sie unterdrückte das und fuhr zornig heraus:

»Weil Sie sich so blöd mit ihr anstellen, als sei sie ein anbetungswürdiger Engel, Sie – Sie haben ja nun wohl endlich gemerkt, daß sie eine Furie ist.«

Es zuckte wieder ein Lächeln um seinen Mund.

»Warum interessiert es Sie so stark, für was ich Fräulein Strauß halte?«

Sie wurde blutrot und wußte nicht, was sie antworten sollte. Endlich warf sie in ihrer Not den Kopf wieder heftig zurück und sagte trotzig:

»Weil ich auch Sie furchtbar hasse, weil Sie das weiße Kleid so schön fanden –, und weil ich Sie eben hasse.«

Sie ahnte nicht, wie sehr sie sich ihm verriet, und er sah nun ein, daß er sie jetzt, hier, wo jeden Augenblick jemand kommen konnte, nicht würde beruhigen können. Er sah sie nur, als sie jetzt zu ihm aufsah, mit einem Blick an, der sie zusammenzukken ließ. Dann verbeugte er sich und sagte kühl und überlegen:

»Das ist allerdings niederschmetternd für mich; da wage ich gar nicht, Sie um einen Tanz zu bitten. Deshalb kam ich nämlich hierher zu Ihnen.«

Ganz blaß wurde sie, und ihre Augen sahen müde zu ihm auf.

»Das wird Fräulein Strauß nicht gestatten.«

Damit lief sie davon, und er konnte ihr nicht folgen, wenn er kein Aufsehen erregen wollte. Aber in seinen Augen lag wieder ein zärtlicher Ausdruck.

»Süßer kleiner Trotzkopf – dein Wehren hilft dir ja doch nichts«, sagte er vor sich hin.

Langsam begab er sich wieder zu den andern, die sich jetzt im Musikzimmer eingefunden hatten, das zum Tanzen ausgeräumt worden war. Ein Klavierspieler aus dem Dorf begann soeben zu spielen.

Frau Beate sah sich nach Marlies um. Sie war nicht zu sehen. Da begab die alte Dame sich ins Wohnzimmer und fand dort Marlies in einem Sessel, wo sie fassungslos weinte.

Frau von Mattenheim blieb ihre Strafpredigt im Mund stekken, weil sie glaubte, Marlies weine über ihr Ungeschick. Sie blieb vor ihr stehen.

»Nun höre nur auf zu weinen, davon wird das Kleid von Fräulein Strauß nicht wieder sauber. Zum Glück kann sie es verschmerzen, wenn ihr mal eine Toilette verdirbt.«

Marlies trocknete ihre Tränen. Sie hätte am liebsten auch der Tante gebeichtet, daß das Unglück nicht ganz ohne ihren Willen geschehen war. Sie hätte es auch getan, wenn sie nur einen stichhaltigen Grund hätte für ihr Verhalten angeben können; denn daß Fräulein Strauß sie mit ihren kränkenden Reden schon genugsam zum Zorn gereizt hatte, würde die Tante nicht als stichhaltigen Grund gelten lassen.

So sagte Marlies nur:

»Es ist schade um dieses schöne Kleid.«

»Gewiß, sehr schade, aber Fräulein Strauß wird ein anderes anziehen, und alles wird wieder gut sein, wenn du dich nur bei ihr entschuldigst.«

Das kam Marlies hart an, aber sie nahm es als Strafe auf sich, weil sie sich von ihrem Zorn hatte beherrschen lassen. Sie schluckte die Erregung hinunter und sagte leise:

»Ich werde es tun, Tante Beate, denn ich habe Unrecht begangen.«

Diese zuckte ein wenig die Achseln.

»Von einem Unrecht kann nicht die Rede sein, es war ein Ungeschick. Aber nun kühle dir das Gesicht mit Wasser und komm dann ins Musikzimmer, es werden Tänzerinnen gebraucht.«

Marlies erhob sich und ging hinaus, um sich das Gesicht zu kühlen.

Inzwischen war Lulu, mit einem andern Kleid angetan, wieder heruntergekommen. Das verdorbene hatte sie wütend ihrer Jungfer vor die Füße geworfen und ihr geboten, es in eine Chemische Reinigungsanstalt zu schicken. Ihr Zorn hatte sich noch nicht gelegt, denn sie wußte sehr wohl, daß Lutz Bergmann sie daran gehindert hatte, Marlies ins Gesicht zu schlagen. Eine kräftige Ohrfeige, die sie bei ähnlichen Anlässen ihrer Jungfer zu verabreichen pflegte, wäre ihr sehr dienlich gewesen. Aber weil sie eine hübsche Larve hatte, waren die Männer ihr gegenüber alle hilfsbereit. Wenn sie diese Marlies nur einmal gründlich blamieren könnte, mit Wonne würde sie das tun.

Als sie wieder zu den andern kam, wurde sie von allen Seiten mit begütigenden Scherzworten empfangen. Sie zwang sich auch, darauf einzugehen, ärgerte sich nur, daß Lutz Bergmann sie nicht auch zu begütigen versuchte. Dieser war aber so ungehalten über ihr taktloses und beleidigendes Verhalten Marlies gegenüber, daß er sich nicht entschließen konnte, zu ihr heranzutreten. Er blieb bei Tante Albertine stehen, mit der er sich gerade unterhielt, und ließ nur unruhig seine Augen umherschweifen, ob Marlies nicht endlich wieder auftauchen würde.

Gerade kam Marlies wieder herein. Sie hatte die Tränenspuren, so gut es ging, beseitigt und sah sich nach Lulu um. Als sie diese erblickte, ging sie tapfer auf sie zu und sagte so ruhig sie konnte:

»Ich bitte Sie um Entschuldigung, daß ich Ihr schönes Kleid verdorben habe.«

Lulu sah sie sehr von oben herab an.

»Dadurch wird der Schaden nicht wiedergutgemacht. Sie wissen wohl nicht, wie teuer ein derartiges Kleid ist?«

»Nein, aber ich möchte es Ihnen ersetzen.«

Die andern standen alle herum und hörten jedes dieser Worte.

»Ersetzen? Haben Sie fünfhundert Mark flüssig? Soviel kostet es nämlich.«

Marlies sah sie erschrocken an, sagte dann aber gefaßt:

»Trotzdem will ich es bezahlen.«

Frau von Mattenheim sah Marlies betroffen an. Was dachte sie sich? Woher wollte sie diese fünfhundert Mark nehmen? Von den dreißigtausend Mark, die Marlies als Erbteil ihrer Eltern besaß, ahnte sie ja nichts.

Lulu wandte sich in beleidigender Weise von Marlies ab, zuckte die Achseln und sagte brüsk:

»Ich verzichte!«

Damit ließ sie Marlies stehen.

Diese stand einen Augenblick tief errötend mitten im Zimmer, da aber verbeugte sich Lutz vor ihr und forderte sie, da der Klavierspieler eben wieder einen Tanz begann, auf, mit ihm zu tanzen. In ihrer Verlegenheit ließ sie sich von ihm zum Tanz führen, und die andern folgten. Herbert bat Lulu um diesen Tanz. Aber Lulu war wütend, daß Lutz mit Marlies tanzte, und sie grübelte darüber nach, wie sie Marlies gründlich blamieren konnte. Sie sah immer wieder haßerfüllt zu Marlies und Lutz hinüber. Marlies wußte nicht, wie ihr geschah, als sie in Lutz Bergmanns Armen dahinschwebte. Er sprach kein Wort zu ihr und sie keines zu ihm, und doch waren sie beide so sehr erfüllt von einem starken, mächtigen Gefühl, daß sie an nichts anderes denken konnten. Lutz wußte schon, was für ein Gefühl ihn für Marlies erfüllte, und er hätte sie am liebsten nicht wieder aus seinen Armen gelassen. Marlies aber spürte, daß ihr Haß gegen Lutz Bergmann sonderbarerweise ganz verschwunden war. Sie konnte nicht vergessen, wie er sie vorhin in dem stillen Nebenzimmer aussah, es hatte sie dermaßen erschüttert, daß sie weinend im Wohnzimmer zusammengebrochen war. Und nun hatte er sie zum Tanz aufgefordert. Sie hatte wohl gemerkt, wie wütend Lulu darüber gewesen war. Sie würde ihm nachher vermutlich heftige Vorwürfe machen. Aber von ihm war es sehr großmütig, daß er sie zum Tanz geholt hatte, trotz ihres Geständnisses, daß sie absichtlich die Soßenschüssel so ungeschickt gereicht hatte und – daß sie nicht nur Lulu Strauß, sondern auch ihn hasse. Warum nur tanzte er mit ihr, statt mit Lulu Strauß?

Da war der Tanz schon zu Ende, und Lutz mußte sie, wenn auch sehr ungern, aus seinen Armen lassen.

Dabei sah er sie wieder mit diesem seltsam weichen und gütigen Blick an, wie vorhin im Nebenzimmer. Ihr war, als sei sie in einen Traum versunken und müsse sich gewaltsam daraus lösen.

Der Abend nahm fortan einen ungestörten Verlauf. Marlies mußte mit allen Herren tanzen, und auch Lulu Strauß flog aus einem Arm in den andern. Aber Marlies fragte sich nur immer unruhig, ob Lutz Bergmann sie noch einmal zum Tanz führen würde. All die andern kamen wieder und wieder, sogar ihr Vetter. Aber Lutz Bergmann blieb ihr fern. Er fürchtete, seine Ruhe nicht bewahren zu können, wenn er sie noch einmal in den Armen halten würde. Marlies glaubte hingegen, er habe notgedrungen einen Pflichttanz mit ihr getanzt. Und sie? Ach, du lieber Gott – sie merkte erschüttert, daß ihr der ganze ungestüme Haß abhanden gekommen war – seit er sie so seltsam angesehen hatte.

Wenn er mit Lulu tanzte, tat ihr das Herz weh, aber Haß und Trotz hatten damit nichts mehr zu tun – es befiel sie nur ein tiefer Schmerz.

Sie war sehr unglücklich und wußte nicht recht, warum.

Als endlich das Fest vorüber war, ging Marlies mit Tante Albertine in deren Zimmer, um ihr beim Auskleiden zu helfen. Die alte Dame kam auf den Vorfall von heute abend zurück und sagte befriedigt:

»Ich kann dir sagen, daß ich ihr am liebsten selbst die rote Soße über das Kleid geschüttet hätte, weil sie dir über den Tisch hinüber so ungezogene, taktlose Worte sagte. Sie ist eine Furie. Wie sie auf dich losgefahren ist – schamlos einfach. Und wenn Lutz Bergmann sich nicht schnell dazwischengeschoben hätte, wärst du von ihr ins Gesicht geschlagen worden.«

Marlies sah betroffen zu ihr auf.

»Davon habe ich nichts gemerkt, Tante Albertine, sie stieß mich doch nur um, so daß ich zu Boden fiel.«

»Nun ja, weil es ihr nicht gelungen war, dich zu ohrfeigen.

Lutz Bergmann machte es ihr unmöglich durch sein schnelles Dazwischentreten. Er konnte leider nicht verhindern, daß sie dich zu Boden stieß, konnte dich nur aufheben. Also das muß ich sagen, dieses Fräulein Strauß möchte ich nicht als Herrin in Mattenheim sehen, obwohl sie reich ist.«

Marlies hatte nur gehört, daß Lutz Bergmann sie davor geschützt hatte, von Lulu ins Gesicht geschlagen zu werden. Das war ihm doch wohl zuviel gewesen, das hatte er nicht zulassen wollen, obwohl Lulu Strauß seine Auserkorene war. Und um deren Verhalten gutzumachen, hatte er sie zum Tanz aufgefordert.

Mochte es sein, wie es wollte, er hatte wenigstens gehört, daß sie ihn und Lulu Strauß haßte und daß sie es gewollt hatte, daß die Fruchtsoße über Lulus Kleid flösse. Und nun wußte er wenigstens, daß sie sich ohne Gegenwehr nicht beleidigen und kränken ließ.

Aber zufrieden war sie dennoch nicht mit sich.

Wenn sie nur geahnt hätte, wie ruhig und bestimmt Lutz Fräulein Strauß während des Tanzes erklärt hatte, daß sie sich unerhört betragen habe. Lulu hatte ihm eine Weile zugehört, dann hatte sie spöttisch gesagt:

»Sie werfen sich ja gewaltig zum Ritter dieses kleinen Mädels auf.«

»Allerdings habe ich das getan, weil sie niemand fand, der sie in Schutz nahm, und weil ich nicht zulassen wollte, daß Sie allen sonstigen Demütigungen auch noch einen Schlag ins Gesicht hinzufügten.«

»Allerdings, den hatte sie verdient, diese ungeschickte Person. Ich hatte sogar das Gefühl, daß sie mich mit Absicht mit Fruchtsoße begossen hat.«

Es zuckte um seinen Mund, und er sagte kurz:

»Man hätte ihr das nach dem Vorangegangenen nicht einmal verdenken können. Sie scheinen der Ansicht zu sein, daß man eine junge Dame ungestraft beleidigen darf, wenn sie arm und schutzlos ist.«

»Nun, sie hat in Ihnen jedenfalls einen mächtigen Beschützer und Hüter bekommen, und sie wird sich schon dankbar erweisen.«

Er sah sie drohend an.

»Wenn Sie Fräulein Mainau damit von neuem beleidigen wollen, wird diese Beleidigung auf Sie selbst zurückfallen.«

Sie sah ihn wütend an.

»Wie rührend! Der Prinz und das Aschenputtel!«

Er hatte den Tanz sofort abgebrochen und sich mit einer Verbeugung von ihr verabschiedet. Danach hatte er weder nochmals mit ihr getanzt noch ein Wort an sie gerichtet.

Alles das hatte Lulu Strauß noch mehr gegen Marlies erbittert, und sie sann darüber nach, wie sie sich wirksam an dieser rächen und sie bloßstellen könnte.

Über diesem Grübeln schlief sie sehr spät ein.

8

Am andern Morgen wurde das Frühstück etwas später gerichtet, da man annahm, daß die Gäste länger schlafen würden. Marlies war aber so früh wie alle Tage auf den Füßen. Sie hatte sich in den Schlaf geweint und wußte nicht, warum sie so unglücklich war.

Leise hatte sie ihr Zimmer verlassen, um niemanden zu stören, und war an ihre Arbeit gegangen. Es gab im Haus viel aufzuräumen. Diese Arbeit leistete sie und griff selbst tüchtig mit zu, so daß alles schon wieder in Ordnung war, als die Gäste zum Frühstück herunterkamen. Sie waren alle nicht recht in Form und wollten nach dem Frühstück auf den Berg hinauf, um sich zu erfrischen. Lulu war besonders schlechter Laune. Sie konnte sich seit gestern der Erkenntnis nicht verschließen, daß ihre Millionen auf Lutz Bergmann keinen Eindruck machten und er sich nicht in ihre Netze ziehen ließ. »Weil er sich in das Lärvchen dieser blöden Tugendgans vergafft hat«, sagte sie zu sich selbst.

Und sie verlangte danach, sich an ihm wie an ihr zu rächen. Allerlei Pläne entwarf und verwarf sie, bis sie endlich auf einen Gedanken kam, der ihr zusagte.

Vorläufig ging sie mit auf den Berg, nachdem sie Tante Albertine ziemlich ungezogen über den Mund gefahren war. Die alte Dame sah ihr mit einem Kopfschütteln nach, das Bände sprach.

Auch Lutz war mit hinaufgestiegen, denn auch er verlangte danach, sich einen klaren Kopf zu holen.

Der Ausflug nahm mehrere Stunden in Anspruch, zumal man auf dem Berggipfel eine längere Rast machte.

Es war Lutz sehr angenehm, daß Lulu Strauß sich anscheinend nicht um ihn kümmerte. Er fing nur von Zeit zu Zeit einen bösen, höhnischen Blick von ihr auf. Doch das machte wenig Eindruck auf ihn.

Als man wieder zum Herrenhaus hinunterkam, war es Zeit, sich für die Mittagstafel anzukleiden. Marlies hatte aus den Resten von gestern eine schmackhafte Mahlzeit zusammengestellt, und die Köchin hatte ihr möglichstes getan. So ahnte bei Tisch niemand, daß Reste verzehrt wurden.

Der Aufenthalt in frischer Luft hatte zudem für einen gesunden Hunger gesorgt.

Es gab als Vorspeise ein herrliches Würzgericht; danach kalte Roastbeefscheiben mit Mayonnaise, wozu grüner Salat gereicht wurde, und zuletzt einen Auflauf, zu dem die übriggebliebenen Früchte von gestern verwendet worden waren.

Marlies war froh, daß nichts umkommen mußte, und Tante Beate war sehr damit einverstanden.

Nach Tisch zogen sich alle auf ihre Zimmer zurück, um ein wenig zu ruhen.

Da hatte Marlies wieder Zeit, mit dem Verwalter einige Berechnungen aufzustellen. Sie wurde erst wieder zum Tee gebraucht. Sie war sehr müde, weil sie wenig geschlafen hatte, und konnte nur mühsam aufmerksam sein bei der Besprechung. Sie atmete auf, als sie damit fertig war.

Als sie das Zimmer betrat, in dem der Tee eingenommen wurde, stand Lulu Strauß schon am Fenster. Marlies begrüßte sie in ihrer ruhigen Art, aber Lulu dankte ihr nicht auf diesen Gruß. Da schoß Marlies das Blut in den Kopf. Sie stellte sich vor Lulu hin und sagte kurz und bestimmt: »Da Sie mir heute schon wiederholt nicht auf meinen Gruß gedankt haben, nehme ich an, daß Sie auf einen solchen kein Gewicht legen. Ich werde also in Zukunft darauf verzichten, Sie zu grüßen, wenn Sie mich nicht vorher gegrüßt haben.«

Lulu lachte höhnisch auf, funkelte sie boshaft an und wandte sich wortlos von ihr ab. Zum Glück kamen jetzt Tante Beate und ihr Sohn herein. Gleich hinter diesen Lutz mit Herrn von Selbitz. Lulu trat vor Herbert von Mattenheim hin und sagte spöttisch:

»Kuriose Zustände herrschen in Ihrem Haus. Fräulein Mainau erklärte mir plötzlich, daß sie mich nicht mehr begrüßen würde.«

Herbert wandte sich ärgerlich an Marlies.

»Wie kommst du dazu, einen meiner Gäste in dieser Weise vor den Kopf zu stoßen?«

Lutz trat wie unabsichtlich dicht an Marlies' Seite, als müßte er sie schützen. Aber Marlies führte ihre Sache selbst. Sie sah Lulu Strauß mit einem ruhigen Blick von oben bis unten an und sagte kühl und bestimmt:

»Fräulein Strauß beliebt, die Tatsache zu entstellen. Ich habe ihr wiederholt meinen Gruß geboten. Sie hat mir jedoch nicht gedankt. Auch als ich vorhin das Zimmer betrat, bot ich ihr meinen Gruß, den sie abermals übersah. Deshalb habe ich ihr gesagt, daß ich sie nicht wieder zuerst grüßen würde.«

Damit wandte Marlies sich ab und richtete vollends den Teetisch. Lulu aber zuckte verächtlich die Achseln.

»Das fehlte noch, daß ich eine Angestellte zuerst grüßen sollte.«

Marlies richtete sich hoch auf und sah sie an.

»Sie brauchen sich nicht zu bemühen, ich verzichte auf Ihren Gruß. Im übrigen bin ich keine Angestellte, sondern eine Verwandte des Hauses, die diesem freiwillig ihre Kräfte zur Verfügung stellt. Mir scheint, Sie vergreifen sich mit Absicht immer wieder im Ton mir gegenüber. Das verbitte ich mir.«

Es entstand ein peinliches Schweigen. Aber alle Anwesenden waren gleichwohl auf Marlies' Seite, Lulu war nach deren Ansicht zu weit gegangen. Das merkte diese sehr wohl, und ihr Groll auf Marlies wuchs immer mehr.

Nach der Teestunde suchte Herbert seine Base auf.

»Ich muß dich ersuchen, Marlies, dich auf einen andern Fuß mit Fräulein Strauß zu stellen, denn ich habe die Absicht, sie zur Herrin dieses Hauses zu machen.«

Marlies sah ihn fast mitleidig an.

»Das wird dir kaum gelingen, so viel ich weiß, gehen Fräulein Strauß' Wünsche andere Wege.«

»Das geht dich nichts an, ich habe dich nicht um deine Ansicht gefragt. Und ich ersuche dich nochmals, einen andern Ton ihr gegenüber anzuschlagen.«

»Das tue ich nur, wenn sie sich mir gegenüber in Zukunft anders benimmt.«

Er sah sie ärgerlich an.

»Du bist sehr überheblich und stolz, aber du wirst dich doch dazu bequemen müssen, mein Verlangen zu erfüllen – sonst würdest du wohl dieses Haus verlassen müssen, wenn meine Frau hier einzieht.«

Marlies wurde blaß, blieb aber sehr ruhig und sagte nur:

»Wenn Fräulein Strauß hier als Herrin einzieht, würde ich ohnedies nicht bleiben.«

»Ah, willst du mir sagen, was du dann zu beginnen gedenkst?«

»Weiter arbeiten wie bisher –, an einer andern Stelle. Wenn ich auch ungern von Mattenheim fortgehe, weil ich es liebe – demütigen lasse ich mich in keinem Fall, das merk dir. Auch von dir nicht mehr. Ich möchte nicht, daß du mich ferner wie eine bezahlte Angestellte behandelst, die hier von deiner Gnade abhängt.«

Damit ließ sie ihn stehen und ging davon.

Er sah ihr ein wenig ratlos nach. Mit den Weibern war doch einfach nicht auszukommen! Und wenn Marlies ging, das wußte er, dann würde die Mutter ihn hier in Mattenheim festnageln, dann war es vorbei mit Freiheit und lustigem Leben. Zum Teufel, die Weiber konnten sich doch vertragen! Und was hatte Marlies davon gesagt, daß Lulu Strauß' Wünsche andere Wege gingen? Sollte da etwas mit Lutz Bergmann spielen? Lulu hatte sich in letzter Zeit verdammt viel mit diesem beschäftigt. Daß dieser den Frauen begehrenswerter erscheinen könnte als er, wollte er sich freilich nicht eingestehen. Und schließlich war Lulu ihm doch verdammt deutlich entgegengekommen. Aber immerhin – sie schien nicht sehr zuverlässig zu sein, zeichnete heute diesen, morgen jenen aus. Das erschien ihm allerdings nicht besonders wichtig, wenn sie schließlich nur seine Frau wurde, damit er endlich mal wieder flott wurde. Die Erträge von Mattenheim wurden von Monat zu Monat geringer – er hatte schon Schulden machen müssen, denn sein Leben kostete viel Geld. Also war es doch wohl geraten, man machte sobald wie möglich Ernst mit Lulu. Eine schöne Frau war sie ja nicht – überhaupt nicht sein Geschmack. Aber man konnte sich ja anderweitig schadlos halten. Ihre Millionen wogen das auf. Und elegant war sie sehr, man konnte sich schon mit ihr sehen lassen. Außerdem waren alle hinter der reichen Erbin her.

Und das mit Marlies? Es schien sie leider nicht zu schrecken, daß sie das Haus würde verlassen müssen. Also gut, wenn er Lulus Millionen hatte, dann konnte man auch ohne Marlies auskommen. Und bis er mit Lulu im reinen war, würde Marlies wohl noch bleiben.

Keine Minute kümmerte er sich darum, was dann aus Marlies werden sollte. Mit dergleichen pflegte er sich nicht zu belasten.

Langsam kehrte er zu den andern zurück, die eben zu einer Tennispartie aufbrechen wollten. Eifrig erbot Herbert sich, Lulus Mantel und Schlagnetz zu tragen. Und er hielt den Platz an Lulus Seite fest.

Die andern schritten voraus. Lutz war nicht zu sehen, er hatte sich, als man plante, zum Tennis zu gehen, unbemerkt zurückgezogen. Er war nicht in der Stimmung, sich daran zu beteiligen, sondern zog es vor, einige Stunden zu arbeiten.

Daß Marlies jetzt keine Zeit für ihn hatte, wußte er. Die Frau Oberst lag auf der Terrasse in einem Liegestuhl, um die versäumte Nachtruhe nachzuholen. Frau Beate war mit Marlies zusammen in die Wäschekammer gegangen, um ein Verzeichnis aufzunehmen.

Lulu hielt sich unterwegs Herbert gegenüber darüber auf, daß Lutz Bergmann zurückgeblieben war.

»Er hofft wahrscheinlich auf ein ungestörtes Schäferstündchen«, sagte sie bissig.

Herbert lachte.

»Mit Tante Albertine vielleicht?«

»Ach, Sie blinder Tor, merken Sie denn nicht, was in Ihrem Haus vorgeht?«

»Ich verstehe Sie nicht, mein gnädiges Fräulein.«

»Dann muß ich Ihnen schon ein wenig auf die Sprünge helfen. Merken Sie nicht, daß Lutz Bergmann sich heftig in Ihre schöne Base verliebt hat?«

Herbert sah sie begriffsstutzig an.

»In Marlies? Das ist doch nicht möglich. Ich glaubte vielmehr, daß er Absichten auf Sie selbst hatte, Lulu!«

Und Herbert wurde gleich froher und munterer.

»Auf mich?« sagte Lulu nachlässig. »Lieber Gott, wer hat nicht alles auf mich Absichten. Gewiß, auch er hatte solche, aber – ich habe deutlich abgewinkt. Ich bitte Sie, er ist ein Mensch, so vollgepfropft mit sittlichen Forderungen, daß man in seiner Gegenwart einen Gähnkrampf bekommt. Nein nein, ich will als Lebensgefährten einen flotten Lebemann haben, so wie Sie einer sind, Herr von Mattenheim.«

»O Lulu, Sie machen mich glücklich«, sagte er und faßte ihre Hand.

Sie wehrte lachend ab.

»Nur nicht so stürmisch, ich brauche mich doch nicht gleich auf Sie festzulegen. Dazu ist mir das Terrain hier in Mattenheim zu schwierig. Mir liegt diese Base Marlies nicht, ich könnte nicht in einem Haus mit ihr wohnen. Und die vorsintflutliche Tante Albertine wäre selbstverständlich hier ebenfalls unmöglich, wenn ich je auf den Gedanken kommen sollte, Herrin von Mattenheim zu werden.«

»Aber teuerste Lulu, das würde alles nach Ihren Wünschen geregelt werden, das können Sie doch glauben.«

Sie überlegte. Warum nicht auch Herbert von Mattenheim? Er würde ein bequemer Gatte sein, und man konnte ihn ein wenig zustutzen, wie man ihn brauchte. Die Hauptsache war, daß man sich an dieser Tugendgans Marlies rächen konnte, und zudem mußte auch diese schreckliche Frau Oberst für immer aus dem Weg. Mochte sie sich ihren Kuhreigen anhören, wo sie wollte. Herberts Mutter – die würde man schon irgendwo unterbringen, wo sie nicht stören konnte, denn im Haus mochte sie die auch nicht behalten. In Mattenheim mußte ein ganz anderer Zug hineinkommen, wenn man sich hier wohlfühlen sollte. Also – es war immerhin in Erwägung zu ziehen, ob man Frau von Mattenheim werden sollte. Lutz Bergmann wäre ihr allerdings lieber gewesen. Aber – das fühlte sie – der wollte keinerlei Gemeinschaft mit ihr: Das sollte er büßen. Irgendwie sollte ihre Rache auch ihn treffen.

»Sie schweigen, Teuerste?« fragte Herbert gespannt.

Sie sah ihn nicht an und entgegnete ruhig und überlegen:

»Ich werde Ihren Antrag – als ein solcher sind Ihre Worte jedenfalls aufzufassen – wohlwollend in Erwägung ziehen. Aber lassen Sie mir bis zur endgültigen Entscheidung noch einige Tage Zeit.«

Er faßte ihre Hand und küßte sie stürmisch. Dabei dachte er: »Also der goldene Freiheitstraum dürfte in einigen Tagen ausgeträumt sein.«

Er hatte nie ernstlich daran gezweifelt, daß es ihm schließlich gelingen würde, die reiche Erbin heimzuführen, keine Ahnung kam ihm, daß sie ihn nur als Werkzeug ihrer Rache und als Notbehelf betrachtete. Diese beiden Menschen paßten in ihrer Minderwertigkeit vortrefflich zueinander.

Herbert warf sich in die Brust, als sie mit den andern auf dem Tennisplatz ankamen. Er kam sich vor wie ein Sieger und sonnte sich schon in dem Gedanken, Lulus Geld mit vollen Händen auszugeben. Keine Ahnung kam ihm, daß Lulu sehr geschäftstüchtig war und auch in Zukunft, als seine Frau, ihr Vermögen selbst verwalten würde. Es stand bei ihr fest, daß sie sich völlig freie Verfügung über ihr Vermögen vorbehalten wollte. Sie kannte die Welt und die Männer hinlänglich, um einen Riegel vorzuschieben gegen leichtsinnige Gelüste. Jetzt wurde aber erst einmal fleißig Tennis gespielt, eine Partie zu vieren. Der Überzählige mußte immer die Bälle aufsammeln.

Für den Abend dieses Tages hatte Lulu ihre Rache an Marlies und gleichzeitig an Lutz vorgesehen.

Man saß erst friedlich beim Abendessen, Tante Albertine aufrecht an ihrem Platz, um aufzupassen, daß keine bedenklichen

Worte gebraucht wurden. Sie war fest entschlossen, energisch dagegen aufzubegehren, den sie hatte mit Frau Beate vereinbart, daß man das nicht mehr dulden dürfe. Bisher gab es aber noch keine Veranlassung, einzuschreiten, das Gespräch lief gewissermaßen immer auf Messersschneide hin.

Nach dem Essen ging man wieder ins Musikzimmer hinüber, und die beiden alten Damen baten Lutz dringend, vielleicht um keine anstößigen Lieder hören zu müssen, etwas auf dem Flügel vorzutragen. Lutz hatte noch keine Gelegenheit gehabt, mit Marlies zu reden, er mußte unbedingt warten, bis sie eine ruhige Stunde für ihn hatte. Er war sogleich bereit, zu musizieren und spielte einige schöne, ernste Stücke, spielte mit viel Verständnis, seiner ganzen Seele, die zu Marlies sprechen sollte. Er konnte sie, ohne daß sie es ahnte, in einem Spiegel betrachten und sah, wie sie, in Andacht versunken, die Hände im Schoß gefaltet, ihm zuhörte. Da wurde sein Spiel immer eindrucksvoller, und es war ihm, als sei er ganz allein mit Marlies.

Als er geendet hatte und sich erhob, wandte er sich Marlies zu und sah mit einem unbeschreiblichen Blick zu ihr hinüber. Sie sah diesen Blick aber nicht, weil sie auf ihre gefalteten Hände niederstarrte.

Lulu aber fing seinen Blick auf, und alles in ihr schrie nach Rache, weil er so einen Blick nur für Marlies hatte.

Es blieb eine Weile ganz still, als endlich Tante Albertine sagte:

»Marlies, da fällt mir ein, daß du sehr hübsch singen kannst, ich habe dich lange nicht gehört. Willst du uns nicht einige von deinen Lieder hören lassen.«

Marlies stieg das Blut in das Gesicht. Es erschien ihr unmöglich, vor diesen Menschen zu singen. Früher hatte sie nur vor Onkel Ernst, Tante Beate und Herbert gesungen, und zuweilen vor Tante Albertine. Sie war aber überzeugt, daß man sie verspotten würde, wenn sie ihre ernsten, gefühlvollen Lieder vortrüge.

Ihr Blick fiel unschlüssig auf Lutz Bergmann, der sie gespannt ansah. Schnell wandte sie sich von ihm weg und sagte zu Tante Albertine:

»Ich habe niemanden, der mich begleiten könnte, das tat früher immer Onkel Ernst. Und – ich möchte auch nicht lästig fallen mit meinem Gesang.«

Lulu nahm als sicher an, daß Marlies sich eine Blöße geben würde. Was konnte so eine kleine Landpomeranze schon zum besten geben. Aber die andern bestürmten Marlies, etwas vorzutragen und Lutz erbot sich schnell, sie zu begleiten. Marlies stand unschlüssig da und sah zu Lulu hinüber, aber diese schien friedfertig zu sein.

Nun sagte Tante Beate auch noch strafend:

»Zier dich nicht lange, Marlies – du kannst doch auch etwas zur Unterhaltung beitragen.«

Da richtete Marlies sich auf und sah zu Lutz empor.

»Wenn Sie mich begleiten wollen?«

»Gewiß, ich stehe zu Diensten.«

Sie suchte Noten aus und legte sie vor ihn hin. Er sah darauf nieder und dann erstaunt in Marlies' Gesicht.

»Das wollen Sie singen?« fragte er.

»Ja, wenn Sie es begleiten können – sonst wählen wir etwas anderes.«

»Nein nein – ich kann das schon begleiten.«

Damit legte er das oberste Notenblatt vor sich hin und begann das Vorspiel. Dann fiel Marlies ein, zuerst kamen die Töne ein wenig gepreßt heraus, aber dann mit vollem Klang und ruhiger Sicherheit:

»Du bist, Orplid, mein Land,
das ferne leuchtet!«

Es war »Weylas Gesang«, den sie gewählt hatte. Und ihre Stimme schwoll an in süßem, reinem Wohlklang, wurde zum Schluß wieder leiser, war aber immer gleich ausdrucksvoll.

Eine atemlose Stille herrschte – man war allgemein erstaunt, daß diese arme kleine Verwandte des Hauses solche Töne fand und mit so feinem Verständnis dieses immerhin nicht leichte Lied zum Vortrag brachte. Als sie zu Ende war, sah sie befangen, wie zu sich kommend, vor sich hin und wartete, bis Lutz das Nachspiel beendet hatte.

»Wer hat Sie so singen gelehrt, mein gnädiges Fräulein?« fragte er dann ganz fassungslos.

»Der Kantor unserer Dorfkirche«, erwiderte sie, nicht ahnend, welchen Eindruck ihr Vortrag gemacht hatte.

»Wissen Sie, daß Sie ein wunderbares Stimmaterial haben?«

Sie zuckte gelassen die Achseln.

»Das hat der Herr Kantor auch gesagt – aber ich habe immer nur gesungen, weil es Onkel Ernst Freude machte.«

Lulu fieberte vor Zorn, daß Marlies Mainau plötzlich so an Bedeutung gewann.

»Ein bißchen langweilig, aber ganz nett«, sagte sie laut zu Fräulein von Stratz.

Lutz wandte sich zu ihr herum.

»Sie haben wohl sehr wenig Musikverständnis?«

Und gleich darauf zu Marlies gewandt, fuhr er fort:

»Dürfen wir um noch ein Lied bitten? Ich sehe, Sie haben mir hier Noten von Grieg vorgelegt – dürfen wir Solveijgs Lied auch noch hören?«

Marlies nickte nur. Und sie sang Solveijgs Lied aus Peer Gynt. Hatte sie in dem vorhergehenden Vortrag die schwermütige Stimmung herausgeholt, so sang sie jetzt mit einer zu Herzen gehenden Innigkeit und Wärme, die alle, außer Lulu, tief berührte. Sogar Herbert konnte nicht ganz kühl und blasiert bleiben. Auch Fräulein von Stratz fand es im tiefsten Innern fabelhaft, was »die Kleine« leistete, und begriff nicht, daß diese bei solcher Stimme und Ausdrucksfähigkeit sich nicht eine musikalische Zukunft aufgebaut hatte, statt hier als Aschenputtel herumzuwirtschaften. Aber sie merkte, daß Lulu Marlies um keinen Preis Anerkennung zollen wollte, und da sie von Lulu manche pekuniären Vorteile genoß, wagte sie niemals, dieser zu widersprechen.

Lulus Zorn stieg ins Ungemessene, als alle Beifall klatschten. Marlies zog sich ganz verschüchtert auf ihren Platz zurück und war durch nichts zu bewegen, noch etwas zu singen. So legte Lutz, bis ins innerste Herz getroffen durch ihren seelenvollen Gesang, die Noten zusammen und wollte gerade den Flügel schließen, als Lulu sich an ihm vorbeidrängte, sich auf den Sessel vor dem Flügel niederließ und auf demselben wie blödsinnig herumhämmerte. Sie sang und spielte wieder einige frivole Schlager und sagte dann, wie erlöst aufatmend:

»Gottlob, mir wurde von all der Sentimentalität ganz flau.«

Als sie sich herumwandte, waren fast alle Zuhörer verschwunden, unter stillem Widerspruch, nur Herbert saß noch da und sah sie ein wenig hilflos an.

»Wollen wir auch ein wenig hinaus auf die Terrasse und den Mondschein genießen.«

Sie ließ sich in ihren Sessel fallen, zündete sich eine Zigarette an und sagte abweisend:

»Ich habe reichlich genug von Mondschein und ähnlichem Kitsch – das ist ja nicht auszuhalten.«

Herbert fand Lulu recht schwierig – aber sie hatte mit ihrer Hand Millionen zu vergeben, und deshalb blieb er bei ihr sitzen und ging auf ihre mehr als leichte Unterhaltung ein.

Als die andern zurückkamen, fanden sie die beiden vergnügt plaudernd, aber wer Lulu besser kannte, mußte gewahren, daß sie weißglühend war vor Zorn.

Man saß noch ein Stündchen beieinander und plauderte – aber Lutz Bergmann war merkwürdig still und nachdenklich, und sein Blick ruhte unverwandt auf Marlies, die ihm heute ein neues Rätsel aufgegeben hatte. Was für Schätze waren in diesem schlichten Mädchen verborgen! Seine Liebe zu ihr wurde immer tiefer. Er sehnte sich danach, ihr alles sagen zu dürfen, was er empfand, und von ihr die beglückende Gewißheit zu empfangen, daß sie ihn wiederliebe, so, wie er von ihr geliebt sein wollte. An ihren »Haß« glaubte er nicht.

Als man sich an diesem Abend trennte, war es später als sonst. Lulu ging mit boshaft funkelnden Augen davon, nachdem Marlies sich längst zurückgezogen hatte.

Als alle in ihren Zimmern waren, huschte Lulu wieder aus dem ihren heraus und klopfte leise an Marlies' gegenüberliegender Tür. Diese erschien, schon halb entkleidet, hatte aber noch schnell einen Morgenrock übergeworfen. Als sie Lulu sah, erschrak sie.

»Was wünschen Sie?« fragte sie leise.

Lulu brauchte keine Erregung zu heucheln, sie war wirklich erregt. »Kommen Sie schnell – haben Sie etwas Verbandleinen und ein Antiseptikum? Herr Bergmann hat sich erheblich an der Hand verletzt. Sie müssen die Wunde verbinden. Aber bitte leise, damit die andern nichts hören.«

Nicht ahnend, was Lulu vorhatte, nahm Marlies aus einem Schränkchen in ihrem Zimmer alles, was man in solchen Fällen nötig hat. Sie war in heißer Sorge um den Mann, den sie »so furchtbar haßte«, und eilte hinter Lulu her den Gang entlang, bis zu Lutz Bergmanns Zimmer. Lulu hatte dies alles aus der Luft gegriffen, um ihren Racheplan ausführen zu können. Daß Lutz sein Zimmer noch nicht abgeschlossen hatte, wußte sie, weil sein Schlüssel außen steckte. Als Marlies neben ihr war, öffnete sie leise die zu seinem Zimmer führende Tür, schob Marlies hinein, schloß die Tür hinter ihr zu und zog den Schlüssel ab. Sie eilte in ihr Gemach zurück und warf mit boshaft funkelnden Augen den Schlüssel zum Fenster hinaus. Dann sank sie in einen Sessel und sah mit einer fast wahnsinnigen Freude vor sich hin. So, es war gelungen! Die Tugendgans saß fest – in Lutz Bergmanns Zimmer, zur Nachtzeit – und konnte nicht wieder hinaus. Entweder mußte sie Lärm schlagen, dann fand man sie im Morgenrock in Bergmanns Zimmer, oder sie mußte die Nacht bei ihm bleiben. So oder so war sie bloßgestellt, denn niemand würde ihr glauben, daß sie von ihr dort hingelockt sei. Ihr Nimbus als tugendhaftes Mädchen war zerstört, und Lutz befand sich ebenfalls in einer äußerst peinlichen Lage. Mochte daraus werden, was da wollte – jedenfalls hatte sie ihre Rache.

Nachdem sie etwas ruhiger geworden war, sagte sie sich allerdings, daß sie doch vielleicht etwas übereilt und unklug gehandelt habe, aber nun war nichts mehr ungeschehen zu machen, und der Schlüssel war fort. Was konnte ihr selbst auch groß geschehen? Eingestehen würde sie nichts, und ihr würde man eher glauben, als den beiden, die in Lutz Bergmanns Zimmer eingesperrt waren. Die Hauptsache war nur, daß sie Zeugen fand, daß Marlies zu nachtschlafender Zeit in Lutz Bergmanns Zimmer war. Nach einigem Überlegen suchte sie Fräulein von Stratz auf. Diese wollte gerade zu Bett gehen, hatte schon ihren Schlafanzug angelegt und öffnete erstaunt die Tür, als sie draußen Lulus Flüstern vernahm.

»Was gibt es denn, Lulu?«

Diese schlüpfte hinein.

»Sie werden staunen – ich habe Ihnen etwas Tolles zu berichten. Eben habe ich die Tugendgans sich aus ihrem Zimmer schleichen sehen – und raten Sie, wohin.«

Fräulein von Stratz schüttelte den Kopf.

»Wie soll ich das raten?«

»Nein, das kann man auch nicht raten, wenn man sich ihre tugendhafte Miene vorstellt. In Lutz Bergmanns Zimmer hat sie sich geschlichen, und als sie eingetreten war, wurde der Schlüssel herumgedreht. Bei verschlossener Tür sind sie mitten in der Nacht allein. Was sagen Sie dazu?«

Fräulein von Stratz fiel sprachlos in einen Sessel und starrte Lulu an. Erst nach einer Weile sagte sie:

»Das ist unmöglich!«

»Mit meinen eigenen Augen habe ich es gesehen, so wahr ich hier vor Ihnen sitze.«

»Toll! Das hätte ich ihr nicht zugetraut! Offengesagt, manchmal, wenn sie so entsetzt war über unsere losen Reden, habe ich mich ein wenig geschämt. Also deshalb war Lutz Bergmann stets bereit, sie in Schutz zu nehmen. So ein Heimtücker! Ja, die Männer sind immer und überall bereit, auf solche Abenteuer einzugehen – aber Fräulein Marlies? Nein, das ist unglaublich. Und sie steckt wirklich noch in seinem Zimmer?«

»Mein Wort darauf.«

Fräulein von Stratz lachte in sich hinein.

»Ich gehe diese Nacht nicht zu Bett, das muß ich erleben, wenn sie wieder aus seinem Zimmer hinausschleicht, ich werde sie eher nachdrücklich begrüßen. Sie doch auch, Lulu?«

»Selbstverständlich! Man müßte noch mehr Zeugen haben, daß man es dann vielseitig bekunden kann, wenn man es Frau von Mattenheim berichtet.«

»Klopfen wir doch leise bei den Herren, die schlafen sicherlich auch noch nicht.«

»Vor allem müßte man es Herbert von Mattenheim berichten. Er hat das Recht, zu verlangen, daß Bergmann ihm die Tür öffnet.«

»Das gibt einen Riesen-Skandal, und Fräulein Mainau wird an die Luft gesetzt.«

»Selbstverständlich!«

»Ich möchte nur das Gesicht der Frau Oberst von Greuel sehen, wenn sie erfährt, daß ihre sorgsam behütete Tugendgans ein sehr freies Nachtleben führt. Und Frau von Mattenheim wird auch nicht lange fackeln. Das Frauenzimmer muß auf jeden Fall aus dem Haus.«

»Ich sage ja, das ist selbstverständlich.«

»Also wollen wir die Herren aufsässig machen?«

»Warten wir nur noch eine Weile, ich muß den Schrecken erst verwinden, und Sie müssen sich etwas überziehen. Haben Sie eine Zigarette hier?«

Fräulein von Stratz brachte ihr Etui herbei, und die beiden sittlich entrüsteten jungen Damen rauchten eine Beruhigungszigarette. Dabei berichtete Lulu ausführlich, wie sie ein leises Geräusch gehört und ihre Tür vorsichtig geöffnet habe. Da habe sie bemerkt, daß Fräulein Mainau leise ihr Zimmer verlassen, vorsichtig den Gang entlang gehuscht und schnell und leise in Bergmanns Zimmer verschwunden sei. Sie habe es gar nicht zu fassen vermocht, aber sie könne ihre Hand dafür ins Feuer legen, daß es Marlies gewesen sei. Schnell sei sie hinter ihr her und habe noch ganz deutlich gehört, daß man innen den Schlüssel herumgedreht habe.

Sie entrüsteten sich gegenseitig und kicherten doch schadenfroh vor sich hin. Fräulein von Stratz warf einen warmen Morgenrock über. Lulu war noch vollständig angekleidet. Und nun berieten sie eine Weile, was zu tun sei.

Dann schlichen sie sich hinaus und klopften leise an die Türen der andern Herren, die schnell mobil gemacht und unterrichtet wurden. Herbert war außer sich vor Entrüstung, freute sich aber, daß er einen Grund hatte, Marlies an die Luft zu setzen, denn Lulu fand Gelegenheit, ihm zuzuflüstern, daß sie sich alles überlegt habe und seinen Antrag annehme. Sie betrachte sich somit als seine Braut.

Das brachte Lulu ihm bei, um an ihm für alle Fälle Schutz und Halt zu haben, falls Marlies, trotz ihrer Verlegenheit, in die sie geraten mußte, wenn sie in Bergmanns Zimmer gefunden wurde, erklären sollte, wie sie da hinein gekommen war. Lulu wollte dann entrüstet behaupten, Marlies wolle sich damit nur herausreden. Sie wisse nichts davon. Es war doch klar, daß man dann ihr, der Braut des Hausherrn, mehr glauben würde, als der durch den Augenschein überführten armen Hausverwandten. Lulu war unverfroren genug, fest bei ihrer Lüge zu bleiben.

Es entstand nun auf dem Gang eine erregte, wenn auch leise Beratung, ehe man in geschlossener Reihe vorging, Lutz Bergmanns Zimmer zu stürmen. Die Herren wollten zwar, außer Herbert, nicht in diese Angelegenheit hineinstören, die sie nichts anging, aber schließlich fügten sie sich, als Zeugen anwesend zu sein.

Und so waren sie endlich entschlossen, und gingen leise den Gang hinunter zu Lutz Bergmanns Tür.

9

Marlies war, als Lulu sie in Lutz Bergmanns Zimmer hineingedrängt hatte, ohne selbst einzutreten, heftig erschrocken – aber noch mehr erschrak sie, als sie hörte, daß Lulu hinter ihr das Zimmer abschloß. Sie sah Lutz Bergmann am Fenster sitzen und eine Zigarette rauchen. Sich ziemlich fassungslos an die Tür lehnend, sagte sie leise:

»Herrgott im Himmel!«

Es klang wie ein leises Stoßgebet.

Lutz sprang erschrocken auf, starrte in Marlies' blasses Gesicht und auf ihre ganze rührende Erscheinung und sagte atemlos:

»Mein gnädiges Fräulein, was ist geschehen?«

Daß es sich um etwas ganz Ungewöhnliches handeln müsse, war ihm sofort klar, sonst wäre sie zu dieser Stunde nicht bei ihm eingetreten.

Marlies sah ihn entgeistert an.

»Wo sind Sie denn verwundet?«

Er schüttelte verständnislos den Kopf.

»Ich? Verwundet? Ich verstehe Sie nicht.«

Sie reichte ihm mit hilfloser Gebärde das Verbandzeug, das sie in der Hand hielt.

»Fräulein Strauß rief mich – Sie hätten sich an der Hand verletzt, ich müsse kommen, Sie zu verbinden. Da habe ich dies hier schnell zusammengerafft und ging mit ihr zu Ihrem Zimmer. Sie öffnete, schob mich herein – und statt mit einzutreten, schlug sie die Tür so schnell zu, daß ich es nicht verhindern konnte. Und dann hörte ich, daß sie draußen den Schlüssel umdrehte – ich glaube sogar, sie hat ihn dann abgezogen.«

Lutz erkannte sofort, daß Lulu Strauß etwas Böses im Sinn gehabt hatte, er traute ihr das zu. Besorgt sah er Marlies an.

»Man hat Sie in eine Falle gelockt, ich bin durchaus nicht verletzt, nirgends. Das war eine Niedertracht von Fräulein Strauß, und ich bin überzeugt, alles war ein Racheakt von ihr.«

»Ein Racheakt? Ach – weil ich ihr die Fruchtsoße über ihr Kleid geschüttet habe. Aber, mein Gott, wie soll ich hier herauskommen? Wenn ich klopfe und rufe, wird das ganze Haus aufmerksam und – «

Sie begriff mit einem Mal, was ihr drohte, ließ das Verbandzeug aus ihren Händen gleiten und schlug die Hände vor das Gesicht, das schamvoll erglühte. Es wurde ihr jetzt plötzlich klar, daß sie zur nachtschlafenden Zeit im Zimmer eines Herrn mit diesem allein war.

Er zog ihr die Hände vom Gesicht.

»Sie brauchen sich nicht zu schämen, mein gnädiges Fräulein – Sie nicht. Aber ich verstehe, in welch peinliche Lage Sie geraten sind, und werde alles daran setzen, Sie daraus zu befreien. Wir haben nicht viel Zeit – sonst hätte ich Ihnen viel zu sagen. Dazu ist hier aber weder der passende Ort noch die passende Gelegenheit. Seien Sie ganz ruhig, lassen Sie mich fünf Minuten nachdenken – es muß schnell gehandelt werden.«

Er nahm das Verbandzeug vom Boden auf und schloß es in

seinen Nachtschrankkasten. Dann trat er ans Fenster und sah hinaus. Es befand sich an dieser Wand ein Weinspalier. Ihm war klar, daß Marlies um jeden Preis aus seinem Zimmer entfernt werden müsse, ehe man auf den Gedanken kam, sie hier zu suchen. Eine Weile würde er Zeit haben. Er wußte, daß ihre Rache, des verdorbenen Kleides wegen nicht nur Marlies treffen, sondern auch ihm gelten sollte.

Nach kurzer Zeit wandte er sich Marlies wieder zu, die völlig verstört an der Tür lehnte.

»Ist in Ihrem Zimmer das Fenster auf?«

Sie nickte.

»Ich schlafe immer bei offenem Fenster.«

»Das ist gut! Bitte, warten Sie einige Minuten, verhalten Sie sich ganz still, ich bin gleich wieder hier.«

Und ehe sie noch begriff, was er vorhatte, war er schon zum Fenster hinaus und kletterte gewandt wie eine Katze am Weinspalier hinunter. Er entsann sich, daß gleich um das Haus herum eine Leiter lag, die er gesehen hatte, als er neulich mit Tante Albertine im Park gewesen war. Es war eine einfache Leiter, die bequem bis zum ersten Stock hinauf reichen würde. Lautlos hob er sie hoch und legte sie an sein Fenster an. Als er wieder erschien, schrak Marlies aus ihren qualvollen Gedanken auf. Er blieb in Fensterhöhe draußen stehen und winkte ihr.

»Bitte, drehen Sie das Licht aus«, flüsterte er.

Sie tat es.

»Nun kommen Sie, schnell – Sie müssen auf dieser Leiter hinunterklettern.«

Sofort begriff sie und schwang sich gewandt auf das Fensterbrett und auf die Leiter hinaus. Er stützte sie sorgsam, und von seinem Arm umschlungen, kletterte sie schnell mit ihm hinab. Sie war plötzlich wieder ganz ruhig geworden. Und sie fühlte sich wunderbar behütet, als sie, in seinen Armen ruhend, schnell hinunterglitt.

Unten angelangt, erfaßte Lutz rasch die Leiter und sagte leise:

»Folgen Sie mir – oder besser, gehen Sie voran, bis zum Fenster Ihres Zimmers.«

Sie tat es ohne Besinnen und er folgte ihr mit der Leiter, die er dann an ihrem Fenster anlegte.

»So, nun müssen Sie allein hinaufklettern, ein Glück, daß Sie auch im ersten Stockwerk wohnen, sonst wäre die Leiter zu kurz gewesen. Schnell, beeilen Sie sich, damit ich schon wieder in meinem Zimmer sein kann, ehe Fräulein Strauß ihr niederträchtiges Werk zu Ende führt. Und seien Sie ganz ruhig, schließen Sie Ihr Zimmer von innen ab und legen Sie sich unbesorgt nieder. Sollte man an Ihrer Tür klopfen, geben Sie ruhig Antwort, und bleiben Sie fest dabei, daß Sie Ihr Zimmer nicht verlassen haben. Auf eine Lüge muß man zuweilen mit einer Lüge antworten. Alles andere überlassen Sie mir. Morgen auf Wiedersehen. Gute Nacht!«

»Gute Nacht, Herr Bergmann – und vielen herzlichen Dank.«

»Ist nicht nötig, aber – vielleicht versuchen Sie, mich nicht mehr so furchtbar zu hassen!«

Sie vermochte nicht zu antworten, die Tränen saßen ihr mehr als locker, aber sie wollte nicht weinen.

Als sie oben ihr Zimmer erreicht hatte, faßte Lutz die Leiter und trug sie an ihre Stelle zurück. Er selber kletterte am Weinspalier flink und gewandt wieder empor. Dann schloß er sein Fenster, zog schnell einen Schlafanzug an und legte sich nieder. Nun harrte er der Dinge, die da kommen mußten. Hätte Lulu nicht die drei Herren und Fräulein von Stratz auf den langen Gang gerufen, hätte der eine oder der andere vielleicht doch das leise Geräusch unten im Garten gehört. Man hätte dann vielleicht entdeckt, auf welche Weise Marlies Bergmanns Zimmer verlassen hatte. So konnten sie aber nichts bemerken.

Marlies hatte Lutz' Rat befolgt und sich niedergelegt. Aber schlafen konnte sie nicht. Atemlos lauschte sie hinaus, was nun geschehen würde. Sie war sich vollkommen klar darüber, daß Lulu sie hatte bloßstellen wollen, sie – und Lutz Bergmann. Warum aber gerade den? Hatte sie sich doch getäuscht, wenn sie annahm, daß die beiden sich angehören wollten?

Ein Schauer flog über sie hin. Er hatte sie gebeten, sie möge ihn nicht mehr so furchtbar hassen. Ach, wo war ihr Haß geblieben, sie hatte ihn ja nie gehaßt. Und das hatte Lulu vielleicht erkannt. Ach – sie wußte nicht aus und ein, wußte nur, daß sie Lutz Bergmann von ganzem Herzen dankbar war, weil er sie aus einer furchtbaren Lage befreit hatte. Sicher und geborgen lag sie dank seiner Hilfe in ihrem Zimmer, niemand konnte ihr etwas anhaben. Aus ihren jagenden Gedanken riß sie eine starke auf dem Gang entstehende Unruhe. Sie schrak unwillkürlich zusammen. Jetzt hatte die rachsüchtige Lulu sich Zeugen geholt – für ihre Schmach. Mußte sie doch annehmen, daß man sie bei Lutz Bergmann finden würde.

Sie saß aufrecht im Bett und betete, sie wußte nicht, um was. Aber sie wagte nicht, aufzustehen und nachzusehen, was es draußen gäbe. Lutz hatte ihr geraten, sich ganz ruhig zu verhalten, und das wollte sie auch tun. Sie fühlte, daß ihre Sache bei ihm in den besten Händen sei. Woher ihr plötzlich dieses große Vertrauen kam zu dem Mann, den sie so furchtbar gehaßt hatte, konnte sie sich selbst nicht erklären. Nur eines wußte sie, daß Lutz ganz gewiß keine hohe Meinung von Lulu Strauß haben konnte, und daß er ihr geholfen hatte gegen Lulu Strauß. Das machte sie unbeschreiblich froh.

Langsam legte sie sich wieder zurück und hörte vorläufig nichts mehr.

Es war draußen ganz still geworden. Aber etwa eine halbe Stunde später hörte sie wieder einige Geräusche draußen, und schließlich unterschied sie Tante Albertines tiefes Organ von der andern Seite des Ganges her, wo diese ihr Schlafzimmer hatte.

»Was ist denn das für ein ungehöriger Lärm, ich bitte mir Ruhe aus.«

Ja, das war Tante Albertines Stimme. Marlies hörte sie noch einige kräftige Scheltworte ausstoßen, die sie aber nicht mehr verstehen konnte, und endlich fiel eine Tür laut ins Schloß.

Draußen wurde es wieder still, aber Marlies hörte leise Schritte, die den Gang entlang kamen. Danach wurden einige Türen geschlossen, leise und vorsichtig. Nun wurde es ganz still.

Aufatmend legte Marlies sich auf die Seite und schlief dann auch ein. Und sie träumte von Lutz Bergmann, der sie durch Wasser und Feuer trug, ohne daß ihr dabei ein Leid geschah. Sie sah sein energisches Gesicht, mit den harten Linien um Mund und Kinn, so wie sie ihn heute abend gesehen hatte, als sie ihm stammelnd berichtete, wie sie in sein Zimmer gekommen war. Und dieses Gesicht erschien ihr wunderbar vertraut, – ganz und gar nicht verhaßt, im Gegenteil.

Auch Lulu tanzte durch ihren Traum, aber es waren unklare Gebilde, die sie bedrückten und beunruhigten. Dann sah sie wieder dunkles, rotes Blut auf einem weißen Kleid – aber das Blut war nur die rote Fruchtsoße. Da wurde ihr beklommenes Herz wieder leichter.

Lutz hatte kaum zehn Minuten in seinem Bett gelegen, als an seine Tür geklopft wurde. Er richtete sich auf, gähnte ein wenig, aber laut genug, daß man es draußen hören konnte und fragte dann:

»Was ist los? Wer ist da?«

Darauf ertönte halblaut Herberts Stimme draußen:

»Ich bin es, Bergmann, bitte öffnen Sie sofort.«

Lutz erkannte sogleich Herberts Stimme, aber indem er schon aufstand, fragte er, an die Tür herangehend:

»Wer ist ich?«

»Herbert Mattenheim«, erwiderte dieser.

Lutz hatte, ehe er sich niederlegte, noch den Riegel von innen an seiner Tür vorgeschoben. Diesen schob er nun mit Geräusch wieder zurück und drückte auf die Klinke, um anscheinend das Zimmer zu öffnen.

»Ach, Donnerwetter, meine Tür ist wohl von draußen verschlossen? Bitte drehen Sie doch den Schlüssel herum. Da hat sich jemand wohl einen schlechten Scherz erlaubt.«

Die Draußenstehenden sahen sich vielsagend an. Sie waren überzeugt, daß er nur nach einem Vorwand suchte, die Tür nicht zu öffnen. Nur Lulu wußte, daß der Schlüssel draußen im Garten lag.

»Mir scheint, Bergmann, Sie machen sich einen Scherz. Selbstverständlich haben Sie den Schlüssel drinnen. Also bitte, machen Sie auf.«

Lutz brauchte nicht lange zu überlegen, es zuckte um seinen Mund, als er sagte:

»Warten Sie einen Augenblick – ich öffne Ihnen mein Badezimmer, durch das können Sie eintreten. Wir können doch mitten in der Nacht nicht darüber streiten, wer den Schlüssel hat. Ich hoffe wenigstens, daß das Badezimmer zu öffnen sein wird.«

Während die draußen Befindlichen sich der Tür des Badezimmers näherten, begab Lutz sich dort hinein. Da bemerkte er aber, daß auch dieses von außen verschlossen war. Er rüttelte an der Tür.

»Diese Tür ist ja ebenfalls verschlossen. Steckt der Schlüssel nicht draußen?«

Herbert beugte sich draußen nieder und sah wirklich den Schlüssel stecken. Das Hausmädchen hatte diese Tür von außen abgeschlossen, nachdem sie das Badezimmer gereinigt hatte. Herbert vermochte also das Badezimmer zu öffnen. Lutz stand nun der neugierigen Versammlung gegenüber und lachte sie an.

»Wie nett – Sie haben sich einen kleinen Scherz gemacht. Wie soll ich mich dafür erkenntlich zeigen, daß die ganze erlauchte Gesellschaft mich hier zur Nachtzeit besucht?«

Lulu sah ihn mit funkelnden, boshaften Augen an.

»Indem Sie uns in Ihr Zimmer einladen und uns mit einer Zigarette bewirten, wir möchten nämlich gern noch eine rauchen und besitzen alle zusammen keine mehr.«

Alle waren fest davon überzeugt, daß Lutz den Eingang zu seinem Schlafzimmer energisch verteidigen würde, denn sie glaubten bestimmt, daß Marlies drüben weile. Selbitz war der einzige Anständige und sagte, sich vor die Tür stellend:

»Nun ist es genug des Scherzes, lassen wir Bergmann wieder ruhig schlafen.«

Aber Lulu war nicht gesonnen, sich um den Knalleffekt ihrer Rache betrügen zu lassen. Sie faßte Selbitz beim Arm, schob ihn beiseite und öffnete die Tür zu Bergmanns Schlafzimmer.

»Wir gehen nicht ohne Zigarette, kommt nur alle herein.«

Sie zog Fräulein von Stratz mit sich, und die Herren folgten. Selbitz machte gegen Lutz eine hilflose Gebärde, als wollte er sagen: Ich wasche meine Hände in Unschuld. Aber zu seinem Erstaunen folgte Lutz lachend den andern.

Drüben in seinem Schlafzimmer standen die Eingedrungenen und sahen sich neugierig und verwundert um. Es war von Marlies keine Spur zu sehen. Lutz verbeugte sich vor den Damen.

»Ich muß meines Schlafanzuges wegen um Verzeihung bitten – aber die Herrschaften haben mich im Schlaf gestört.«

Herbert sah Lulu nicht sehr geistreich an, und diese machte eine verstohlene Bewegung nach dem Kleiderschrank hin. Da warf Herbert sich in die Brust.

»Also mein lieber Bergmann, jetzt müssen wir die Karten aufdecken. Wir sind gekommen, um meine Base Marlies aus Ihrem Zimmer zu holen.«

Lutzt machte ein wundervoll erstauntes Gesicht.

»Erlauben Sie, Herr von Mattenheim – wie sollte Fräulein Mainau hier hereingekommen sein?«

»Nun, Fräulein Strauß hat sie doch mit eigenen Augen im Morgenrock hier eintreten sehen.«

Lutz schüttelte noch erstaunter den Kopf.

»Wann soll das gewesen sein?«

»Vor einer Stunde etwa.«

Lutz sah Lulu spöttisch an.

»Mir scheint, mein gnädiges Fräulein, Sie hatten Sinnestäuschungen. Und Sie sollten vorsichtiger sein mit Ihren Behauptungen und einer jungen Dame nicht ohne weiteres die Ehre abschneiden. Meine Herrschaften, Sie haben sich wohl hinlänglich davon überzeugt, daß Fräulein Strauß' Aussage auf einem Irrtum beruht.«

Lutz sagte das sehr ruhig und bestimmt.

Lulu blitzte ihn gehässig an.

»Ich weiß doch, was ich gesehen habe – und es befindet sich hier ein sehr geräumiger Kleiderschrank.«

Mit einem vernichtenden Blick sah Lutz sie an. Ruhig trat er an den Kleiderschrank heran, öffnete weit die beiden Türen und trat mit einer einladenden Gebärde zurück.

»Bitte, meine Herrschaften, überzeugen Sie sich davon, daß sich niemand in diesem Schrank befindet, vor allen Dingen nicht Fräulein Mainau, deren Ehre ich als die meinige betrachte. Denn ich habe die Absicht, morgen vormittag bei der Herrin des Hauses um die Hand der jungen Dame anzuhalten. Wenn sie mir zugesagt wird, werde ich Fräulein Mainau fragen, ob sie meine Frau werden will. Und da mir diese Absicht ein gewisses Recht schon heute gibt, erlaube ich mir, Fräulein Strauß zu fragen, wie sie auf den Gedanken kam, daß Fräulein Mainau mein Zimmer betreten haben könnte, und weshalb sie das so stark interessiert, daß sie ein solches Aufgebot zusammenholte, um festzustellen, daß sie sich nicht getäuscht habe.«

Da trat Herbert an Lulus Seite. Sie hatte ihn auffordernd angesehen.

»So ist es wohl das beste, Lulu, wir enthüllen schon heute ein Geheimnis, das erst morgen bekanntgegeben werden sollte. Fräulein Strauß hat mir das Recht gegeben, sie meine Braut zu nennen, und sie hatte als solche das Recht und die Pflicht, die Ehre meines Hauses reinzuhalten. Daß sie sich in ihrer Annahme geirrt hat, daß sie meine Base Marlies zu sehen glaubte, die dies Zimmer betrat, ist wohl zu entschuldigen.«

»Ich bin der Ansicht, daß Fräulein Strauß sich hätte davon überzeugen müssen, daß sie sich nicht geirrt hatte, ehe sie Fräulein Mainau und – zugleich mich – anklagte. Ich kann das wirklich nicht entschuldigen und muß dringend ersuchen, daß Fräulein Strauß morgen Fräulein Mainau in unser aller Gegenwart um Verzeihung bittet.«

Lulu war vor Zorn und Wut ganz bleich geworden. Daß Lutz Bergmann Marlies zu seiner Frau machen wollte, ärgerte sie fast noch mehr als der Mißerfolg ihrer Rache. Sie zerbrach sich vergeblich den Kopf darüber, wohin Marlies verschwunden sein mochte. Durch verschlossene Türen konnte sie nicht entweichen, hier und im Badezimmer konnte sie sich nicht verborgen halten, der Schrank hatte die einzige Möglichkeit gegeben. Wie also war sie wieder herausgekommen – sie hatte zudem mit Fräulein von Stratz den langen Gang bewacht. Jedenfalls war ihr Streich völlig mißlungen, und sie stand nun auch noch im Verdacht, die Unwahrheit gesagt oder sich mindestens getäuscht und voreilig einen Verdacht ausgesprochen zu haben.

Sie konnte jetzt nichts weiter tun, als die Achseln zu zucken und einzusehen, daß sie geschlagen war. Ihr Haß auf Marlies war dadurch nur noch heftiger geworden. Aber als sie in Lutz Bergmanns ehernes Gesicht sah, mußte sie sich sagen, daß sie jetzt nicht weitergehen dürfe, sonst stellte er sie vielleicht noch bloß. Zweifellos war Marlies lange genug in seinem Zimmer gewesen, um ihm berichten zu können, daß sie durch Lulu hierher gelockt worden sei. Er hatte sie dann irgendwie unbemerkt befreit. In ihr Zimmer war Marlies unbedingt nicht zurückgekehrt, denn Lulu hatte ja ihre Tür die ganze Zeit über offenstehen lassen; das hätte sie unbedingt sehen müssen. Wo aber war Marlies geblieben? Sie beschloß, die ganze Ncaht wach zu bleiben und Marlies' Zimmertür wie ein Kettenhund zu bewachen. Sie wollte feststellen, daß diese außerhalb ihres Zimmers gewesen war.

Als die ganze Gesellschaft ziemlich geräuschvoll Lutz Bergmanns Zimmer verließ und Tante Albertine sich energisch Ruhe ausbat, kam Lulu ein Gedanke. Ah – Marlies war durch das Badezimmer entwichen, das von außen wahrscheinlich gar nicht geschlossen gewesen war, und hatte sich zu Tante Albertine geflüchtet. Da brauchte sie nicht den Teil des Ganges zu durchschreiten, wo sie mit der Gesellschaft zusammen stand. Sie hatte dann das Badezimmer von außen verschlossen und den Schlüssel stecken lassen. Wie dumm von ihr – Lulu –, nicht auch das Badezimmer gesichert zu haben.

Als die Herren sich mehr oder minder bekniffen zurückgezogen hatten, sagte Lulu leise zu Fräulein von Stratz:

»Tun Sie mir den Gefallen und wachen Sie mit mir die Nacht durch. Ich weiß bestimmt, daß Fräulein Mainau in Bergmanns Zimmer gegangen ist. Er hat sie wahrscheinlich durch das Badezimmer hinausgelassen, und sie hat dieses von außen zugeschlossen. In ihr Zimmer konnte sie aber nicht zurückkehren, ohne von uns gesehen zu werden. Ich nehme daher an, sie hat sich zu ihrer Tante Albertine geflüchtet, die sie wohl aufgenommen hat, um einem Skandal vorzubeugen. Sie wird nun bestimmt, sobald es ruhig geworden ist, wieder in ihr Zimmer zurückkehren wollen und – das muß ich wenigstens feststellen. Sie sollen mein Zeuge sein. Ich schenke Ihnen dann auch das Armband mit den Saphiren, das Ihnen immer so gut gefallen hat.«

Um diesen Preis hätte Fräulein von Stratz mehrere Nächte gewacht, und so war sie einverstanden. Die beiden Damen hüllten sich, weil es kühl wurde, in ihre Pelzmäntel und saßen im Dunkeln in Lulus Zimmer, dessen Tür einen Spalt breit geöffnet war. Durch diesen Spalt sahen sie Marlies' Tür in der dämmerigen Gangbeleuchtung ganz genau. Wenn Marlies von hier aus ihr Zimmer betreten hätte, wäre sie bestimmt von den beiden Damen gesehen worden.

Sie warteten die ganze Nacht – allein Marlies kam nicht. Lulu wurde immer nervöser. Sie hatte eine Packung Pralinen geöffnet und zwischen sich und Fräulein von Stratz auf ein Tischchen gestellt. Die jungen Damen knabberten ein Stück nach dem andern und lauschten immer wieder. Nichts regte sich. Endlich begann der Morgen zu grauen. Da wurden sie plötzlich aufmerksam – in Marlies' Zimmer klingelte ein Wecker, es war die Zeit, zu der diese sich zu erheben pflegte, um schon zeitig ihren Pflichten nachzugehen. Und mit großen, erstaunten Augen sahen sich die beiden Wächterinnen an, als aus Marlies' Zimmer allerlei kleine Geräusche herausdrangen. Da wurde ein Stuhl gerückt, und da plätscherte das Waschwasser.

»Da drinnen ist doch jemand«, sagte Fräulein von Stratz.

Lulu zuckte fassungslos die Achseln. Marlies war auf keinen Fall unbemerkt in ihr Zimmer gekommen. Konnte es möglich sein, daß sie sich drinnen befand und sich jetzt ankleidete?

Es dauerte kaum eine Viertelstunde, da öffnete Marlies ihre Tür; behutsam, um niemanden zu wecken. Sie trat heraus, wie immer am Morgen, in einem frischen sauberen Leinenkleid, das natürlich gelockte Haar, um das sie von den beiden Damen glühend beneidet wurde, frisch zurückgekämmt, einen weißen Kragen um den Halsausschnitt. Sie glich selbst einem hellen Frühlingstag, wie dem, der heute morgen die Welt mit seinem Glanz erfüllte.

Sie ahnte nichts von dem, was sich inzwischen in Lutz Bergmanns Zimmer abgespielt hatte. Wohl aber fühlte sie sich wie in einem warmen Mantel eingehüllt von dem Empfinden, in wundervoller Weise behütet zu sein.

Beim Verlassen ihres Zimmers stutzte sie einen Augenblick. Lulus Zimmertür war spaltbreit geöffnet! Was hieß das? Und mehr noch, daß diese Tür plötzlich hastig aufgestoßen wurde, Lulu heraustrat und sie mit haßerfüllten Blicken musterte.

Lulu war abermals um ihren Triumph betrogen worden und sah sich nun auch vor Fräulein von Stratz rettungslos bloßgestellt.

»Wie kamen Sie in Ihr Zimmer?« herrschte sie Marlies an.

Diese blickte sie mit großen Augen furchtlos an.

»Warum interessiert Sie das so sehr?«

»Ich will wissen, wo Sie diese Nacht waren?«

»In meinem Zimmer selbstverständlich – ich habe fest geschlafen, bis der Wecker mich geweckt hat. Aber was berechtigt Sie, mich einem solchen Verhör zu unterziehen?« fragte Marlies, die nun auch Fräulein von Stratz erblickte und sehr wohl erkannte, daß die Damen überhaupt nicht zur Ruhe gegangen waren.

»Was mich dazu berechtigt? Das will ich Ihnen sagen. Ich habe mich mit Herbert von Mattenheim verlobt und werde es nicht leiden, daß Sie mit mir in einem Haus leben. Ich hoffe, Sie verstehen mich.«

Marlies blieb ganz ruhig.

»Sie können sich beruhigen, Fräulein Strauß, ich würde viel lieber heimatlos auf der Landstraße pilgern, als in einem Haus bleiben, in dem Sie irgendwelche Rechte haben. Damit guten Morgen, meine Damen, vielleicht schlafen Sie noch ein wenig, ich muß jetzt in den Kuhstall, um das Melken der heimgebliebenen Kühe zu beaufsichtigen.«

Mit einem höflich kühlen Neigen des Kopfes entfernte sich Marlies.

Lulu schloß die Tür und stampfte wütend mit dem Fuß auf.

»Was sagen Sie zu dieser Frechheit, könnte man sie nicht ohrfeigen?« fragte sie Fräulein von Stratz.

Diese zuckte die Achseln. Sie war fest davon überzeugt, daß Lulu Marlies irgend etwas hatte antun wollen, und daß ihr das mißlungen war. Und sie ahnte auch, warum. Lulu hatte sich offensichtlich um Lutz Bergmann bemüht, und dieser hatte das übersehen. Daß er sich nun heute mit Marlies verloben wollte oder wenigstens um ihre Hand anhalten würde, hatte Lulu noch mehr erbost. Und nun wollte sie Marlies aus dem Haus haben. Fräulein von Stratz war immerhin anständig genug in ihrer Gesinnung, daß sie Lulu im Innern nicht rechtgeben konnte. Aber sie sagte:

»Regen Sie sich doch nicht auf, Lulu, Fräulein Mainau wird sowieso bald das Haus verlassen, da Bergmann sich mit ihr verloben wird. Im übrigen wird sie auch als seine Frau nicht auf Rosen gebettet sein, denn er ist vermögenslos und sie auch.«

Lulu nagte wütend an ihrer Lippe. Sie sagte sich, daß es Bergmann hätte besser haben können. Sie hätte ihm ihre Millionen zu Füßen gelegt. Er hatte sie und ihren Reichtum verschmäht, um dieses armselige Fräulein Mainau zu erringen – mochte er nun mit Sorgen und Alltagsnöten sich herumquälen, das war ihr einziger Trost.

Sie sowohl wie die meisten Menschen, die mit Lutz Bergmann im Verkehr standen, waren der Meinung, daß er kein Vermögen besitze und lediglich von den Erträgnissen seiner Feder lebe. Daß seine Garderobe immer tadellos war, fiel nicht weiter auf. Wer eine Figur hatte wie er, an dem sah selbst der billigste Anzug nach etwas aus.

Lebte Lutz im allgemeinen auch sehr bescheiden, so gönnte er sich dennoch den Luxus eines erstklassigen Schneiders und ebenso den einer ebenso eleganten wie behaglichen Wohnung.

In dieser hatte er Herbert Mattenheim einmal empfangen, in seinem Arbeitszimmer – und in dem hatte der Besucher sich kaum umgesehen.

Niemand hatte Lutz danach gefragt, ob er reich oder arm sei, und er hatte keine Veranlassung gesehen, irgendwem Aufklärung über seine Verhältnisse zu geben.

Mochten die Leute von ihm denken, was sie wollten.

Und so glaubten die beiden jungen Damen, daß Marlies Mainau eine ebenso schlechte Partie machte, wie sie selbst eine war. Und das bereitete Lulu immerhin eine gewisse Genugtuung – aber nur eine schwache. Sie hatte Lutz Bergmann begehrt wie noch nie einen Mann, und dieser Mann sollte nun der verhaßten Marlies Mainau gehören. Lulu war gewohnt, sich alle Wünsche erfüllen zu können. Und nun sollte sie auf diesen besonders heißen Wunsch verzichten müssen? Keinerlei Scham, keinerlei Gewissensbisse empfand sie, weil sie Marlies' Ruf hätte schädigen wollen, sie ärgerte sich nur maßlos, daß es ihr nicht gelungen war. Immerhin war es für sie eine kleine Genugtuung, daß sie sich mit Herbert von Mattenheim verlobt hatte. So konnte sie wenigstens erreichen, daß diese mißliebige Person aus dem Haus kam – und zwar so schnell wie möglich.

Mißgelaunt schenkte sie Fräulein von Stratz ihr Armband, wie sie versprochen hatte, obwohl sie sich sagte, daß sie das hätte sparen können. Die Beschenkte aber war hochbeglückt und dankte ihr überschwenglich. Dann trennten sie sich und suchten ihr Lager auf, um noch einige Stunden zu schlafen.

10

Marlies hatte schon wieder eine Menge Arbeiten erledigt, bis die Frühstückszeit herangekommen war. Sie war ein wenig bange, wie sie Lutz Bergmann nach dem Geschehenen begegnen sollte und wie er ihr begegnen würde. Daß sie mit Lulu noch manchen Strauß auszufechten haben würde, stand bei ihr fest, auch, daß sie nicht mehr lange in Mattenheim bleiben könnte. Wohl hatte sie ein Recht dazu, laut des Testamentes ihres Onkels, aber sie verlangte selbst nicht, zu bleiben, würde Lulu hier Herrinnenrechte erhalten.

So war sie auf allerlei große und kleine Aufregungen gefaßt. Daß sie in Mattenheim entbehrlich war, wenn Lulu mit ihrem großen Vermögen einsprang und ein erfahrener Verwalter hier eintrat – das war ihr klar. Darum schrieb sie nach Erledigung der notwendigsten Arbeiten sogleich einen Brief an den ihr von ihrem Onkel bestellten Vormund und teilte diesem in wenigen Zeilen mit, daß sie ihn in einigen Tagen zu besuchen gedenke, um Wichtiges mit ihm zu besprechen. Wie froh war sie, dreißigtausend Mark zu besitzen, von deren Vorhandensein nur sie und ihr Vormund wußten. So stand sie doch nicht hilflos dem Nichts gegenüber und konnte sich in Ruhe nach einer anderen Stellung umsehen.

Das beruhigte sie sehr.

Keine Ahnung kam ihr, daß Lutz Bergmann heute bei Tante Beate um ihre Hand anhalten wollte. Wie hätte sie auch darauf kommen können. Sie ahnte ja nicht, daß sie sich Lutz oft genug verraten hatte, und er mehr über sie wußte als sie selbst. Nur daß sie ihn nicht mehr haßte – das wußte sie, und daß es wunderschön gewesen war, sich von ihm beschützt zu fühlen. Das allerschönste und für sie beruhigendste aber war, zu wissen, daß er Lulu Strauß durchaus nicht wohlwollend gegenüber stand. Und sie freute sich auch für ihn, daß er sich nicht an so eine wertlose Frau binden würde.

Sie war die erste im Frühstückszimmer und sah gewissenhaft nach, ob alles in Ordnung war. Nach ihr erschien zuerst Herbert, der sonst stets einer der letzten war. Er blieb vor Marlies stehen, sah sie forschend an und fragte:

»Wo warst du diese Nacht?«

Sie bezwang sich, ruhig zu bleiben, wußte sie doch Lutz Bergmann als Schutz hinter sich.

»Wo soll ich gewesen sein – in meinem Zimmer selbstverständlich.«

»Das ist nicht so selbstverständlich. Fräulein Lulu Strauß will gesehen haben, daß du, als schon alles zur Ruhe war, dich in das Zimmer von Herrn Bergmann begeben habest.«

Marlies stieg nun doch die Röte der Empörung ins Gesicht.

»Sie ist sogar noch weitergegangen, sie hat mit Fräulein von Stratz die ganze Nacht meine Tür bewacht, und als ich zu meiner gewohnten Zeit mein Zimmer verließ, um meiner Arbeit nachzugehen, saß sie mit Fräulein von Stratz an der offenen Tür, weil sie annahm, ich sei die Nacht nicht in meinem Zimmer gewesen. Sie hat ein merkwürdiges Benehmen, dieses Fräulein Strauß.«

»Du sprichst von meiner Braut, wir werden uns heute verloben.«

»Unter uns – ich werde dir nachher den üblichen Glückwunsch sagen, aber du tust mir leid.«

Seine Stirn rötete sich.

»Du tust mir noch mehr leid, denn meine Braut verlangt, daß du das Haus verläßt, ehe sie hier einzieht.«

»Keine Sorge, ich werde es verlassen, sobald ich abkommen kann. Aber bitte, vergiß nicht, daß mich kein Mensch dazu zwingen kann. Ich habe laut deines Vaters Testament Heimatrecht in Mattenheim, bis ich selbst es zu verlassen wünsche.«

»Das Testament meines Vaters war ein Unsinn. Er hat mir Lasten damit aufgebürdet.«

»Wenn du jetzt sagst, daß ich dir eine Last war, so sagst du eine Lüge. Du warst vielmehr sehr zufrieden damit, daß du mir alle deine Pflichten aufpacken konntest. Ich habe sie auf mich genommen, weil ich Mattenheim nicht herunterkommen lassen wollte. Und du warst meiner Mitwirkung herzlich froh. Jetzt brauchst du mich nicht mehr und willst mich vor die Tür setzen. Das gestatte ich dir aber nicht. Ich gehe, wann ich will, keine Minute früher. Aber sei ruhig – ich werde schneller draußen sein, als du denkst. Der Mohr hat seine Schuldigkeit getan, der Mohr kann gehen.«

Damit wandte sie sich von ihm ab und machte sich am Frühstückstisch zu schaffen. Gleich darauf kamen Herr von Selbitz, Fräulein von Stratz und der andere junge Herr. Auch Tante Beate erschien und dann schnell hintereinander Lulu und Lutz Bergmann.

Zuletzt wie immer Tante Albertine, die sogleich ihrer Entrüstung Worte verlieh, daß man sie im Schlaf gestört habe.

»Schließlich befindet man sich hier doch nicht in einem Gasthaus, sondern hat Rücksichten zu nehmen«, sagte sie empört.

Man hatte um den Tisch Platz genommen, und entschieden wurde Marlies von vielen Seiten scharf beobachtet. Sie gab sich jedoch ganz unbefangen, denn Lutz hatte ihr durch einen Blick zu verstehen gegeben, daß alles in Ordnung sei und sie sich nicht zu sorgen brauche. Ach, wie herrlich das war, sich in seinem Schutz zu wissen.

Lulu war entschieden schlechter Laune und konnte keineswegs bräutliches Glück heucheln. Herbert hatte ihr die Hand geküßt und leise gesagt:

»Nach dem Frühstück spreche ich mit meiner Mutter.«

Sie hatte nur stumm dazu genickt, weiter nichts.

Es ging entschieden still zu bei diesem Frühstück, niemand war recht in Stimmung. Auch Lutz Bergmann war ernst und zurückhaltend. So wurde man schneller fertig als sonst. Nach dem Frühstück ersuchte Herbert seine Mutter um eine Unterredung. So mußte Lutz noch warten, bis er Frau von Mattenheim gleichfalls um eine Unterredung bitten konnte. Er wollte vorher keinesfalls mit Marlies sprechen, denn er nahm an, daß man sie von allen Seiten heimlich beobachtete und daß er also zu einer ungestörten Aussprache mit ihr erst dann kommen würde, wenn er ein Recht erlangt hatte zu einem längeren Alleinsein mit ihr.

Lulu begab sich auf die Terrasse und warf sich in einen Liegestuhl. Sie wurde ihre schlechte Laune nicht los und fragte sich, weshalb sie die Torheit begangen hatte, Herbert von Mattenheim ihr Jawort zu geben. Denn sie liebte ihn nicht, achtete ihn nicht einmal. Sie hielt ihn für einen faulen Schlingel, der nur darauf wartete, ihre Millionen in die Hände zu bekommen, um dann weiter faulenzen und ihr Geld verprassen zu können. Das sollte ihm aber nicht gelingen. Sie hielt alle Trümpfe in der Hand. Ihr verstorbener Vater hatte ausdrücklich in seinem Testament bestimmt, daß sie im Fall einer Verheiratung unbedingt in Gütertrennung mit ihrem Mann leben solle. Das hieß also, daß ihr Mann weder ihr Vermögen verwalten durfte, noch die Nutznießung davon besitzen würde. Sie war mündig und geschäftstüchtig und rechnete sich schon jetzt aus, was sie für Mattenheim hergeben würde, um es flott zu erhalten. Sie würde einen tüchtigen Verwalter verpflichten, der den Betrieb in die Hände nahm, denn Herbert traute sie nicht viel zu. Schließlich war es gleich, welchen Mann sie heiratete. Eine Ehe würde sie schließen müssen, denn sie war nun schon fast dreiundzwanzig Jahre, und da sie auf Lutz Bergmann verzichten mußte, konnte ja auch Herbert Mattenheim ihr Gatte werden, er war wenigstens energielos und unbedeutend genug, daß man ihn beherrschen konnte.

Daß Marlies ihr Lutz weggenommen hatte, darüber konnte sie noch nicht hinwegkommen. Sie haßte Marlies wirklich, es war kein eingebildeter Haß, wie ihn Marlies empfunden hatte. Wenn sie es straflos hätte tun können, wäre sie imstande gewesen, Marlies kalten Blutes umzubringen. So wollte sie ihr wenigstens noch alles antun, was in ihren Kräften stand. Und als Marlies jetzt gerade über die Terrasse ging, rief Lulu sie herrisch an:

»Kommen Sie mal her!«

Marlies sah ruhig zu ihr herüber, wollte erst weitergehen, sagte sich dann aber, daß es gut wäre, könnte ihre Auseinandersetzung mit der Feindin ohne Zeugen erfolgen.

So trat sie ruhig zu ihr heran.

»Es wäre richtiger, Sie hätten mich höflich gebeten, zu Ihnen zu kommen, Ihre Worte klangen allzusehr nach einem Befehl.«

»Allerdings, das sollten sie auch. Da ich Herberts Braut bin, haben Sie mir als Ihrer künftigen Herrin zu gehorchen.«

Marlies lächelte ein wenig überlegen. Jetzt, da Lulu von Lutz Bergmann nicht begehrt wurde, hatte sie viel mehr Duldung für sie und konnte sich nicht mehr aufregen.

»Sie befinden sich in einem großen Irrtum, Fräulein Strauß.«

»Ich verlange ›gnädiges Fräulein‹ angeredet zu werden.«

»Sobald Sie auch mich ›gnädiges Fräulein‹ nennen.«

»Sie sind ziemlich unverschämt. Wie käme ich dazu, eine Angestellte so zu titulieren.«

»Erstens bin ich nicht Ihre Angestellte und zweitens überhaupt niemandes Angestellte.«

»Sie essen hier das Gnadenbrot.«

»Durchaus nicht, ich verdiene mir mehr als reichlich mein Brot und bin eine Verwandte des Hauses.«

»Sie werden aber sehr bald dieses Haus verlassen müssen, das werde ich als erstes von meinem Verlobten verlangen, da ich mich nicht länger mit Ihnen herumärgern will.«

»Ich werde das Haus erst dann verlassen, wenn ich es selbst will.«

»Das werden wir sehen.«

»Sie wissen wahrscheinlich nicht, daß ich in diesem Haus Heimatrecht genieße kraft einer testamentarischen Bestimmung von Herberts Vater. Niemand kann mich von hier fortweisen, solange ich nicht selbst gehen will.«

Lulu richtete sich mit einem Ruck auf.

»Dann werde ich meine Verlobung rückgängig machen, das lasse ich mir nicht gefallen.«

»Ganz unter uns, Fräulein Strauß, ich würde es meinem Vetter wünschen, daß er nicht gerade Sie zur Frau bekommt. Ich habe derartige Einblicke in Ihren Charakter getan, daß ich jeden Mann beklagen muß, der Sie zur Frau bekommt. Aber mein Vetter sieht zur Stunde noch die Erfüllung seiner Wünsche in Ihnen, und ich will seinen Wahn nicht zerstören. Also seien Sie ganz ruhig, sobald ein tüchtiger Ersatz für mich gefunden ist, der Mattenheim vor dem Verfall bewahrt, werde ich gehen – freiwillig. Eher nicht, denn das habe ich meinem sterbenden Onkel gelobt, und ich pflege meine Versprechungen zu halten.«

»Dahinter verschanzen Sie sich, weil Sie nicht gehen wollen, wo man Sie nicht gebrauchen kann.«

»Darüber haben Sie gar kein Urteil. Wie gesagt, sorgen Sie mit Herbert für einen tüchtigen Verwalter und eine tüchtige Mamsell, dann werde ich ohne Bedauern aus diesem Haus verschwinden, in dem Sie die Herrin sein werden.«

»Machen Sie, daß Sie mir aus den Augen kommen, sie unverschämte Person!«

»Ich bin sehr froh, wenn ich Ihre Nähe meiden kann. Guten Morgen.«

Damit verließ Marlies als Siegerin die Terrasse und ließ Lulu in hochgradig gereizter Stimmung zurück.

11

Herbert hatte seiner Mutter im Wohnzimmer mitgeteilt, daß er sich mit Lulu Strauß verlobt habe. Frau von Mattenheim war darüber teils erfreut, teils betrübt. Lulu als Person sagte ihr keineswegs zu, als Charakter auch nicht, als Millionenerbin dagegen sehr. Sie hoffte, Lulu werde sich im steten Zusammenleben mit ihr beeinflussen lassen, denn sie nahm ohne weiteres an, daß Herbert und seine Frau in Mattenheim leben würden. Diese Hoffnung sprach sie auch aus, aber dazu machte Herbert ein befangenes Gesicht.

»Das wird vornehmlich auf Lulu ankommen, liebe Mutter, sie wird es kaum das ganze Jahr hier auf dem Land aushalten. Im Sommer vielleicht, sogar wahrscheinlich. Aber ich darf in dieser Hinsicht keinen Zwang auf sie ausüben.«

Sie sah mit trüben Augen zu ihm auf.

»Das heißt also, daß auch du dich noch nicht entschließen kannst, Mattenheim selbst zu bewirtschaften?«

»Aber Mutter, was denkst du? Wozu soll ich mir eine so schwere Last aufbürden. Wir werden uns die nötigen Leute halten, das sichert uns volle Freiheit, zu kommen und zu gehen, wie es uns beliebt. Und dann bist doch auch du noch da!«

Er ahnte so wenig wie seine Mutter, daß Lulu schon bei sich beschlossen hatte, auch Frau von Mattenheim müsse das Haus verlassen, weil sie Alleinherrscherin sein wollte.

So sagte Frau Beate seufzend:

»Die Hauptsache wird sein, daß Marlies weiter die Führung in der Hand behält, ich habe erst jetzt ganz erkannt, wie notwendig sie in Mattenheim ist.«

»Auch das ist nicht möglich, Mutter. Marlies ist Lulu sehr wenig genehm; sie hat nicht die Absicht, sie im Haus zu behalten.«

Betroffen sah die Mutter ihn an.

»Aber Herbert – wie kannst du das sagen. Du weißt doch, daß Marlies in Mattenheim Heimatrecht hat, solange es ihr beliebt.«

»Das wird sich alles einrichten lassen. Marlies muß doch einsehen, daß sie hier überflüssig ist.«

»Nun, bisher war sie uns notwendig wie das liebe Brot.«

»Man wird Ersatz für sie finden und – wenn ich auch nicht vorgreifen möchte, will ich dir zur Klärung der Sachlage mitteilen, daß Lutz Bergmann heute noch bei dir um Marlies' Hand anhalten wird. Sie scheint noch nichts davon zu wissen, er will wohl erst um sie werben, wenn er deine Zustimmung hat.«

Frau Beate fühlte mit einem Mal, daß ihr eine Trennung von Marlies sehr schwerfallen würde. Aber wer fragte danach – sie mußte sich fügen und, wie die Dinge lagen, war es wenigstens für Marlies leichter, wenn sie sich verheiraten konnte, als wenn sie allein und verlassen draußen in der Welt stehen würde. Es war immerhin ein großer Glücksfall, wenn ein armes Mädchen zur Frau begehrt wurde. Freilich glaubte auch sie, daß Lutz Bergmann nur von den Erträgnissen seiner Arbeit lebte, darum nahm sie an, daß es für Marlies keine glänzende Partie wäre. Aber immerhin sorgte dann ein Mann für sie, und sie selbst brauchte sich wegen ihrer Zukunft keine Kopfschmerzen zu machen.

»Das ist allerdings überraschend und freut mich für Marlies. Es wäre sonst auch sehr peinlich gewesen, sie zum Fortgehen aufzufordern. Bis zu ihrer Verheiratung muß sie auf jeden Fall hierbleiben.«

»Das wollen wir mit Lulu besprechen, Mutter, ich will sie holen. Und ich bitte dich, mach nicht zu viele Einwände, ich bin froh, daß ich ihr Jawort erhalten habe, denn ich muß dir sagen, daß ich die letzte Zeit kaum noch mit dem ausgekommen bin, was ihr mir zugeschickt habt – ich habe sogar schon Schulden machen müssen.«

Erschrocken sah sie ihren Sohn an.

»Um Gottes willen, Herbert – du hast doch alles bekommen, was wir entbehren konnten, vielleicht mehr als das. Für uns haben wir geknapst und gespart, wo wir konnten, und nur das Nötigste ist in die Bewirtschaftung gesteckt worden.«

»Da siehst du, wie nötig für mich eine reiche Heirat ist, das Knausern wird jetzt ein Ende haben. Also ich hole dir Lulu.«

Damit ging er schnell hinaus, denn er merkte sehr wohl, daß die Mutter gern Einwände gemacht hätte, aber dazu wollte er sie gar nicht kommen lassen.

Er wußte Lulu auf der Terrasse und trat zu ihr.

»Komm zu meiner Mutter, Lulu, sie freut sich sehr über unsere Verbindung und möchte uns ihren Segen geben.«

Lulu sah durchaus nicht erfreut zu ihm auf.

»Ach, wozu diesen rückständigen Kram. Ich bin augenblicklich nicht in der Stimmung, mich zu verloben und Segenssprüche hinzunehmen. Ich habe mich eben wieder sehr über deine Base Marlies geärgert.«

»Was ist denn geschehen?«

Sie berichtete ihm von ihrer Auseinandersetzung und fragte schließlich spitz:

»Hat sie wirklich ein Recht, hierzubleiben, solange es ihr gefällt? Davon hast du mir gar nichts gesagt.«

Er sah verlegen und verstimmt aus.

»In meines Vaters Testament befindet sich in der Tat diese unsinnige Klausel. Aber Marlies wird nicht lange mehr hierbleiben. Erstens hat sie mir und dir gesagt, daß sie gehen würde, sobald ein Ersatz für sie gefunden ist, und dann – sie wird sich ja bald verheiraten, Bergmann wird wohl um sie anhalten.«

Sie biß die Lippen zusammen, erhob sich hastig und sagte wütend:

»Dazu hat sie ihn selbstverständlich gezwungen. Gestern abend ist irgend etwas geschehen, wodurch sie ihn gezwungen hat, sich schützend vor sie zu stellen. Ich weiß es genau, daß sie in seinem Zimmer gewesen ist. Wie sie sich hinausgeschlichen hat und wieder in das ihre gelangt ist, weiß ich nicht, aber sie war mit ihm allein hinter verschlossener Tür, darauf lege ich einen Eid ab.«

»Aber Lulu, Marlies konnte sich doch nicht durch die Luft entfernen – « meinte Herbert zweifelnd.

Lulu zuckte die Achseln.

»Ich werde es schon noch herausbekommen. Ganz gewiß hat sie ihn bei seiner Ehre gepackt und ihn bestimmt, sie reinzuwaschen. Sie ist ja so gerissen, diese heuchlerische Tugendgans, und so schlau, daß sie euch alle eingewickelt hat, nur mich nicht.«

Er zog sie begütigend an sich.

»Nun laß doch diese Geschichte ruhen, Lulu, uns liegt doch

Wichtigeres am Herzen. Und durch die Heirat werden wir Marlies am besten los.«

Er ahnte nicht, daß gerade der Umstand, daß Marlies Bergmanns Frau werden sollte, Lulu am meisten ärgerte. Aber vorläufig ging sie mit ihm und ließ den Segensspruch seiner Mutter mit Fassung über sich ergehen, wiederholte aber auch vor dieser, daß Marlies in jedem Fall aus dem Haus müsse, ehe sie an eine Heirat mit Herbert dächte. Man versprach ihr das, und Herbert bat die Mutter, bei der Mittagstafel seine Verlobung mit Lulu bekanntzugeben.

Damit war diese Angelegenheit erledigt. Frau Beate suchte dann Marlies auf, die in der Milchkammer arbeitete. Sie teilte ihr etwas beklommen mit, daß Herbert sich mit Lulu Strauß verlobt habe. Marlies sah nicht von ihrer Arbeit auf.

»Ich weiß es schon, Tante Beate und – ich wünsche dir, daß alles gutgehen möge mit dieser Verbindung.«

Frau Beate seufzte schwer.

»Gott mag helfen! Du richtest wohl einen Verlobungsschmaus für heute mittag, Marlies. Und was ich noch sagen wollte – Lulu stellt die Bedingung, daß – ja, daß du – «

Mit einem Lächeln drückte Marlies ihr die Hand.

»Ich merke, daß es dir schwerfällt, mir zu sagen, daß Lulu Strauß eine mich betreffende Bedingung stellen wird oder gestellt hat. Sie hat sie mir schon selbst gestellt, quäle dich nicht damit herum, Tante Beate: sobald ich mein Amt in andere Hände legen kann, die mir zuverlässig erscheinen, werde ich still und spurlos von hier verschwinden.«

In diesem Augenblick wurden die Damen gestört durch einige Mägde, die Satten mit Milch brachten. Marlies nickte Tante Beate zu.

»Ich suche dich später auf, sobald ich hier abkommen kann, dann werden wir alles besprechen. Und in der Küche sage ich Bescheid. Sei ganz ruhig, Tante Beate – und herzlichen Dank dafür, daß es dir schwer wurde, mir die Bedingung von Herberts Braut zu überbringen.«

Frau Beate mußte sich zurückziehen, und sie tat es mit etwas leichterem Herzen. Marlies mußte wohl schon ahnen, daß sie eine andere Heimat finden würde.

Als Frau von Mattenheim wieder in das Wohnzimmer kam, fand sie dort Tante Albertine, die inzwischen von Herberts Verlobung gehört hatte und darüber teils froh, teils verstimmt war, jedenfalls aber sehr mitteilungsbedürftig. Sie sollte aber nicht zu einer Entladung ihrer Gefühle kommen, denn Lutz Bergmann ließ anfragen, ob er Frau von Mattenheim in dringender Angelegenheit sprechen könne.

Als er dann eintrat, wollte sich Tante Albertine, wenn auch widerwillig, erheben, aber Lutz bat sie dringend, zu bleiben, er könne sehr wohl in ihrer Gegenwart sein Anliegen vorbringen.

Tante Albertine sank befriedigt wieder in ihren Sessel zurück. Und nun sagte Lutz kurz und bündig:

»Sehr geehrte gnädige Frau, ich bin gekommen, Sie um die Hand Ihrer Nichte Marlies zu bitten.«

Frau von Mattenheim war darüber nicht weiter überrascht, desto mehr aber Tante Albertine, die kerzengerade emporfuhr.

»Aber, mein lieber Herr Bergmann, wenn ich hier mitreden darf – Sie wissen doch, daß Marlies arm ist. Und daß auch Sie ganz vermögenslos sind, habe ich von Ihren Freunden gehört. Wie denken Sie sich dann eine Ehe? Gegen Ihre Person wäre ja nichts einzuwenden – im Gegenteil, wir könnten uns für Marlies keinen wertvolleren Mann wünschen, aber wie gesagt, wovon wollen Sie beide leben?«

Lutz mußte lächeln und sah zu Frau Beate hinüber. Diese nickte mit dem Kopf und sagte:

»Darüber müßte ich wohl auch um Auskunft bitten. Verfügen Sie über ein genügendes Einkommen, um einen Hausstand gründen zu können?«

Lutz verbeugte sich zustimmend.

»Mein Einkommen aus meiner Tätigkeit würde zur Not ausreichen zu einem bescheidenen Leben, aber ich bin nicht allein darauf angewiesen. Meine ›Freunde‹ sind nicht gut über meine Vermögensverhältnisse unterrichtet. Ich pflege darüber nicht zu sprechen. Ihnen aber will ich sagen, um Sie zu beruhigen, daß ich aus meinem Vermögen über ein festes Zinseinkommen von annähernd zwanzigtausend Mark verfüge. Dazu verdiene ich noch im Jahr gegen zehntausend Mark. Das würde also auch einer weniger bescheidenen jungen Dame genügen, um es mit mir wagen zu können.«

Die beiden Damen waren erstaunt, aber sehr freudig, und Tante Albertine sagte froh:

»Ich gönne es Marlies, daß sie in so sorgenlose Verhältnisse kommt, sie hat es redlich verdient. Sie ist ein liebes, fleißiges und wertvolles Mädchen.«

»Das weiß ich, Frau Oberst.«

Frau Beate reichte ihm die Hand.

»Ich will mich freuen, wenn Marlies ihr Glück an Ihrer Seite findet. Meine Einwilligung haben Sie. Es erübrigt sich nur, sobald Sie mit Marlies im klaren sind, daß Sie bei ihrem Vormund die nötigen Schritte unternehmen. Das ist nur Formsache.«

»Das wird geschehen. Und nun bitte ich Sie, Fräulein Mainau herbeizurufen – vielleicht in ein stilles Nebenzimmer, wo wir ungestört sind. Ich möchte ihr selbst sagen, daß ich bei Ihnen um ihre Hand angehalten habe.«

Frau Beate neigte das Haupt und klingelte. Sie gab Weisung, Fräulein Marlies möchte sofort in den kleinen roten Salon kommen, ihre Tante wünsche sie zu sprechen.

Dann erhob sie sich, öffnete die Tür eines Nebenzimmers und sagte lächelnd:

»In dieses Zimmer führt nur diese Tür, wer hinein will, muß durch das Wohnzimmer. Tante Albertine und ich werden hier Wache halten.«

Lutz küßte den Damen die Hand und betrat den kleinen Salon. Gleich darauf erschien Marlies, und Tante Beate ging mit ihr zum roten Salon hinüber, dessen Tür sie wieder öffnete:

»Tritt ein, Marlies, und erwarte mich drüben – viel Glück.«

Damit schob sie Marlies hinein.

Also wieder einmal wurde Marlies unter einem Vorwand in ein Zimmer gelockt, in dem sie mit Lutz Bergmann allein sein sollte, aber wie verschieden war in den beiden Fällen die Absicht.

Frau Beate kehrte auf ihren Platz zurück und sah ein wenig beklommen zu Tante Albertine hinüber.

»Mir ist noch etwas eingefallen, Albertine. Wir sprachen doch kürzlich davon, daß Marlies' Vater vielleicht noch am Leben sein könnte und unter welchen Umständen er verschollen ist.«

»Ja richtig – das hatte ich ganz vergessen.«

»Wir müßten es Lutz Bergmann sagen, meinst du nicht?«

»Ich weiß nicht. Was man nicht weiß, macht einen nicht heiß.«

»Laß den Fall eintreten, daß Marlies' Vater eines Tages wieder auftaucht.«

»Aber ich bitte dich, er ist seit mehr als zehn Jahren verschollen.«

»Immerhin halte ich es für unsere Pflicht, Bergmann davon Mitteilung zu machen.«

»Nun gut – ich will es ihm sagen, aber – Marlies darf und soll nichts davon wissen, diese Bedingung werde ich stellen.«

Damit war auch dieser Punkt für die beiden Damen erledigt.

12

Marlies war ahnungslos in den roten Salon getreten und zuckte nun erschrocken zusammen, als sie Lutz mitten im Zimmer stehen sah.

Er trat schnell auf sie zu und sagte bittend:

»Beunruhigen Sie sich nicht, mein gnädiges Fräulein, ich hatte Ihre Frau Tante gebeten, mir eine Unterredung ohne Zeugen mit Ihnen zu gestatten, und sie hatte die Güte, uns dieses Zimmer zur Verfügung zu stellen. Ich denke, wir haben mancherlei miteinander zu besprechen.«

Unruhig sah sie ihn an, und in ihren Augen las er, daß sie ihm durchaus nicht gleichgültig gegenüberstand. Er trat noch einen Schritt näher und erfaßte ihre Hand.

»Fräulein Marlies – könnten Sie an Stelle des furchtbaren Hasses nicht ein anderes Gefühl setzen, könnten Sie mich ein wenig liebhaben?«

Sie zuckte zusammen und trat schnell von ihm fort, ihre Hand befreiend.

»Ach bitte – Sie dürfen keinen Scherz mit mir treiben.«

»Es ist mir nicht nach Scherz zumute. Ich will Ihnen gestehen, daß ich soeben bei Frau von Mattenheim um Ihre Hand angehalten und sie darum gebeten habe, mir eine Unterredung unter vier Augen mit Ihnen zu gestatten.«

Marlies wurde sehr bleich und sah ihn erschrocken an, sie mußte erst nach Fassung ringen, ehe sie sagen konnte:

»Das – das haben Sie nur getan, um mir zu helfen, damit ich nicht bloßgestellt erscheinen soll, auch – wenn es bekannt würde, daß ich wirklich gestern nacht in Ihrem Zimmer war. Aber – das nehme ich nicht an. Auf keinen Fall, ich – ich werde mir schon selbst zu helfen wissen. Sie dürfen mir kein Opfer bringen.«

Er merkte sehr wohl, wie sie mit sich kämpfte. Aber er blieb ruhig, um sie nicht zu verwirren.

»Sie trauen mir also zu, daß ich ein solches Opfer bringen würde, der Ehre einer Dame wegen?«

Tapfer schluckte sie aufsteigende Tränen hinunter.

»Ja, das traue ich Ihnen zu.«

Er verbeugte sich und sah sie noch immer mit durchdringendem Blick an.

»Ich danke Ihnen für diese gute Meinung. Aber vorläufig ist keine Notwendigkeit vorhanden, sich schützend vor Sie stellen zu müssen. Es ist ja, gottlob, vermieden worden, daß Fräulein Strauß' Anschlag auf Sie glückte. Ich brauche somit kein Opfer zu bringen. Ich habe einen ganz anderen Grund, Sie zu bitten, meine Frau zu werden.«

Sie richtete sich aus ihrer Aufmerksamkeit auf und fragte leise:

»Und – was ist das für ein Grund?«

»Der einzige, der mich bestimmen kann, diese Bitte auszusprechen: ich liebe Sie, Marlies, liebe Sie schon, seit ich Sie das erste Mal gesehen habe, und nur, um Sie wiederzusehen, habe ich mich der mir im Grunde wenig zusagenden Gesellschaft angeschlossen, die Herbert Mattenheim in sein Haus geladen hat. Ja, Marlies – ich liebe Sie so sehr, wie ein Mann eine Frau überhaupt lieben kann. Würden Sie sich nicht entschließen können, an Stelle des furchtbaren Hasses eine echte, rechte Liebe zu setzen?«

Sie war zurückgetaumelt und lehnte sich an einen Schrank, ihre zitternden Hände fest auf die Brust gedrückt und in den Augen ein unruhiges Staunen, das langsam einem wunderbaren Glanz Platz machte. Sie erkannte erst in dieser Minute, daß sie nie etwas anderes als Liebe für Lutz gefühlt hatte, schmerzvolle, aussichtslose Liebe, die sie in ihrem Stolz hinter törichtem Haß verbarg.

»Ach, mein Gott«, seufzte sie und sah ihn an. Und unter seinem Blick erzitterte sie. So stand sie und blickte ihm entggen, als er dicht zu ihr trat und sie einfach in seine Arme zog.

»Du törichte kleine Marlies, meinst du, ich habe nicht gewußt, daß du mich liebtest und daß dein sogenannter Haß nichts war als bloße Eifersucht?«

Zitternd lag sie in seinen Armen.

»Es hat dennoch furchtbar weh getan, Lutz. Und – ach, mein Gott, da fällt mir ein, ich bin doch ein armes Mädchen, und du bist auch arm. Deshalb glaubte ich, du wolltest dir Lulu Strauß' Millionen erringen. Lieber guter Lutz – ich werde dir wahrscheinlich eine furchtbare Last sein; hast du dich nicht übereilt, hast du dir das alles auch überlegt, um Gottes willen!«

Er lachte leise und küßte sie wieder, bis sie beide atemlos waren. Dann sagte er mit hinreißender Zärtlichkeit:

»Nichts habe ich mir überlegt, gar nichts; seit ich wußte, daß ich dich liebe, hatte ich zu nichts anderem Zeit, als deinen süßen Trotzkopf zu bezwingen. Und schließlich werde ich deine süße Last schon tragen können.«

Sie richtete sich froh auf.

»Lutz – ich besitze selbst ein kleines Vermögen: dreißigtausend Mark.«

Und sie erzählte ihm, wie sie dazu gekommen war. Da küßte er sie lachend.

»Also, was willst du, dann bist du ja eine Partie!«

»Ach, Lutz, lach doch nicht, ich weiß sehr gut, wie teuer das Leben ist. Zu einer Aussteuer langt das Geld ja – aber nicht viel weiter.«

Er mußte sie wieder küssen, ehe sie sagte:

»Du bist wirklich schrecklich leichtsinnig, daß du einen ganz armen Mann heiraten willst. Oder wirst du dich jetzt umbesinnen und mich abweisen?«

Sie erfaßte erschrocken seinen Kopf und zog ihn zu sich herab.

»Jetzt, wo ich weiß – wie süß die Liebe ist, nein – jetzt kann ich trotz aller Vernunft nicht von dir lassen. Wir werden uns schon durchringen. Ich werde mithelfen.«

Gerührt drückte er ihr Haupt an seine Brust.

»Halt ein, meine Marlies, sorge dich nicht mehr, ich habe genug für dich und mich. Wenn es auch süß ist, dich so sprechen zu hören, sollst du doch wissen, daß ich ein Jahreseinkommen habe, annähernd in der Höhe deiner Mitgift.«

Sie wurde bleich.

»Lutz – kann denn ein einziger Mensch so viel Segen ertragen?«

Er küßte sie wieder, und sie sahen sich an und küßten sich noch einmal. Die ganze Welt war um sie her versunken, sie wußten sich eins, und Marlies' Augen füllten sich vor Glückseligkeit mit Tränen. Er wischte sie fort.

»Weinen darfst du nicht, Marlies, niemals!«

Ihre Augen leuchteten zu ihm empor in feuchtem Glanz.

»Nur vor Glück weine ich, Lutz. Ich kann es noch gar nicht fassen, daß die Welt plötzllch so voll Sonne für mich ist.«

Und sie flüsterten sich noch viele liebe Worte zu, bis Marlies endlich erschrocken zusammenfuhr.

»Ach mein Gott, Lutz, jetzt habe ich über meinem Glück alles vergessen, sogar, daß ich einen Verlobungsschmaus für Herbert richten muß.«

»Dann richte ihn nur gleich für uns mit, Marlies. Komm, ich bringe dich jetzt zu deiner Tante Beate und zu der Frau Oberst, die warten im Wohnzimmer. Ich will dich ihnen als meine Braut vorstellen. Das ist das wichtigste.«

Aber es mußten doch erst noch eine Anzahl Küsse getauscht werden, ehe sie Hand in Hand hinübergingen.

Kurze Zeit darauf fand zwischen Tante Albertine und Lutz Bergmann ein ernstes Gespräch statt.Tante Albertine hatte Lutz aufgefordert, ihr gegenüber Platz zu nehmen, und sagte zu ihm, nachdem er sich niedergelassen hatte:

»Mein lieber Herr Bergmann, als Sie vorhin mit Marlies allein waren, ist uns etwas eingefallen, was wir Ihnen schon früher hätten sagen müssen. Und das will ich nun nachholen, ehe Sie Ihre Verlobung mit Marlies bekanntgeben. Sollte das, was ich Ihnen zu sagen habe, bei Ihnen Bedenken erregen, können Sie ja immer noch zurücktreten. Dann müßte selbstverständlich auch Marlies den Grund erfahren. Sie weiß bisher nichts von dem, was Sie jetzt hören werden.«

Lutz sah sie ruhig an.

»Ich bitte, mir alles zu sagen, glaube jedoch nicht, daß es etwas an unserer Verlobung ändern wird. Wenn Marlies nichts davon weiß, kann sie keinen Anteil und keine Schuld daran haben. Also, bitte, sprechen Sie.«

»Ich muß Sie aber ersuchen, mir Ihr Wort zu geben, daß Sie mit niemandem darüber sprechen – auch mit Marlies nicht, bevor Sie nicht Hochzeit gehalten haben.«

»Ich gebe Ihnen mein Wort.«

»Ich danke Ihnen. Also Sie nehmen an, daß Marlies Vollwaise ist. Wir haben sie allerdings in diesem Glauben gelassen, und auch sonst weiß niemand vom Gegenteil. Aber – wir haben niemals Gewißheit erhalten, daß ihr Vater gestorben ist. Wir wissen nur, daß er verschollen ist. Marlies war noch sehr jung, als er aus ihrem Gesichtskreis verschwand, und sie glaubt, er sei schon vor ihrer Mutter gestorben. Als diese den letzten Seufzer aushauchte, zählte Marlies zwölf Jahre. Marlies' Mutter hat das Herzeleid niedergedrückt und krank gemacht. Sie lebte nur noch ein halbes Leben, seit ihr Mann verschwunden war, und schließlich starb sie sehr jung noch, in Schmerz und Trauer um den Verlorenen.«

Lutz sah vor sich nieder.

»Und darf ich wissen, warum Marlies' Vater die Seinen verließ?«

Tante Albertine erzählte ihm nun alles, ungeschminkt und wahrheitsgemäß. Sie fügte dann noch hinzu, daß sie nicht glaube, daß Marlies' Vater damals schuldig gewesen sei, aber alles habe gegen ihn gezeugt, und man würde ihn bestimmt verhaftet haben, wenn er nicht ins Ausland gegangen wäre.

Lutz Bergmann war nicht der Mann, eine derartige Mitteilung leichtzunehmen, aber er war erst recht nicht einer, der die Frau seiner Liebe verließ, weil auf ihrem Vater ein schlimmer Verdacht ruhte.

»Und können Sie mir sagen, nach welchem Land sich Marlies' Vater begeben hat?«

»Nein, das können wir nicht. Ob er seiner Frau etwas davon anvertraut hat, wissen wir nicht. Wenn ja, hat sie das Geheimnis mit ins Grab genommen. Wir alle haben nie mehr etwas von Heinz Mainau gehört – aber wir, seine Verwandten, haben nie an seine Schuld geglaubt.«

Ein schönes, gutes Lächeln flog um Lutz' Mund.

»Da ich nun ebenfalls zu seinen Verwandten gehören werde, darf und will auch ich nicht an seine Schuld glauben. Mein Verhältnis zu Marlies berührt das in keiner Weise. Ich liebe sie, und sie ist meiner Liebe wert. Ich verdiente es nicht, von ihr geliebt zu werden, wenn diese Nachricht meine Gefühle irgendwie beeinflussen könnte. Aber ich bitte sehr darum, daß Marlies auch in Zukunft nichts darüber erfährt. Sie ist ein so streng rechtlicher Charakter, daß sie wahrscheinlich darunter leiden würde. Das soll nicht sein. Bitte, versprechen Sie mir das!«

Sie reichte ihm schnell die Hand, diese fest drückend.

»Lieber Lutz – jetzt gestatten Sie mir diese Anrede –, ich freue mich über Sie. Und ich begrüße in Ihnen einen lieben Anverwandten. Ich habe meine Pflicht getan, aber Marlies soll nichts von uns erfahren. Es hätte keinen Zweck, ihr Herz unnötig zu beschweren und damit ihr junges Glück zu trüben.«

Lutz küßte ihr die Hand, und sie plauderten noch über mancherlei.

13

Die Verlobungsfeier verlief ganz friedlich; Lutz faßte immer wieder unter dem Tisch nach der Hand seiner Verlobten. Dann stieg jedesmal ein heißes Glücksgefühl in Marlies' Herzen empor, und wenn ihrer beider Augen sich trafen, wußten sie, wie glücklich sie einander machen würden.

Tante Albertine hatte zur Feier dieser zweifachen Verlobung ganz große Toilette gemacht. Sie wirkte geradezu majestätisch, und selbstverständlich galt ihre höchste Teilnahme Lutz und Marlies. Das andere Brautpaar war nicht nach ihrem Herzen. Es saß so kühl und teilnahmslos nebeneinander, daß auch Uneingeweihte hier nicht an eine Liebesheirat denken konnten. Herbert hatte durch eine Auseinandersetzng mit seiner Braut über allerhand pekuniäre Fragen die Erkenntnis gewonnen, daß es durchaus keine reine Freude war, eine reiche Frau zu bekommen. Es würde nicht leicht sein, sich Zugang zu Lulus Geldern zu verschaffen, und er sagte sich schon jetzt, daß er dabei sehr auf der Hut sein müsse.

Daß Lulu ihm das Dasein mit ihren Launen reichlich schwer machen würde, sah er jetzt schon ein. Und vor allen Dingen paßte es ihm durchaus nicht, daß sie es als selbstverständlich ansah, daß er nun sein untätiges Junggesellenleben aufgeben müsse. Hatte er sich deshalb eine Millionenerbin zur Frau erwählt, um selbst arbeiten zu sollen? Wozu waren denn seine Angestellten da?

Daß diese auf Kosten seiner Frau eingestellt werden sollten, daran dachte er nicht. Es paßte ihm auch durchaus nicht, gezwungen zu sein, seine Freiheit aufzugeben. Lulu schien ja ganz darauf aus zu sein, ihn noch mehr, als seine Mutter es jemals getan, zur Arbeit anzuhalten.

Also war auch Herbert in wenig guter Stimmung, und wenn er in das mißvergnügte Gesicht seiner Braut sah und dieses mit Marlies' glückstrahlendem durchsonnten Antlitz verglich, wollte es ihm scheinen, daß Lutz Bergmann sehr viel glücklicher sein müsse als er. Außerdem hatte er von seiner Mutter gehört, daß Lutz Bergmann ein vermögender Mann war und ein glänzendes Einkommen besaß; das ärgerte ihn ebenfalls. Er kam sich geradezu benachteiligt vor. Am meisten verdroß ihn, daß Marlies ein Erbe von dreißigtausend Mark von ihrer Mutter her besaß. Wie war er also dazu gekommen, sie zu unterhalten? Daß Marlies zehnmal mehr verdient hatte als sie verbrauchte, wollte er nicht einsehen. Er war durchaus unzufrieden, daß seine Mutter Marlies das Glück gönnte, was sie gefunden hatte. Wie gut hätte er die dreißigtausend Mark jetzt gebrauchen können, deren Marlies doch nun bei der glänzenden Partie, die sie machte, keineswegs mehr bedurfte. Ob sie ihm einen Teil davon überlassen würde? Er konnte ihr das Geld ja später wieder zurückzahlen, wenn er erst Herr über das Vermögen seiner Frau sein würde. Es war eine Gier in ihm erwacht nach diesem Millionenvermögen, daß er es kaum erwarten konnte, es in seine Hände zu bekommen. Wie ihm wohl zumute gewesen wäre, hätte er geahnt, daß Lulu die Verfügung über ihr Vermögen niemals aus den Händen geben würde. Das zu erfahren, blieb ihm noch vorbehalten.

Für Lutz und Marlies begann jetzt eine wunderselige, glückvolle Zeit. Lutz begleitete seine Braut auf allen Wegen, denn Marlies kam nach wie vor getreulich ihren Pflichten nach, wie sie es ihrem sterbenden Onkel gelobt hatte. Sie wollte nichts von Entlastung hören, solange kein Ersatz für sie zur Stelle wäre. Herbert hatte zwar sofort Gesuche erlassen, und es gingen auch reichlich Angebote ein, allein es verging doch eine verhältnismäßig lange Zeit, bis all das erledigt war. Somit blieb Lutz, wenn er etwas von Marlies haben wollte, nichts übrig, als sie auf ihren wirtschaftlichen Ausflügen zu begleiten. So waren sie immerhin viel allein, und das war ihnen sehr erwünscht. Denn im Haus herrschte jetzt ziemlich dicke Luft, veranlaßt durch Lulus Launen. Lutz wäre am liebsten abgereist, aber er fühlte, daß er Marlies auf keinen Fall allein lassen dürfe. Herberts Einladung für ihn lief noch bis Mitte Juni. Es widerstrebte ihm freilich, seinen Besuch so lange auszudehnen, aber Marlies' wegen mußte er das auf sich nehmen. Bis dahin hoffte er, daß für sie Ersatz gefunden würde. Mit ihr und Tante Albertine hatte er besprochen, letztere solle Marlies nach Berlin begleiten, sobald sie hier abkömmlich sein würde. Unter Tante Albertines Schutz sollte sie in eine Berliner Pension ziehen und dann in Ruhe ihre persönliche Ausstattung besorgen. Der Vormund hatte ohne weiteres seine Einwilligung zur Vermählung seiner Mündel gegeben, nachdem ihm Lutz die Verhältnisse klargelegt hatte. Er war gern bereit, Marlies ihr kleines Vermögen jederzeit auszahlen zu lassen in Anbetracht ihrer baldigen Verheiratung. So ging auch hier alles glatt.

Tante Albertine schwamm in Wonne, daß sie helfen sollte, eine Braut auszustatten. Lulu wurde fast krank vor Zorn und Neid, als sie erfuhr, daß Lutz seiner Frau keineswegs eine sorgenvolle Zukunft bereiten würde, sondern ihr das Leben licht und schön gestalten konnte. Marlies mußte Lutz versprechen, jedem Alleinsein mit Lulu aus dem Weg zu gehen, denn er traute dieser allerlei Bosheiten zu.

Zwischen Lulu und Herbert gestaltete sich die Zeit sehr unerfreulich. Es war leicht zu erkennen, daß dieses zweite Brautpaar sich nicht liebte, ja, nicht einmal achtete. Jeder Tag brachte Herbert eine neue Enttäuschung, und es war, als machte es Lulu Freude, ihm eine Hoffnung nach der andern zu zerstören.

Herbert kam in arge Bedrängnis, seine Gläubiger mahnten immer dringender, und er hatte kein Geld, sie zu befriedigen. Zuerst versuchte er von seiner Mutter Geld zu bekommen. Diese war außerstande, ihm etwas zu geben. Dann fragte er Marlies, ob sich nicht etwas mehr für ihn herauswirtschaften ließe, er werde es nach seiner Verheiratung ersetzen können. Da sagte sie ihm ruhig und bestimmt, daß er schon immer alles Entbehrliche erhalten habe. Zudem brauche man der zahlreichen Gäste wegen zur Zeit im Haushalt viel mehr als sonst.

»Du mußt bedenken, Herbert, daß deine Mutter und ich immer sehr einfach und sparsam leben, sobald wir allein sind. Jetzt werden allerlei Aufwendungen nötig. Infolgedessen müssen wir doppelt genau rechnen, um zurechtzukommen. Jeder Pfennig ist schon im voraus berechnet, das darfst du mir glauben.«

Er sah sie unsicher an und sagte dann zögernd:

»Wenn du mir zwanzigtausend Mark von deinem Erbe geben wolltest, ich würde es dir hoch verzinsen und dir fünfundzwanzig bald nach meiner Hochzeit zurückgeben.«

Sie zögerte eine Weile, dann schüttelte sie energisch den Kopf.

»Ich muß jetzt erst für meine Aussteuer sorgen, will auch nicht, daß Lutz für Tante Albertine und mich Ausgaben hat, solange wir nicht verheiratet sind. Ich weiß nicht, was ich brauchen werde, und auf keinen Fall möchte ich Lutz mit irgendeiner Forderung lästig werden. Ich will dir keine Vorwürfe machen, daß du sehr leichtsinnig gewirtschaftet hast, aber ich kann dir leider nicht helfen, will es auch, offen gestanden, nicht, denn es würde wahrscheinlich für Tante Beate eine neue Sorge nach sich ziehen. Außerdem widerstrebt es mir, mit deiner Verlobten in irgendwelche Geldgeschäfte verwickelt zu werden. Sie könnte mir den Vorwurf machen, dir Vorschub geleistet zu haben, und – sie hätte recht damit. Wie sie und ich zueinander stehen, müssen wir alles vermeiden, woraus sich Schwierigkeiten ergeben könnten. Deshalb liegt mir auch viel daran, möglichst bald aus dem Haus zu kommen.«

Er war sehr gekränkt, weil sie ihm nicht helfen wollte, und sagte brüsk:

»Es ist auch wirklich sehr nötig, daß du bald fortkommst, denn Lulu macht mir viele unangenehme Szenen deinetwegen.«

»So sorge dafür, daß ich bald fort kann. Mir brennt selbst der

Boden unter den Füßen, weil ich weiß, daß deine Braut sehr gehässig gegen mich ist.«

»Sie behauptet eben immer noch, du seist an jenem Abend bei Lutz im Zimmer gewesen.«

Marlies sah ihn mit großen Augen an.

»So, behauptet sie das? Nun, ich könnte dir alles erklären, aber ich müßte deine Braut anklagen – und das will ich vermeiden.«

Seine Stirn zog sich zusammen, und er sah sie finster an.

»Das klingt sehr geheimnisvoll.«

Marlies strich sich über die Stirn.

»Meinst du, daß Lutz Bergmann um eine Frau werben würde, die sich ihm gegenüber etwas vergeben hätte?«

Er wehrte hastig ab.

»Der Teufel hole die ganze Verloberei!«

»Ich bedauere dich sehr, Herbert, daß du so sprechen kannst. Aber du hast es ja selbst nicht anders gewollt.«

»Konnte ich denn? Ich mußte unbedingt eine reiche Frau haben, wenn Mattenheim nicht unter den Hammer kommen sollte.«

»Es hätte einen andern Weg gegeben, wenn du zu Hause geblieben wärest und selbst mitgearbeitet hättest, statt zu vergeuden, was wir hier um jeden Preis für dich herbeischaffen mußten. Noch jetzt wäre es Zeit gewesen, Mattenheim zu retten, wenn du nur ernstlich gewollt hättest. Du hast alles verkehrt angefangen.«

»Ich brauche deine guten Ratschläge nicht. Soll ich wie ein Knecht arbeiten? Ich bin doch nur nach Berlin gegangen, um eine reiche Partie zu machen.«

Sie zuckte die Achseln.

»Das Ziel hast du nun ja erreicht – nun gib dich auch damit zufrieden. Es kann dir kein anderer helfen als du selbst.«

»Behalte deine Weisheit für dich!«

Da sah sie ihn groß an und ließ ihn stehen.

Er fluchte wütend hinter ihr her, aber das besserte seine Lage nicht.

Gleich darauf war er von Lulu zu einem Spaziergang befohlen. Anders konnte man die Betonung ihrer Wünsche nicht nennen.

Lulu sagte Herbert auf diesem Spaziergang, daß sie endlich unter den Angeboten etwas Ihr Zusagendes gefunden und für übermorgen einige Leute zur Vorstellung herbestellt habe.

»Wir werden dann aussuchen, wer uns am besten gefällt«, sagte sie in der jeden Widerspruch ausschließenden Weise, die sie sich seit einiger Zeit angewöhnt hatte.

Er zuckte nur die Achseln.

»Wie du befiehlst.«

»Was soll das heißen?«

»Nun, du bist doch jetzt sozusagen die Herrin von Mattenheim.«

»Da du als dessen Herr so schmählich versagt hast, ist es wohl besser, wenn ich die Zügel in die Hand nehme.«

Schweigend und verdrießlich ging er neben ihr her. Sie sah ihn scharf und prüfend an. Er gefiel ihr immer weniger, je öfter sie ihn mit Lutz Bergmann verglich. Und als sie sein mürrisches Gesicht sah, meinte sie hart und kühl:

»Anscheinend findest du wenig Gefallen an unserer Verbindung. Da das auf Gegenseitigkeit beruht – wollen wir doch unsere Verlobung lösen!«

Er erschrak und faßte ihren Arm.

»Aber Lulu, wie kannst du nur so etwas sagen!«

»Weil ich es müde bin, deine mißvergnügte Miene jeden Tag vor Augen zu haben.«

Er seufzte tief auf.

»Ich habe Sorgen, Lulu, schwere Sorgen. Ich muß dir gestehen, daß ich Schulden habe.«

Sie fühlte, daß sie noch mehr Oberwasser bekam, und das war jetzt das einzig Erstrebenswerte für sie.

»So, du hast Schulden? Und warum hast du mir das nicht offen gesagt?«

»Ich wollte dich damit nicht behelligen, das kannst du dir doch denken. Und – da bin ich, da mich meine Gläubiger drängen, schließlich zu Marlies gegangen und habe sie gefragt, ob sie mir das Geld leihen wollte.«

Sie fuhr auf und sah ihn zornig an.

»Das ist ja toll, läufst zu diesem Geschöpf und machst dich klein vor ihr, anstatt zu mir zu kommen. Wie hoch belaufen sich deine Schulden, das mußt du mir jetzt gleich sagen.«

Er fing an zu hoffen, daß sie ihm das Geld geben würde. Und da nun einmal gebeichtet werden mußte, wollte er gleich noch etwas für sich mit herausschlagen und nicht nur für seine Gläubiger.

»Dreißigtausend Mark«, sagte er kühn und hoffte, daß sie ihm nun, schon um Marlies aus dem Feld zu schlagen, einen Scheck über diese Summe ausstellen würde. Aber sie war die Tochter eines sehr gerissenen Kaufmanns und hatte viel vom Vater gelernt.

»Gut – gib mir bis heute abend eine genaue Aufstellung all deiner Schulden bis zu diesem Tag, ich werde sehen, ob es gut ist, sie zu bezahlen, und wie weit das nötig ist.«

Da war er wieder um eine Hoffnung ärmer. Sie würde zwar die Schulden bezahlen, soweit sie es für nötig erachtete, aber für ihn würde kein Heller abfallen. Verdammtes Pech, daß er sich nicht vor einigen Tagen eine größere Summe geliehen hatte. Das wäre nun in einem hin gegangen.

Er war schnell fertig mit der Aufstellung, denn er brauchte nur die einzelnen Posten aus seinem Notizbuch aufzuschreiben.

Schon am Abend dieses Tages hielt Lulu das Verzeichnis in den Händen. Sie sah es aufmerksam durch und erkannte auf der Stelle, daß Herbert zehntausend Mark mehr aufgeführt hatte, als seine Verpflichtungen eigentlich ausmachten.

Sie zuckte die Achseln, dachte sich ihr Teil, schrieb aber dennoch die einzelnen Schecks aus. Sie wollte nicht, daß Herbert Schulden hätte, wenn er sie heiratete.

Geschäftstüchtig, wie sie war, sandte sie die einzelnen Schecks an die betreffenden Adressen. Erst als sie die Quittungen, die sie sich ausbedungen hatte, in Händen hielt, übergab sie Herbert diese. Er wollte ihr in überschwenglicher Weise danken, aber sie winkte kurz ab. Die zuviel angegebenen zehntausend Mark erwähnte sie mit keinem Wort.

»Laß uns nicht mehr davon sprechen. In Zukunft aber bitte ich mir aus, daß du keine Schulden mehr machst, ich würde nicht einen Pfennig davon bezahlen. Glaube nicht, daß ich als deine Frau dazu verpflichtet sein könnte, denn – daß du es weißt, laut meines Vaters Testament darf ich nur auf Gütertrennung heiraten. Wir müssen beide vor unserer Verheiratung amtlich diese Gütertrennung beantragen und notariell bestätigen lassen. Was ich dir freiwillig gebe, sofern du Bedürfnisse hast, kann ich verantworten, sonst keinen Heller, verstehst du? Mein Vater war ein sehr vorsichtiger Mann – und ich bin eine vorsichtige Frau. Ich möchte keinen Mann haben, der mein Vermögen durchbringt, so daß ich verarmen könnte, das wirst du verstehen. Wenn du aber nicht in diese Gütertrennung willigen willst, können wir immer noch unsere Verlobung lösen.«

Herbert war fassungslos und konnte nicht gleich antworten. Er hatte das Gefühl, als müsse es ihm eine Befreiung sein, von Lulu loszukommen. Aber er war viel zu schlaffe, sich dazu aufzuraffen. Also um jeden Groschen würde er seine Frau hinfort bitten, würde sie sehr schonend behandeln müssen, damit sie ihre Hand nicht allzufest auf ihren Geldsack drückte.

Inzwischen setzte die Heuernte ein, und diese war für Mattenheim sehr wichtig, weil man großer Mengen Heu bedurfte, um das zahlreiche Vieh den Winter über ausreichend füttern zu können. Jetzt befanden sich die meisten Kühe oben auf den Almen und suchten sich ihr Futter selbst. Im Winter aber mußte von dem vorhandenen Vorrat gezehrt werden.

Wenige Tage später reisten die Gäste ab, und den Tag darauf auch Tante Albertine, Marlies und Lutz. Der neue Verwalter und die neue Mamsell waren angetreten und machten ihre Sache anscheinend gut. Somit konnte Marlies ohne allzu große Sorge ihren bisherigen Wirkungskreis verlassen. Der Abschied fiel ihr trotz allem schwer. Mattenheim war ihr so lange eine Heimat gewesen. Auch von Tante Beate verabschiedete sie sich unter Tränen, denn dieser war sie in der letzten Zeit viel nähergekommen als bisher. Frau Beate hatte nicht unterlassen können, zwischen Marlies und Lulu Vergleiche zu ziehen, und diese waren sehr zu Marlies' Gunsten ausgefallen.

Lutz und Tante Albertine hatten es nicht ganz leicht, Marlies über ihren Trennungsschmerz hinwegzuhelfen. Immer wieder sah sie zurück, solange sie das Mattenheimer Herrenhaus droben auf dem Berg liegen sah. Sie wußte nur zu wohl, daß es ein Abschied für immer war. Nie würde sie zurückkehren dürfen und wollen an die Stätte, an der sie so treulich geschafft hatte.

Tante Albertine gelang es endlich, das erste Lächeln in Marlies' Gesicht zu zaubern, als sie sagte:

»Wenn du jetzt nicht endlich wieder vergnügt bist, gehe ich mit Lutz durch, und du siehst ihn niemals wieder.«

Schnell reichte da Marlies Lutz ihre Hand.

»Mußt nicht böse sein, Lutz, daß mich der Abschied sehr geschmerzt hat, obwohl ich mit dir ins Glück hinein gehe. Man reißt sich nicht leicht von dem Ort los, wo man festgewurzelt war.«

Marlies wurde nun schnell wohltätig abgelenkt. Sie fand, daß der Fern-D-Zug, den sie benützten, nicht fahre, sondern fliege. Und als sie dann mit Tante Albertine und Lutz im Speisewagen saß, fand sie das herrlich. Außer kleinen Fahrten nach München hatte sie noch keine Reise hinter sich. In einem Speisewagen war sie überhaupt noch nicht gefahren, und sie fand es staunenswert, wie sicher und schnell die Kellner aufwarteten. Es ging ihr fast zu schnell.

Lutz konnte sich an Marlies nicht satt sehen und nicht satt freuen. Seine Liebe zu ihr war noch viel tiefer und innerlicher geworden, und er war sehr froh und glücklich, daß er nicht noch eine lange Wartezeit vor sich hatte, bis sie ganz sein eigen war. Es wollte ihm unerträglich erscheinn, sie jetzt den größten Teil des Tages entbehren zu müssen. Aber sie hatten beide viel zu tun. Lutz wollte seine Wohnung noch um einige Zimmer vergrößern. Es fand sich, daß in dem Haus, in dem er wohnte, eine größere Wohnung frei geworden war, und die hatte er gleich von Mattenheim aus mit Beschlag belegt. Marlies sollte sich um nichts anderes kümmern als um ihre Aussteuer und die Abende, in Tante Albertines Gesellschaft, für ihn bereit sein. Er wollte die Wohnung ganz allein in Ordnung bringen, wollte die Möbel, die noch beim Spediteur lagerten, von dort abholen lassen und Marlies erst überraschen, wenn alles fertig sein würde. Tante Albertine sollte bis zur Hochzeit in Berlin bleiben und dann erst in ihr Stift zurückkehren.

14

Sechs Wochen war Marlies in Berlin, da fand ihre Hochzeit statt. Es strömte so viel Neues auf sie ein, daß sie nicht recht zur Ruhe kam. Die Tage gehörten den Besorgungen, die Abende war sie mit Lutz zusammen. Er führte die Damen in Theater oder Kinos, und dann speisten sie zusammen. Dabei berichteten sie einander, was sie tagsüber geleistet hatten. Tante Albertine war unermüdlich bis zuletzt und war Marlies wirklich eine Hilfe. Die majestätische Art der alten Dame ließ alle Geschäftsangestellte fliegen. Nur gute Sachen wagte man ihr vorzulegen.

Lutz staunte über die unbewußte Sicherheit, die Marlies den ihr vollkommen neuen Berliner Verhältnissen gegenüber an den Tag legte. Und doch stieg jetzt zum ersten Mal der Gedanke in ihm auf, daß es schön sein müsse, mit ihr irgendwo zu leben, wo sie so naturverbunden wären wie in Mattenheim. Eines Tages fragte er sie, ob sie für immer in Berlin bleiben möchte. Da sagte sie in ihrer herzlich-innigen Art:

»Ich will da bleiben, wo du bist.«

»Aber wenn mir Berlin verleidet wäre und ich eines Tages fern von der Großstadt in einer landschaftlich schöneren Umgebung leben möchte, würdest du dann gern mit mir gehen?«

»Ach, Lutz, wo du bist, ist für mich der Himmel. Aber wenn du mich wieder in eine Umgebung bringen würdest, wie ich sie in Mattenheim gewohnt war – das, ja, das wäre unaussprechlich schön.«

Er faßte ihre Hand.

»Das habe ich von dir erwartet, und ich verspreche dir – eines Tages kaufen wir uns eine hübsche kleine Besitzung in den Bergen. Erst aber sollst du einmal Berlin genießen mit all seinen Fehlern und Vorzügen. Alles Weitere wird sich finden.«

Marlies' Augen leuchteten, und von Stund an dachte sie heimlich an irgendein schönes Erdenfleckchen, wo sie mit Lutz naturverbunden leben würde.

Die Wochen bis zu ihrer Hochzeit waren schnell vorübergegangen. Sie wurde in aller Stille gefeiert, keinerlei Einladungen ergingen. Außer Tante Albertine nahmen nur die beiden Trauzeugen, Studienfreunde von Lutz, und deren beide Schwestern, die Marlies als Brautjungfer gebeten hatte, an der Feier teil. Aus Mattenheim erhielten sie einen herzlichen Glückwunsch von Tante Beate. Sie hatte selbst den Wunsch geäußert, nicht zu Marlies' Hochzeit eingeladen zu werden, denn sie konnte es verstehen, daß ihre Nichte kein Verlangen danach trug, Herbert und Lulu an ihrem Ehren- und Jubelfest teilnehmen zu lassen.

So verlief die Feier ziemlich still. Gleich nach Beendigung des Hochzeitmahls verabschiedeten sich die jungen Eheleute. Sie verzichteten auf eine Hochzeitsreise. Marlies verlangte danach, ihr künftiges Heim in Augenschein nehmen zu können, und so führte Lutz sie strahlenden Auges in sein Haus. Sprachlos bewunderte Marlies die eleganten, vornehmen Räume. Immer wieder mußte sie ihrem jungen Gatten um den Hals fallen, weil er ihr ein so schönes Nest geschaffen hatte.

Die beiden Glücklichen brauchten niemanden als sich selbst.

Es vergingen glückselige Wochen für die jungen Gatten. Sie hatten ihre Vermählung pflichtschuldig angezeigt, wo es nötig war. Auch an Herbert und Lulu war eine Anzeige abgeschickt worden. Sonst hörten sie nichts von den beiden, als was Tante Beate zuweilen in ihren Briefen mitteilte.

So kam das Weihnachtsfest heran.

Marlies huschte in geschäftiger Heimlichkeit durch ihre Wohnung, und Lutz mußte sich hier und da aus dem Zimmer schicken lassen.

Es war kurz vor dem ersten Weihnachtsfest, das Lutz und Marlies gemeinsam feiern wollten. Aber weil Tante Albertine gar so jammernde Briefe schrieb über ihre Einsamkeit im Stift, hatten die beiden glücklichen Menschen, denen der Himmel noch immer ganz ohne Wolken war, sich entschlossen, die alte Dame einzuladen; das heißt: Lutz hatte seine Einwilligung nur gegeben, wenn sie am Neujahrstag wieder allein wären.

Marlies schrieb den Brief, und zwei Tage darauf traf Tante Albertines Antwort ein:

»Meine Lieben!

Ihr müßt einen Extraplatz im Himmel bekommen, das heißt, erst nach tausend Jahren, weil Ihr Euch so großmütig einer einsamen, alten Frau annehmt. Es ist einfach rührend von Euch, an mich zu denken. Aber ich komme wirklich – wenn Ihr Euch auf eine Absage eingerichtet habt, seid Ihr auf dem Holzweg. Ich komme und wanke und weiche nicht vor dem Neujahrstag. Habt innigen Dank, daß Ihr mir ein einsames Weihnachtsfest ersparen wollt, und dafür noch hundert Jahre Glück für Euch! Herbert und Lulu haben mich zu ihrer Hochzeit in Mattenheim eingeladen – sie soll dort mit großem Pomp gefeiert werden, wie mir Beate schrieb, aber – so gern ich Mattenheim einmal im Schnee sehen möchte, ich kann mich nicht dazu entschließen, denn der Ton der Einladung hatte auf jeder Zeile den Unterton: Sage bloß um Gottes willen ab! Darauf will ich hören, ich verspreche mir nichts Gutes davon, so gern ich auch an dem sicherlich großartigen Festessen teilnehmen würde. Doch wie gesagt, das besprechen wir noch. Auf Wiedersehen am Mittag des Christabends!

Eure sehr gerührte Tante Albertine.«

Marlies reichte Lutz diesen Brief und sah ihn halb lachend, halb gerührt an. Als er gelesen hatte, sagte sie schelmisch:

»Nicht wahr, Lutz, es lohnt sich schon, mal ein wenig an andere Menschen zu denken. Ich glaube, wir haben Tante Albertine glücklich gemacht, sie scheint sich sehr zu freuen.«

Er nahm sie in seine Arme.

»Wenn du nur jemanden glücklich machen kannst, meine Marlies!«

Sie zog ihn ein wenig an den Ohren.

»Und du? Dir ist es selbstverständlich gleichgültig, ob du jemand glücklich machen kannst?«

»Mir genügt es, wenn ich meine Marlies glücklich mache.«

Sie bekam feuchte Augen.

»Ach Lutz, ich bin furchtbar eigensüchtig – das ist mir auch die Hauptsache. Aber wenn man mit einem kleinen Opfer noch jemanden glücklich machen kann, das ist dir doch auch lieb?«

Er küßte sie.

»Aber sorge dafür, daß wir im neuen Jahr wieder allein sind. Dann halte ich so lange still. Und nun laß uns beraten, womit wir Tante Albertine am Weihnachtsabend beschenken können.«

Sie überlegten ernsthaft und entschlossen sich für ein schönes wollenes Plaid, eine solide Handtasche und eine Anzahl Bücher, von denen Marlies wußte, daß sie diese gern gelesen hätte, wenn sie ihr erreichbar gewesen wären. Dazu kamen einige Packungen Pralinen und sonstige Leckereien. Marlies hatte ihr abgelauscht, daß sie dies alles gut brauchen könnte.

Der alten Tante unnütze Sachen zu schenken, hielt die praktische Marlies für überflüssig, man wollte ihr lieber ein wenig helfen.

So mußte Marlies noch einmal in die Geschäftsgegend fahren, um Einkäufe zu machen. Lutz blieb daheim, um zu arbeiten. Marlies wußte nun schon sehr gut Bescheid in Berlin.

Dabei hatte sie ein unliebsames Erlebnis.

Als sie ein Geschäft im Berliner Westen betrat, um die Handtasche für Tante Albertine zu kaufen, erblickte sie plötzlich neben sich am Verkaufstisch Lulu Strauß und an deren Seite Herbert von Mattenheim. Marlies erschrak so sehr über diese Begegnung, daß ihr das Blut in das Gesicht schoß.

Sie grüßte aber doch mit einem Neigen des Kopfes, Lulu sah jedoch hochmütig über sie hinweg, als sei sie Luft.

Herbert wußte einen Augenblick nicht, was er tun sollte, aber dann begrüßte er Marlies, sah sie groß und erstaunt an und meinte:

»Fast hätte ich dich nicht erkannt, Marlies, du hast dich sehr zu deinem Vorteil verändert und siehst blendend aus.«

Bei ihm galt eine elegante Aufmachung immer sehr viel, und er staunte, daß seine Base Aschenbrödel plötzlich eine sehr elegante junge Dame geworden war.

Marlies hätte der Wahrheit gemäß sagen müssen, daß Herbert miserabel aussähe, aber sie äußerte nur:

»Ich hoffe, es geht dir gut.«

Er zuckte die Achseln, warf einen mißvergnügten Blick auf seine Braut und erwiderte:

»Man schlägt sich so durch.«

Lulu sah die beiden erbost an und sagte scharf:

»Willst du mir endlich helfen, die Handtasche für deine Mutter auszusuchen, ich kenne ihren Geschmack nicht.«

Er zuckte zusammen, verbeugte sich vor Marlies und wandte seine Aufmerksamkeit den vorgelegten Handtaschen zu. Die Verkäuferin, die Lulu bediente, war davongegangen, um neue Handtaschen zur Auswahl herbeizuholen, und die Marlies bedienende hatte sich ebenfalls nach dem Lager begeben. Sonst war niemand im Geschäft anwesend, so daß die drei Personen allein waren. Und da sagte Lulu laut und vernehmlich zu ihrem Verlobten:

»Ich begreife nicht, daß du dich in meiner Gegenwart mit dieser Person unterhältst, die nächtlicher Weile fremde Herren auf ihrem Zimmer besucht.«

Marlies wurde vor Empörung bleich, sie konnte das nicht hinnehmen, ohne sich zu wehren, denn sie trug jetzt Lutz Bergmanns Namen. Sich hoch aufrichtend, erzählte sie Herbert nun den Vorgang, wie er sich in Wirklichkeit abgespielt hatte.

Herbert war bleich geworden – er mußte Marlies jedes Wort glauben, denn das Gesicht seiner Braut war durch Haß und Niedertracht entstellt. Jetzt begriff er mit einem Mal alles, auch – warum Lulu sich an jenem Abend schnell mit ihm verlobt hatte. Er erkannte, daß sie Lutz Bergmann begehrt und Marlies verfolgt hatte, weil er diese erwählte. Lulu war für den Augenblick geschlagen, denn sie fand kein Wort der Entgegnung. Marlies nahm auch keine Notiz mehr von ihr, kaufte schnell eine Handtasche für Tante Albertine und verließ das Geschäft. Nur einen bedauernden Blick hatte sie noch für Herbert, der ihr völlig verstört nachsah.

Als Marlies nach Haus kam, wurde sie herzlich von ihrem Gatten begrüßt, und da erst verließ sie ihre Fassung. Sie weinte und hielt sich an ihm fest, daß er sie besorgt ansah, ihr Hut und Mantel ablegen half und sie in sein Zimmer zog.

»Marlies, was ist dir geschehen?« fragte er besorgt.

Sie faßte sich mühsam, aber da sie keine Geheimnisse vor ihrem Mann hatte und nie haben wollte, beichtete sie ihm alles und sagte zum Schluß:

»Ich werde nun schrecklich hin und her gerissen, Lutz, ob ich recht gehandelt habe, daß ich Herbert die Wahrheit sagte. Aber ich konnte es unmöglich dulden, daß seine Verlobte mich wieder in unerhörter Weise beleidigte, und zwar gegen ihr besseres Wissen.«

Er hatte ihren Kopf an seine Brust gedrückt und strich beruhigend über ihr Haar.

»Du hast ganz recht getan, Marlies, hast wirklich in dieser Angelegenheit mehr ertragen, als man dir zumuten durfte. Heute war es deine Pflicht, die Wahrheit zu sagen. Dieses Fräulein Strauß ist eine gefährliche Person, man darf sie nicht schonen.«

Marlies beruhigte sich.

»Herbert tut mir dennoch aufrichtig leid, Lutz. Er muß nun doch wissen, daß Fräulein Strauß nichts für ihn übrig hat.«

Sein Gesicht wurde hart und kalt:

»Das hat er wohl schon lange gewußt, und – er hat ja auch für sie nichts übrig. Sie werden sich gegenseitig kaum Vorwürfe machen können. Wenn er sie noch etwas besser kennenlernt, kann das wirklich nicht schaden. Mach dir deswegen keine Kopfschmerzen, jeder schläft so, wie er sich bettet.«

Und er tröstete sie so liebevoll und zärtlich, daß sie sich befreit aufatmend an ihn schmiegte.

Herbert hatte mit seiner Braut wortlos den Laden verlassen. Schweigend ging er neben ihr her, und schweigend verhielt auch sie sich. Sie fühlte sich durchaus nicht bedrückt durch Marlies' Aussage, ärgerte sich nur wütend darüber, daß diese sich so energisch und wirksam verteidigt hatte; denn sie glaubte, immer wieder einen Trumpf gegen Marlies ausspielen zu können durch ihre Anschuldigung. Was Herbert darüber dachte, war ihr unwichtig, sie glaubte ihn durch die Macht ihres Geldes vollkommen in der Gewalt zu haben, und war daher der Meinung, sich alles gegen ihn erlauben zu können.

Nachdem sie eine Weile schweigend nebeneinander hergeschritten waren, sagte Lulu, ohne auf das Vorangegangene einzugehen:

»Laß uns jetzt zu meinem Notar gehen, wir wollen die Gütertrennungsangelegenheit zu Ende führen. Wir müssen noch unsere Unterschriften geben.«

Er empfand plötzlich eine so starke Abneigung gegen Lulu, daß es ihm widerstrebte, willenlos tun zu sollen, was sie wünschte. Er richtete sie auf, und in seinem Gesicht erschien plötzlich ein energischer Zug, den sie noch nicht an ihm bemerkt hatte.

»Ich denke, das hat Zeit, bis wir wieder in Mattenheim sind, wir können das dort vor meinem Notar erledigen, der, da er in München wohnt, auf meinen Wunsch jederzeit nach Mattenheim kommen wird.«

Sie sah ihn scharf an.

»Ich wünsche aber, daß es bei meinem Notar erledigt wird.«

»Und ich wünsche, daß es bei dem meinen geschieht, und zwar erst kurz vor der Hochzeit.«

»Ah, du denkst wohl, du kannst mich dann bewegen, anderen Sinnes zu werden?«

»Ich denke gar nichts, als daß ich mir das nochmals gründlich überlegen muß.«

Sein bestimmter Ton ärgerte sie maßlos, und ihre Herrschgier wurde nur noch stärker, doch blieb Herberts Widerstand nicht ohne Eindruck auf sie.

Sie zuckte die Achseln und ließ das Thema fallen. Am zehnten Januar sollte ihre Hochzeit sein. Es waren fast alle Bekannten des Brautpaares und die gesamte Nachbarschaft von Mattenheim eingeladen. Auf Lulus Wunsch sollte die Hochzeit mit großem Pomp gefeiert werden. Da ihr diese Eheschließung kein inneres Genüge brachte, wollte sie wenigstens nach außen damit glänzen. Herbert hielt ebenfalls viel zuviel auf Äußerlichkeiten, als daß er dagegen etwas eingewendet hätte.

Als Herbert seine Braut bis zu ihrer Wohnung begleitet hatte, die nun in Zukunft ihrer beider Stadtwohnung hier in Berlin werden sollte, verabschiedeten sie sich wie zwei fremde Menschen und verabredeten kühl, daß Herbert Lulu am nächsten Morgen zu bestimmter Zeit abholen würde, damit sie zu dem Fern-D-Zug nach München zurechtkämen. Denn sie wollten morgen nach Mattenheim zurückkehren.

Beide trafen im Verlauf des Tages ihre Reisevorbereitungen, beide in dem Bewußtsein, vor einer Ehe zu stehen, die ihnen beiderseits nichts als eine Fessel sein würde. Lulu überlegte sich, was sie in Mattenheim vor der Hochzeit noch zu erledigen hatte, und Herbert dachte darüber nach, ob er sich wirklich in diese Fessel legen lassen sollte, ohne wenigstens zu versuchen, noch etwas für sich zu retten. Daß Lulu jetzt noch im Sinn hatte, seine Mutter aus Mattenheim zu entfernen, ahnte er nicht. Und was er irgend an Wärme und Gefühl für einen Menschen zu vergeben hatte, gehörte seiner Mutter. Lulu ihrerseits ahnte nicht, daß sie mit diesem Bestreben sich auf gefährlichen Boden wagte.

In München erwartete die Heimkehrenden das Auto, das sie nach Mattenheim bringen sollte. Das diesmal sehr zahlreiche Gepäck sollte anderweitig befördert werden. Sie nahmen nur das Nötigste mit sich in den Wagen.

Während der Fahrt unterhielten sie sich über nebensächliche Dinge und kamen zu einer verspäteten Teestunde in Mattenheim an. Unter dem Portal empfing sie Frau Beate, und Lulu ärgerte sich, daß sie so selbstverständlich als Herrin des Hauses dort oben stand, so, als sie sei gewillt, diesen Posten niemals zu verlassen. Frau Beate ahnte nichts davon, daß Lulu vorhatte, sie aus Mattenheim zu vertreiben.

Die Begrüßung zwischen Lulu und ihrer Schwiegermutter fiel kühl und höflich aus, denn Frau Beate hatte nachgerade genug Demütigungen von ihrer Schwiegertochter erfahren. Außerdem bemerkte die zärtliche Mutter sehr wohl, daß Herbert sehr unglücklich und bedrückt aussah. Wohl sagte sie sich, daß es gut sei, wie ihr Sohn nun einmal geartet war, wenn Lulu die Zügel in die Hand nähme, aber langsam begriff sie doch, daß diese darin zu weit ging.

Mutter und Sohn begrüßten sich für Lulus Geschmack viel zu herzlich, und sie machte dem schnell ein Ende, indem sie sagte, sie friere und brauche schnell etwas heißen Tee.

Nachdem das Brautpaar die Mäntel abgelegt hatte, begab es sich in den kleinen Salon von Herberts Mutter, der sich im Winter am leichtesten erwärmte. Dort war der Teetisch gedeckt, sehr einladend, wenn auch nicht mit der liebevollen Sorgfalt, mit der Marlies das gelang.

Der Tisch war an den großen Kamin gerückt worden, der neben der vor einigen Jahren eingebauten Zentralheizung an sehr kalten Tagen, wie heute, immer noch mit Buchenholzscheiten geheizt wurde. In dem Zimmer war daher eine sehr behagliche Temperatur.

Frau Beate waltete als Hausfrau, ganz wie sie es gewohnt war, ihres Amtes und füllte die Tassen, versorgte Sohn und Schwiegertochter mit allem Zubehör und erkundigte sich, wie die Reise verlaufen sei.

Lulu ärgerte sich über die selbstverständliche Herrinnenart ihrer Schwiegermutter und beschloß, auf der Stelle reinen Tisch zu machen.

»Warum ist in diesem Zimmer noch der Kamin geheizt, Mama, da doch die Zentralheizung vorhanden ist?«

»Bei so trüben und kalten Tagen muß man einen besonders

warmen Raum haben, und wenn man in meinem Alter ist, hat man gern ein warmes Plätzchen.«

Lulu stellte ihre Tasse hin und sagte lässig:

»Dann wird es dir in München behaglicher sein.«

Erstaunt und ahnungslos sah Frau Beate auf.

»In München? Was soll ich denn in München?«

»Aber Mama, ich hoffe doch, du bist dir darüber klar, daß in diesem Haus nur für eine Herrin Platz ist. Nach unserer Hochzeit wirst du selbstverständlich nach München übersiedeln. Ich habe schon einem Agenten Auftrag gegeben, für dich eine hübsche, behagliche Drei-bis-Vier-Zimmerwohnung zu mieten. Du kannst dir die Möbel aus deinem Schlaf- und Ankleidezimmer mitnehmen und auch von denen, die aus meinen Zimmern entfernt worden sind, aussuchen, was dir gefällt. Das lassen wir nach München in deine neue Wohnung schaffen. Du hast es dort dann sehr behaglich und wirst etwas mehr von deinem Leben haben. Ab und zu sehen wir uns dann, wenn auch wir in München weilen. Im Sommer kannst du ja auch einige Wochen nach Mattenheim zu Besuch kommen.«

Lulu hatte das schnell und ohne Stocken vorgebracht, wie man etwas sagt, was man gern los sein möchte. Sie vermied es dabei, sowohl ihren Verlobten, als auch dessen Mutter anzusehen.

Diese beiden Menschen starrten sich fassungslos in die erblaßten Gesichter. Und nachdem Frau Beate ihre Fassung wiedergewonnen hatte, fragte sie ihren Sohn mit tonloser Stimme:

»Liegt es in deiner Absicht, daß deine Mutter Mattenheim verläßt, wo sie seit länger als dreißig Jahren Wurzel gefaßt hat, wo sie mit deinem Vater in friedlicher, harmonischer Ehe lebte und dich zur Welt gebracht hat?«

Herbert hatte sich mit einem Ruck erhoben. Alles, was noch gut und rechtlich in ihm war, hatte sich empört gegen Lulus herzlose Art, mit seiner Mutter umzugehen.

»Nein, Mama, das liegt ganz gewiß nicht in meiner Absicht.

Ich höre soeben das erste Wort von diesem Plan Lulus, der selbstverständlich – ganz selbstverständlich – nie zur Ausführung kommen wird. Mattenheim soll bis zu deinem Tod deine Heimat sein und bleiben. Ich bin nicht immer ein guter Sohn gewesen, liebe Mutter, aber das hätte Lulu nicht über meinen Kopf hinweg bestimmen dürfen. Ich habe mich in mancherlei fügen müssen, was gegen mein Gefühl, ja, gegen meine Manneswürde gegangen ist. Aber – dich aus Mattenheim zu verbannen, das kommt überhaupt nicht in Frage. Hier bist du, und hier bleibst du, und niemand hat das Recht, dich von hier zu vertreiben.«

Seiner Mutter schossen die Tränen in die Augen. Endlich glaubte sie wieder einmal das Herz ihres Sohnes zu spüren, ihn als Mann sprechen zu hören.

Still weinte sie vor sich hin, während Lulu sich brüsk erhob.

»Halte das, wie du willst«, trumpfte sie auf, »entweder ist und bleibt deine Mutter Herrin von Mattenheim, oder ich werde es, ohne jede Einschränkung.«

Er richtete sich ebenfalls empor, trat neben seine Mutter und drückte sie an sich.

»Dann laß dir gesagt sein, daß niemand meine Mutter aus diesem Haus verdrängen soll, solange ich es verhindern kann.«

Frau von Mattenheim schluckte ihre Tränen hinab, faßte ihres Sohnes Hand und sagte leise:

»Nein, Herbert, ich will nicht zwischen euch treten, es kam mir nur vollkommen überraschend. Dieses Opfer kann ich dir ja bringen. Ich werde Mattenheim verlassen und deiner künftigen Frau Platz machen.«

Herbert schüttelte energisch den Kopf.

»Das kommt nicht in Frage, Mutter. Es wird auch sonst noch allerlei Schwierigkeiten geben. Lulu verlangt, daß wir auf Gütertrennung heiraten, sie sagt, ihr Vater habe das testamentarisch bestimmt. Sie hat mir das weder vor noch am ersten Tag unserer

Verlobung gesagt, sondern erst lange Zeit nachher. Sie wollte die Gütertrennung unbedingt noch kurz vor unserer Abreise in Berlin durch notariellen Akt festlegen lassen. Ich habe mich jedoch dagegen gesträubt, denn während der Dauer unserer Verlobung habe ich einsehen gelernt, wie entwürdigend für mich Lulus Einstellung mir gegenüber ist. Auch habe ich am Tag vor unserer Abreise noch etwas an ihr beobachten können, was schwere Bedenken in mir erregt hat. Ich will mich darüber jedoch nicht näher auslassen. Lulu wird schon wissen, was ich meine.«

Diese sprühte ihn beinahe haßerfüllt an, zuckte die Achseln und sagte höhnisch:

»Nun – und weiter? Du versprachst mir, hier von deinem Notar den Vertrag ausfertigen zu lassen.«

»Ich wollte noch eine letzte Bedenkzeit haben. Was du heute durch deine herzlose Aufforderung an meine Mutter, Mattenheim zu verlassen, an den Tag gelegt hast, hat mich zur Besinnung gebracht. Ich leide nicht, daß meine Mutter verbannt wird, und ich weigere mich, einen Gütertrennungsakt zu unterschreiben.«

Sie sah ihn wütend an.

»So? Dann erkläre ich dir, daß du dich diesen meinen beiden Bedingungen zu fügen hast, oder – ich trete noch so kurze Zeit vor der Hochzeit von unserer Verlobung zurück.«

Herbert atmete auf, wie von einer schweren Last befreit. Mit festem Griff faßte er seiner Mutter Hand.

»Ich wähle meine Mutter, deine beiden Bedingungen erfülle ich nicht. Ich habe mehr und mehr einsehen gelernt, daß eine Ehe zwischen uns ein Unding ist. Wenn du die gleiche Meinung hast, so laß uns noch jetzt auseinander gehen.«

Das hatte Lulu nun doch nicht erwartet. Sie hatte ihn durch diese Drohung zwingen wollen und sah mit Bestürzung ein, daß er die Kraft gefunden hatte, sich freizumachen von den unerträglichen Banden, in die sie ihn geschlagen hatte. Aber klein beizugeben hatte sie keine Lust.

»Aha, so siehst du aus! Und das Geld für die Schulden, die ich für dich bezahlt habe? Es waren wohl dreißigtausend Mark?« fragte sie höhnisch.

Er seufzte tief auf, verlor aber seine Haltung nicht und erwiderte:

»Ich werde dir das Geld sobald wie möglich zurückzahlen, irgendwie werde ich es aufbringen. Im übrigen waren es nur zwanzigtausend Mark.«

»Wird dir etwas schwer werden. Außerdem müßtest du jetzt auch das Gehalt für den Verwalter und die Mamsell aufbringen, das ging bisher auch aus meiner Tasche«, trumpfte sie auf, um ihn klein zu bekommen.

15

Der Frühling kam ins Land, und Marlies und Lutz machten schon Reisepläne. Im Frühsommer wollte Lutz mit seiner jungen Frau an den Gardasee, denn sie hatte noch nichts von der Welt gesehen. Vielleicht würden sie von dort noch einen Abstecher nach Venedig machen. Auf der Rückreise wollten sie dann zum Tegernsee fahren und sich dort umschauen nach einer Besitzung. Bis zum nächsten Sommer sollte diese instandgesetzt oder gebaut werden, und dann wollten sie ihren dauernden Aufenthalt in den Bergen nehmen, nicht gar zu fern von Mattenheim, um Tante Beate und Herbert zuweilen wiederzusehen. Tante Albertine aber würde, wie Lutz lachend sagte, abwechselnd in Mattenheim und bei ihnen zu Gast sein, es gehe dann alles auf ein Fahrgeld.

Tante Albertine hatte sich mit all ihren Schrullen und Eigenheiten in die Herzen der jungen Leute geschmeichelt, man ließ sie gewähren, und das fand sie eben »schnurrbehaglich«.

Es war gleich nach dem Osterfest, als Marlies einen sehr gewichtigen Brief von Tante Beate erhielt. Er lag des Morgens auf dem Frühstückstisch. Gewöhnlich lasen die beiden Ehegatten ihre Post erst, wenn das Frühstück hinter ihnen lag und sie sich getrennt hatten. Wie froh war Marlies später, daß dies auch heute geschehen war, denn nachdem sie den Inhalt des gewichtigen Briefes zur Kenntnis genommen hatte, saß sie beinahe fassungslos in ihrem Sessel und starrte bleichen Gesichts vor sich hin. Wie froh war sie, daß Lutz heute eine wichtige Arbeit vorhatte und sie ihn bis Mittag nicht stören sollte.

Als sie Tante Beates Brief geöffnet hatte, sah sie, daß darin ein anderes verschlossenes Schreiben lag, dessen Aufschrift lautete:

An Fräulein Marie Elisabeth Mainau, auf Mattenheim, Oberbayern.

Verwundert sah sie auf die ihr fremde Handschrift. Dann las sie erst die Zeilen, die Tante Beate geschrieben hatte. Sie lauteten:

»Meine liebe Marlies! Heute kam beiliegender Brief an Dich hier an, wahrscheinlich noch eine nachträgliche Offerte oder ein Glückwunsch. Ich lege ihn Dir bei. Von uns habe ich Dir zu melden, daß alles über Erwarten gut geht. Herbert findet endlich, wie ich immer gehofft habe, wahres Vergnügen an der Arbeit. Er denkt nicht mehr daran, sein altes Faulenzerleben wieder aufzunehmen, will auch nichts mehr von einer Geldheirat hören. Fräulein Strauß hat alles, was sie für hier angeschafft hatte, von ihren Leuten einpacken und fortholen lassen. Herbert hat nun doch noch eine kleine Hypothek von zwanzigtausend Mark auf Mattenheim aufgenommen und hat ihr diesen Betrag zurückgezahlt. Das alles ist streng geschäftlich durch ihren Notar geregelt worden. Herbert und ich wollen alles tun, um diese Hypothek baldigst wieder abzustoßen. Die Mamsell, die Fräulein Strauß wohl für unerläßlich hielt, weil sie damit rechnete, daß ich Mattenheim verlassen würde, habe ich entlassen, es fand sich gleich wieder eine gute Stelle für sie. Der Verwalter muß noch bleiben, bis Herbert sich gründlich eingearbeitet hat, dann soll auch er sich nach einer anderen Stellung umsehen, denn wir wollen und müssen sparen, damit Mattenheim wieder hoch kommt. Was Du, meine Marlies, hier alles hast leisten müssen, verstehen wir erst jetzt ganz zu würdigen. Herbert sagt zuweilen mit zusammengebissenen Zähnen: Was eine schwache Frau wie Marlies geleistet hat, muß ich doch auch schaffen können. Zudem verbraucht er jetzt fast nichts für sich, dafür können wir manches andere begleichen. Kurzum, ich bin jetzt, unberufen, eine glückliche Mutter und unbeschwerte Frau und wünschte nur, daß Herberts Vater diese Wandlung seines Sohnes noch hätte erleben können. Albertine schreibt noch immer ganz begeistert von ihrem Weihnachtsbesuch bei Euch und wie schön Euer Verhältnis zueinander ist. Möge es immer so bleiben. Für heute muß ich schließen.

Deine Tante Beate.«

Marlies freute sich des Inhaltes dieses Briefes und legte ihn für Lutz beiseite, damit er ihn mittags lesen konnte. Dann sah sie auf den eingelegten Brief herab und öffnete ihn, noch ganz in ihre frohen Gedanken versunken. Es sollte für lange Zeit das letzte Mal sein, daß ihr so unbeschwert froh ums Herz war. Als sie den Brief entfaltete, las sie:

»Meine herzlich geliebte Tochter!«

Sie stutzte – dieser Brief konnte doch unmöglich an sie gerichtet sein. Sie hatte doch keinen Menschen, der sie mit diesem Namen anreden konnte. Betroffen sah sie noch einmal auf die Adresse – sie stimmte genau. Geschrieben und aufgegeben war der Brief in Dresden. Sie schüttelte den Kopf. Dann zwang sie sich, weiter zu lesen:

»Meine herzlich geliebte Tochter!

Du wirst sehr erstaunt, vielleicht sogar betroffen sein, daß ein Mann Dich plötzlich seine Tochter nennt. Sicherlich habt Ihr alle angenommen, daß Dein verschollener Vater längst tot sei. Vorläufig wollte ich auch für alle als tot gelten, mein Kind. Deine liebe, unvergeßliche Mutter ist, wie ich in Erfahrung brachte, schon seit Jahren tot, und Du fandest Heimat und Unterkunft bei dem guten Onkel Ernst, den ich dafür segne, daß er Dich zu sich nahm. Denn damals war ich vollkommen außerstande, Dir zu helfen. Ich habe schlimme Zeiten hinter mir, mein Kind, aber nur noch kurze Zeit, dann kann Dein Vater wieder sein Haupt erheben und beweisen, daß er durchaus nicht der Verbrecher ist, für den man ihn gehalten hat. Du wirst darunter ebenso sehr gelitten haben wie Deine gute Mutter, daß man mich einen Betrüger, einen Dieb und Verbrecher nannte. Ich konnte mich damals nicht rechtfertigen, und da man mich ins Gefängnis gesteckt hätte, wollte ich entfliehen und zugleich einer Spur folgen, auf der ich den wirklich Schuldigen, der die hunderttausend Mark entwendet hatte, fangen und mich reinwaschen konnte. Ich weiß nicht, wie weit man Dich in alle diese Dinge eingeweiht hat, aber Deine liebe Mutter glaubte an mich und wird auch Dir den Glauben an Deinen Vater erhalten haben. Jahrelang irrte ich, mit dem Ruf eines Verbrechers belastet, in der Welt umher und suchte den Mann, den ich in Verdacht hatte, dessen schuldig zu sein, was man mir in die Schuhe schob. Endlich fand ich ihn, und es gelang mir sogar, ihm das Geständnis seiner Schuld zu entreißen. Wie und wodurch, wirst Du vielleicht später einmal erfahren. Jetzt bin ich auf dem Weg nach Berlin, um vor die Menschen hinzutreten, denen ich meine Unschuld beweisen will und denen ich wiedergeben werde, was ihnen seinerzeit entwendet wurde.

Im Augenblick befinde ich mich in Dresden, wo ich einiges erledigen will. Sobald ich in Berlin meine Unschuld bewiesen habe und wieder als ehrlicher, freier Mann gelten darf, suche ich Dich in Mattenheim auf. Bis ich vor Dir stehe, mache ich es Dir zur Pflicht, keinem Menschen gegenüber, es möge sein, wer er wolle, ein Wort darüber zu verlieren, daß ich Dir geschrieben habe. Erst muß jeder Makel von Deines Vaters Namen getilgt sein. Ich wollte Dir nur dies Lebenszeichen geben, damit Du Dich an den Gedanken gewöhnen kannst, daß ich noch am Leben bin. Namenlos hat es mich geschmerzt, daß ich Dir und Deiner lieben Mutter fern bleiben mußte. Nachdem ich erfuhr, daß sie gestorben war, ehe ich mich rechtfertigen konnte, war eine stumpfe, dumpfe Ergebung über mich gekommen. Ich hatte keine Lust mehr zu leben und wäre gern gestorben. Aber dann dachte ich an Dich, mein Kind, und sagte mir, ich müsse, was in meinen Kräften stünde, tun, um den Namen wieder reinzuwaschen, den man mir beschmutzt hatte. Gottlob, daß mir das endlich gelungen ist. Einige Monate werden freilich noch vergehen, ehe ich alles erledigt habe. Bis dahin müssen wir noch auf ein Wiedersehen warten. Ich bitte Dich herzlich und innig, schreibe mir einige Zeilen unter H. M. postlagernd Berlin NW, Postamt sieben. Sobald ich nach Berlin komme, hole ich mir Dein Schreiben ab. Dann habe ich wenigstens wieder etwas in der Hand, das mich mit meinem Kind verbindet. Du kannst mir glauben, daß mich die Sehnsucht nach Dir zuweilen ganz tiefsinnig macht. Nochmals bitte ich Dich, wenn Du nur noch ein wenig Liebe für Deinen armen Vater empfinden kannst, schweige gegen jedermann davon, daß ich Dir geschrieben habe und wieder in Deutschland bin. Ich könnte sonst Schwierigkeiten haben. Für heute lebe wohl, mein geliebtes Kind, wie glücklich werde ich sein, wenn ich Dich endlich wieder in meinen Armen halten kann. Du bist inzwischen eine erwachsene junge Dame geworden; als ich Dich verlassen mußte, warst Du noch ein kleines Mädel. Erinnerst

Du Dich meiner noch ein wenig? Oder bin ich ganz vergessen von meiner einzigen Tochter? Wir haben viel nachzuholen, mein liebes Kind. Auf hoffentlich baldiges und frohes Wiedersehen!

Dein Vater Heinz Mainau.«

Marlies ließ den Brief sinken, saß wie erstarrt da. Keine Ahnung hatte sie gehabt, daß ihr Vater noch lebte und unter welchen Umständen er von ihr gegangen war. Sie wußte nur, daß die Mutter viel geweint hatte um den, wie sie glaubte, toten Vater. Sie hatte die Mutter getröstet, hatte ihr gesagt: »Mutter, im Himmel sehen wir den lieben Vater wieder.« Dann hatte die Mutter noch viel mehr geweint.

Aber nie hatte sie zu ihr gesagt: Dein Vater lebt noch! Nie hatte ihr jemand von diesem Vater gesprochen. Und doch rührte dieser Brief an ihr innerstes Sein, um so mehr, als er ihr Aufschluß gab, weshalb man ihn totgeschwiegen hatte. Für einen Verbrecher, für einen Dieb und Betrüger hatte man ihn gehalten, hatte ihn ins Gefängnis werfen wollen, und er war geflohen – mein Gott, möglicherweise hatte man ihn steckbrieflich verfolgt! Wie gut, daß sie von alledem nichts gewußt hatte. Es legte sich jetzt noch schwer und quälend auf ihre Seele. Und der Vater tat ihr von Herzen leid.

Plötzlich aber kam ihr noch ein quälender Gedanke: Wenn sie gewußt hätte, daß ihr Vater als Verbrecher galt – wie hätte sie dann Lutz Bergmanns Gattin werden können? Um Gottes willen – wenn er das erfahren hätte? Ob denn Tante Beate oder Tante Albertine davon etwas wußten? Dann hätte man sie Lutz doch nicht heiraten lassen dürfen. Wie schrecklich war das alles! Sie konnte sich kaum darüber freuen, daß ihr Vater lebte und wiederkehren würde.

Sie las den Brief noch einmal durch, und nun fiel es ihr auf die Seele, daß sie auch ihrem Gatten nicht verraten sollte, daß und was ihr Vater geschrieben hatte. Nein, Lutz durfte jetzt bestimmt nichts davon wissen, daß man ihm das alles, wohl freilich in bester Absicht, verschwiegen hatte. Kein Mensch durfte es erfahren, aber Lutz am allerwenigsten, und das war das schlimmste. Plötzlich sollte sie ein Geheimnis vor ihrem einzig geliebten Mann haben? Und doch war es besser, er erfuhr erst von ihres Vaters Auftauchen und dem, was damit zusammenhing, wenn alles geregelt und geklärt war. Die arme Marlies hatte plötzlich ein sehr schweres Herz bekommen, und kein Mensch war da, mit dem sie davon sprechen konnte.

Schnell verbarg sie den Brief des Vaters in der Tasche und überlegte, was sie Lutz sagen sollte, wenn er, nachdem er Tante Beates Schreiben gelesen hatte, fragen würde, was für eine Anlage diesem beigeschlossen gewesen sei. Hastig suchte sie ein Bewerbungsschreiben aus dem Papierkorb hervor. Dieses wollte sie Lutz nötigenfalls zeigen und es dann schnell wieder in den Papierkorb werfen.

Lieber Gott, wenn Lutz nun annahm, sie hätte, bevor sie seine Frau wurde, um all das gewußt und es ihm verschwiegen? Ihr lieber, guter, einzig geliebter Mann – wenn er durch diese Angelegenheit nur nicht den Glauben an sie verlor?

Und dann grübelte sie darüber nach, was sie dem Vater schreiben sollte. Da er nach Berlin kam, würde er sie vielleicht sehen und sprechen wollen. Unbedingt mußte sie ihm mitteilen, daß sie verheiratet war und ihr Mann von seiner Existenz ebenso wenig Kenntnis habe wie bisher sie selbst. Vielleicht beeilte der Vater sich dann mit dem Ordnen seiner Angelegenheit. Und seinen Brief mußte sie selbstverständlich sorgfältig aufbewahren. Aber so, daß Lutz ihn nicht finden konnte. Wo sollte sie ihn verbergen? Sie hatte keinerlei Versteck für heimliche Dinge, offen lag bisher ihr Tun und Denken vor Lutz da. Und jetzt würde sie etwas zu verbergen haben. Wie schrecklich war das.

Unruhig erhob sie sich und suchte ihr Ankleidezimmer auf. Dort verbarg sie den Brief ihres Vaters in einem Schrank unter einem Stoß Wäsche. Hier würde Lutz nie hineinsehen, jedenfalls den Wäschestoß nicht emporheben. Aber furchtbar quälend waren solche Heimlichkeiten.

Sie versuchte sich endlich zu fassen und begab sich in ihr kleines Arbeitszimmer, das sie sich eingerichtet hatte. Hier erledigte sie alles, was die Führung des Haushalts anbetraf. Lutz hatte ihr eine kleine Schreibmaschine angeschafft, und zuweilen erbettelte sie sich bei ihm Abschriften für seine Arbeit. Auch diese nahm sie hier vor, um ihn durch das Geklapper der Maschine nicht zu stören.

Sie hatte sich auch angewöhnt, ihre Briefe auf dieser Maschine zu schreiben. Nun setzte sie sich daran nieder, um die Zuschrift ihres Vaters zu beantworten. Sie schrieb:

»Mein lieber Vater!

Es ist für mich ein eigenes Gefühl, daß ich das Recht habe, einen Menschen so zu nennen, der noch lebt und zu mir gehört, ohne daß ich lange Jahre eine Ahnung davon hatte. Ich habe immer geglaubt, mein Vater sei gestorben. Also kannst Du Dir wohl denken, wie es mich erschüttert hat, zu hören und zu fühlen, daß mein Vater lebt. Ich habe nichts von alledem gewußt, was Dich von uns forttrieb, habe nur gewußt, daß meine arme Mutter viel um Dich geweint hat. Ich glaubte jedoch, sie beweine einen Toten.

Dein lieber Brief wurde mir von Mattenheim hierher nach Berlin nachgeschickt, denn ich lebe jetzt im Haus meines Mannes, Lutz Bergmann, heiße also jetzt Marlies Bergmann. Es bedrückt mich sehr, daß ich meinem Gatten, vor dem ich nicht das kleinste Geheimnis habe, jetzt plötzlich etwas verschweigen soll. Es macht mir überhaupt Sorge, daß er annehmen könnte, ich wisse um Dich und das, was Dich fortgetrieben hat; immer nur habe ich von meinen toten Eltern gesprochen, wenn die Rede auf Euch kam. Stell Dir bitte vor, wie es auf ihn wirken würde, wenn ich ihm jetzt mitteilte, Du seist am Leben und unter welchen Umständen Du gelebt hast.

Lieber, teurer Vater, gleich will ich Dir sagen, daß ich an Deine Unschuld glaube, Du mußt ja unschuldig sein. Aber so sehr es mich bedrückt, ein Geheimnis vor Lutz zu haben, muß ich doch in Deine Forderung willigen und will ihm alles, was Du mir geschrieben hast, verheimlichen, bis Du Deine Unschuld bewiesen hast und als freier, aufrechter Mann vor ihn hintreten kannst. Er selbst ist ein so streng ehrenhafter Mensch, daß es mich schmerzen würde, wäre Deine Unschuld nicht klar erwiesen. Das wirst Du verstehen. Ich liebe meinen Mann über alles, und er liebt mich ebensosehr, es wäre uns beiden unerträglich, würden wir den geringsten Zweifel gegeneinander hegen müssen.

Ich vermute Dich bereits in Berlin, und da wäre es möglich, daß wir einander schon jetzt wiedersehen könnten. Ich möchte mir doch ein Bild von meinem Vater machen. Bitte, schreib mir, wie und wo ich Dich sehen kann. Es gibt hier in unserer Nähe eine kleine Konditorei, die ich zwar noch nicht besucht habe, wo ich Dich aber sehen könnte. Wir müssen selbstverständlich sehr vorsichtig sein, so lange ich meinem Mann nicht alles sagen darf. Deshalb sende mir bitte Deine Antwort ebenfalls postlagernd und zwar unter M. B. Postamt Berlin W 30. Ich werde mich dort zuweilen nach einer Nachricht von Dir erkundigen. Hoffentlich braucht das nicht mehr lange die Art unseres brieflichen Verkehrs zu sein, denn ich scheue mich sehr vor allem, was ich vor meinem Mann verbergen muß. Aber dies alles können wir wohl mündlich besser besprechen. Ich verspreche Dir, keinem Menschen etwas von Dir zu erzählen; das schwerste ist, daß Lutz nichts davon wissen darf. Ich grüße Dich herzlich und hoffe auf ein baldiges Wiedersehn.

Deine Tochter Marlies.«

Aufatmend verschloß sie den Brief, setzte die Chiffre auf den Umschlag, die der Vater ihr angegeben hatte, und barg das Schreiben in ihrer Handtasche. Schnell machte sie sich zum Ausgehen fertig, öffnete leise die Tür zu ihres Mannes Arbeitszimmer und rief ihm zu:

»Ich habe noch einige kleine Besorgungen für den Haushalt zu machen, Lutz, entschuldige die Störung.«

Er sprang auf, lief zur Tür und hielt sie fest.

»Halt! Nicht ausreißen, Marlies, ohne Kuß!«

Sie sah ihn aus blassem Gesicht mit feuchten Augen an.

»Ich wollte dich ganz gewiß nicht von der Arbeit abhalten.«

»Aber wenn ich auch noch viel nötiger zu tun hätte, ohne Kuß entkommst du mir nicht.«

Er zog sie stürmisch an sich, so daß ihre Handtasche hinfiel und sich beim Hinfallen öffnete.

Hastig riß sie sich aus seinen Armen los, hob das Täschchen auf und schloß es schnell wieder. Aber er hatte doch gesehen, daß ein Brief darin lag, dessen Aufschrift nur aus einzelnen Buchstaben bestand. Und daß sie glühend rot geworden war und sehr verlegen, war ihm ebenfalls nicht entgangen. Er zog sie bei den Händen wieder an sich heran und sah sie forschend an.

»Marlies – an wen war der Brief?«

Sie wurde noch viel röter, und dann plötzlich blaß, und in ihren Mienen lag ein gequälter Ausdruck.

»Nur einige Zeilen an Tante Albertine«, sagte sie hastig und ging schnell davon.

Er blieb stehen und sah ihr nach. Auf seinem Gesicht lag ein Schatten. Warum war seine Frau so verlegen geworden? Und warum gab sie an, daß der Brief an Tante Albertine gerichtet sei, deren Adresse sehr weitläufig und umständlich war. Auf dem Brief aber waren nur wenige einzelne Buchstaben gewesen wie ja, wie für eine postlagernde Sendung.

Langsam trat er an das Fenster und sah ihr nach. Sonst pflegte sie sich immer noch einige Male umzuwenden und ihm zuzuwinken, sie wußte, daß er ihr nachzusehen pflegte. Heute aber unterließ sie das. Warum? Und warum war sie so hastig und verlegen davongelaufen? Er kannte sie doch, sie war für ihn wie durchsichtig, jede Regung ihrer Seele las er ihr sonst vom Gesicht ab. Aber mit dem Brief und mit der Verlegenheit – da stimmte etwas nicht!

Grübelnd starrte er ihr nach, bis sie um die Ecke verschwunden war.

Plötzlich kam ihm Lulu Strauß in den Sinn. Ob der Brief an sie gewesen war oder sie betraf? Ob eine neue Bosheit von der dahinter steckte, um seine Marlies zu ängstigen oder zu verwirren?

Als Marlies verschwunden war, ging er in das Wohnzimmer hinüber. Da lag auf dem Tischchen am Fenster ein offenes Briefblatt. Er nahm es auf. Es war der Brief von Tante Beate. Und als er ihn durchlesen wollte – denn es gab für sie beide keine Briefgeheimnisse, fiel ihm sogleich der Hinweis auf den einliegenden Brief auf.

Was war das für ein Brief gewesen?

Marlies war in einer wenig beneidenswerten Stimmung davongegangen. Sie war sich bewußt, ihren Mann zum ersten Mal belogen zu haben, und daß sie ein Geheimnis vor ihm hatte, das sie wahrscheinlich noch zu mehreren Lügen zwingen würde.

Trotz aller Tapferkeit liefen ihr Tränen über die Wangen, als sie das Haus verließ, und deshalb wagte sie es nicht, sich noch einmal umzusehen. Er konnte vielleicht merken, daß sie weinte.

Schnell lief sie zur Post und gab den Brief auf, dann besorgte sie zum Schein einige Kleinigkeiten für den Haushalt und kehrte langsam und bedrückt nach Hause zurück.

Lutz hörte sie sehr wohl kommen, aber er gab sich den Anschein, in seine Arbeit vertieft zu sein und sie nicht zu hören. Absichtlich wollte er ihr Zeit geben, sich zu fassen.

Sie trafen erst an der Mittagstafel wieder zusammen, und Lutz merkte sofort, daß sie noch immer mit ihrer Verlegenheit kämpfte. Erfahrung in Heimlichkeiten hatte sie mithin ganz bestimmt nicht. Um eine unbefangene Unterhaltung anzuknüpfen, fragte er nach dem Brief von Tante Beate. Hastig berichtete sie, was darinnen stände, und nach Tisch legte sie ihm, wie das immer geschah, den Brief vor.

So ganz beiläufig fragte er:

»Was war das für eine Einlage, von der Tante Beate spricht?«

Das Blut schoß ihr jäh ins Gesicht. Sie bemühte sich, ebenso leichthin zu sagen:

»Ach – es war nur ein Angebot, ich habe es gleich in den Papierkorb geworfen.«

Da faßte er ihre Hand und zog sie nahe an sich heran.

»Marlies, gib dir doch keine Mühe, mir etwas verbergen zu wollen. Du hast es nicht gelernt, Heimlichkeiten zu haben. Ich habe bemerkt, daß der Brief in deiner Handtasche nicht an Tante Albertine war, sondern eine postlagernde Adresse hatte. Ich will nicht forschen, was für eine Bewandtnis es damit hat, aber ich will dir eindringlich sagen, daß aus solch kleinen Heimlichkeiten eine trennende Wand zwischen uns aufwachsen könnte. Das willst du doch gewiß nicht?«

Sie barg ihr Gesicht an seiner Brust und weinte bitterlich. Endlich sagte sie leise:

»Ich bin sehr unglücklich, Lutz, daß ich ein Geheimnis vor dir habe, daß ich dich belügen muß, aber – das ist ja das schlimme – ich darf dir nicht sagen, um was es sich handelt, ich bin zum Schweigen verpflichtet worden.«

»So beantworte mir wenigstens eine Frage – handelt es sich um einen Mann?«

Um Vertrauen bittend, sah sie mit feuchten Augen zu ihm auf.

»Nicht in dem Sinne, wie du vielleicht meinst, Lutz, ich gebe dir mein Wort, es wird sich alles harmlos aufklären. Nur mußt du mir Zeit geben. Ich – ich werde eines Tages darüber sprechen dürfen – und dann wirst du alles erfahren. Ich leide sehr darunter, daß ich dir nicht schon jetzt Aufschluß geben kann, aber bitte, bitte – glaube mir, daß sich alles ganz harmlos erklären lassen wird. Ich bat dich einmal: Zweifle nie an mir! Das geschah in einer Zeit, da ich nicht ahnte, daß ich einmal ein Geheimnis vor dir würde haben müssen. Du hast mir versprochen, es niemals zu tun, und, bei Gott, du brauchst es auch nicht. Habe Geduld – einige Wochen, vielleicht auch Monate, aber eines Tages werde ich dir alles offenbaren können. Bitte, rühre so lange nicht mehr daran, ich möchte Dir nicht wieder ausweichen müssen, aber – die Wahrheit darf ich dir nicht sagen.«

Er sah in ihre klaren, unschuldigen Augen hinein, die ihm in ihrer alten Reinheit entgegenstrahlten. Es war ihm schwer, nicht an dieses Geheimnis rühren zu dürfen, aber er wollte sie nicht veranlassen, ihn nochmals zu belügen. Mit einer fast väterlich gütigen Geste strich er ihr über das Haar und sagte, so ruhig er konnte:

»Ich will dich nicht quälen, will nicht in dich dringen, aber – du weißt doch, daß es mich tief unglücklich machen würde, müßte ich an dir zweifeln.«

Sie umfaßte ihn und lehnte ihre Wange an die seine.

»Du sollst nicht unglücklich werden, mein Lutz; glaube mir, ich liebe dich so sehr, daß ich es fast nicht ertragen kann, dir etwas zu verheimlichen. Es würde mich in tiefste Verzweiflung stürzen, wolltest du mir nicht glauben, daß ich kein Unrecht an dir begehe, daß ich es niemals tun werde, daß ich eben nur verpflichtet bin, zu schweigen über eine Sache – die ich nicht ändern kann, und die nicht uns und unsere Liebe betrifft.«

Er küßte sie und versprach ihr abermals, sie nicht mehr zu quälen und nicht an ihr zu zweifeln. Trotz alledem hatte diese Angelegenheit einen leisen Schatten auf ihr Glück geworfen, und es war schlimm, daß sie beide das spürten. Denn es nahm ihnen die Unbefangenheit. Marlies beschloß nun bei sich, ihren Vater dringend darum zu bitten, wenigstens mit Lutz über ihn sprechen zu dürfen. Daß sie nichts davon gewußt hatte, daß ihr Vater lebte und warum er jahrelang verschollen gewesen, das würde er ihr schon glauben. Das konnte ihm ja auch Tante Beate bezeugen.

Marlies zeigte sich ihm sehr liebevoll, war zärtlich besorgt um ihn, und er hatte sie beinahe noch lieber als vorher, allein dieser Liebe war ein schmerzlicher Unterton beigemischt.

Marlies konnte schon nach einigen Tagen auf ihrem Postamt einen Brief ihres Vaters in Empfang nehmen. Sie suchte schon heute die kleine Konditorei auf, in der sie sich mit dem Vater treffen wollte, und bestellte dort eine Tasse Schokolade. Als diese vor ihr stand und die Bedienerin sich entfernt hatte, machte sie den Brief auf und las:

»Meine inniggeliebte Tochter!

Wie wunderbar haben Deine Zeilen auf mich gewirkt, wie gut ist es, daß Du hier in Berlin bist. Ich kann die Zeit kaum erwarten, Dich wiederzusehen und Dich in meinen Armen zu halten. Ich werde am Sonnabend in der kleinen Konditorei sein, die Du mir bezeichnet hast, und zwar vormittags gegen elf Uhr. Hoffentlich kannst Du Dich freimachen, ich warte jedenfalls, bis Du kommst. Mach Dir keine Ungelegenheiten, wenn Du nicht pünktlich sein kannst, ich warte schon, so lange es nötig ist. Es hat eigenartig auf mich gewirkt, daß Du schon Frau bist. Wenn meine Rechnung stimmt, stehst Du kurz vor Vollendung Deines neunzehnten Lebensjahres. Es freut mich herzlich, daß Du einen guten Mann hast und mit ihm glücklich bist, und deshalb will ich Dich auch nicht lange mit meinem Geheimnis quälen. Wir besprechen das alles, wenn ich Dich wiedersehe. Und, damit Du mich erkennst, werde ich eine Nummer der Illustrierten Zeitung längs gefaltet in der Hand halten. Du aber lege Deine

Handtasche vor Dich hin auf den Tisch, an dem Du Platz nimmst, und lege auf sie ein zusammengefaltetes Taschentuch. Dann werden wir uns schon erkennen. Alles andere teilen wir uns mündlich mit. Ich will Dich so wenig wie möglich dazu veranlassen, postlagernde Briefe von mir abzuholen, denn dergleichen ist immer peinlich für eine Dame. Auf Wiedersehen, meine geliebte Marlies. Ich will Dir nur noch sagen, daß eine der Personen, die ich in meiner Sache aufsuchen muß, inzwischen gestorben und die andere zur Zeit verreist ist. Ihre Rückkehr wird jedoch in vierzehn Tagen erwartet. Und dann hoffe ich, zum Ziel zu kommen. Also auf Wiedersehen Sonnabendvormittag. Solltest Du an diesem Tag nicht abkommen können, schick mir ein paar Zeilen mit Angabe eines Dir genehmeren Termins. Ich kann jederzeit kommen.

Herzlich grüßt Dich Dein Vater.«

Marlies atmete auf. Am Sonnabendvormittag paßte es ihr gut, sie wußte, daß Lutz dann eine längere Besprechung hatte mit einem Herrn, der ihn zu einem Vortrag über seine Reise verpflichten wollte.

16

Am Sonnabendvormittag saß Marlies mit ihrem Mann etwas länger als sonst am Frühstückstisch. Lutz wollte heute nicht arbeiten, er mußte um halb elf Uhr schon fortgehen. So plauderten sie länger als sonst, und heute empfanden sie beide, wie vorsichtig sie gewissermaßen umeinander herumgingen. Es war eine unbewußte Schonung, die sie füreinander hatten, und die doch das alte herzlich vertrauende Gefühl nicht so recht aufkommen ließ. Als Lutz sich endlich zum Ausgehen fertig machte, fragte er wie beiläufig:

»Was wirst du heute vormittag mit deiner Zeit anfangen, Marlies?«

Zu ihrem Leidwesen stieg ihr wieder das Blut ins Gesicht. Sie vermochte es nicht, ihn anzusehen, als sie erwiderte:

»Ich will zum Buchhändler gehen, um mir das Buch abzuholen, das ich mir bestellt habe; ich meine das du mir empfohlen hast.«

Es zuckte in seinem Gesicht, und ihm war, als sei er hellsichtig: Heute hat sie wieder eine Heimlichkeit vor. Wenn ich das noch lange ertragen muß, werde ich verrückt.

Und Marlies dachte: Wenn ich ihm doch endlich alles sagen dürfte.

Sie verabschiedeten sich scheinbar ganz unbefangen. Heute sah Marlies hinter Lutz her, und er wandte sich einige Male um und winkte ihr zu. Dabei wollte es ihr scheinen, als sähe er blaß und traurig aus. Als er verschwunden war, brach sie weinend in einem Sessel zusammen. Das war das ärgste – daß sie wußte, Lutz litt um sie.

Sie gab der Hausangestellten noch Anweisungen wegen des Mittagessens, dann verließ sie das Haus. Das Herz klopfte ihr bis zum Hals, als sie vor der kleinen Konditorei ankam. Wie würde sie den Vater finden? Würde die Stimme des Blutes in ihr sprechen und ihr ihn gleich lieb und wert machen?

Sie hatte eine Weile vor dem Schaufenster der Konditorei gezögert, scheinbar in den Anblick der ausgestellten Leckereien versunken, aber sie sah nichts. Es legte sich wie ein grauer Schleier auf ihre Augen, und sie war bange, vor Aufregung ohnmächtig zu werden. Aber Marlies war eine tapfere kleine Frau, und endlich öffnete sie den Laden und ging durch ihn hindurch in den angrenzenden Raum, in dem einige Tische mit Stühlen aufgestellt waren. Erst, als sie an einem Tisch Platz genommen hatte und ihre Handtasche und auf diese ein zusammengefaltetes Taschentuch gelegt hatte, wagte sie es, sich umzusehen.

Ein Herr, der am Fenster gesessen und sie schon unruhig beobachtet hatte, erhob sich schnell, nahm von seinem Tisch eine der Länge nach zusammengefaltete Illustrierte Zeitung und trat auf sie zu. Es befand sich zum Glück kein weiterer Gast in dem kleinen Raum. Marlies sah unruhig empor in ein leidgezeichnetes, schmales Männergesicht, aus dem zwei klare Augen auf sie niederschauten mit einem Blick voll Liebe und Güte.

Diese Augen erschienen ihr bekannt. Sie sah an der hohen schlanken Gestalt empor, ihr Blick traf in des Mannes Augen, und erblassend flüsterte sie:

»Vater! Lieber Vater!«

Schnell ließ er sich ihr gegenüber an dem kleinen runden Tisch nieder und schaute sie an, daß es sie bis ins Herz traf.

»Marlies – meine Tochter, mein Kind!« kam es rauh vor unterdrückter Bewegung über seine Lippen, und da er sie hier nicht an sich ziehen konnte, neigte er sich über ihre Hand und drückte seine Lippen darauf.

»Mein Kind – mein Kind«, flüsterte er heiser.

Sie hielt seine Hand fest.

»Vater – ach mein Gott, ja – ich fühle es, daß du mein Vater bist.«

Ein rührendes Lächeln flog über sein Gesicht.

»Gott Lob und Dank, daß du es fühlst – auch ich fühle, daß du zu mir gehörst! Wie habe ich auf diese Stunde gewartet, wie mich nach ihr gesehnt.«

Sie wurden gestört durch die Kellnerin, die eintrat und nach ihren Wünschen fragte. So konnten sie sich fassen, bestellten irgend etwas, was ihnen gerade einfiel, und warteten nur, daß dieses freundliche Wesen sich wieder entfernen möge. Als sie wieder allein waren, schlangen ihre Hände sich wieder ineinander. So saßen sie wortlos da, schauten sich in die Augen und blieben so, bis das Mädchen das Bestellte brachte.

Als sie wieder allein waren, hatten sie sich beide einigermaßen gefaßt.

»Wie danke ich dir, mein Kind, daß du gekommen bist.«

»Aber Vater, hast du daran gezweifelt?«

»Ich fürchtete, daß du Abhaltung haben könntest.«

»Nein, es ging alles gut. Mein Mann hatte heute eine Zusammenkunft, die ihn für einige Stunden von zu Hause fortführt. Aber – ach Vater, er ist sehr traurig, er weiß, daß ein Geheimnis zwischen uns liegt, und ich durfte ihm doch nichts sagen.«

Sie berichtete ihm von dem Brief in der Handtasche und von ihrer Unterredung hierüber mit Lutz. Der Vater, der trotz seines leidgezeichneten Gesichts noch sehr jung aussah, hörte aufmerksam zu und sagte bekümmert:

»Wie leid tut es mir, daß du Unannehmlichkeiten hattest. Das wollte ich selbstverständlich nicht. Aber es soll nicht mehr lange dauern, bis dein Gatte alles erfahren kann. Und eines will ich dir zum Trost sagen – wenn du in eine Lage kommst, wo du sprechen mußt, um dein Eheglück zu retten, so sage deinem Mann alles, was du für nötig hältst. Aber nur ihm und unter strenger Verschwiegenheit!«

Wieder nahm Heinz Mainau einen Schluck Tee, sah eine Weile vor sich nieder und begann dann zu erzählen.

»Du mußt wissen, daß ich in einem großen geschäftlichen Betrieb eine sehr gut bezahlte Vertrauensstellung hatte, die mir gestattete, dir und deiner Mutter ein schönes, sorgloses Leben zu bereiten. Ich hatte oft große Summen Geldes zu verwahren und zu diesem Zweck in meinem Kontor einen Geldschrank.

Eines Tages übergab mir derjenige meiner beiden Chefs, der noch am Leben ist, die Summe von hunderttausend Mark, die ich einige Tage lang in meinem Geldschrank verwahren sollte. Ich tat das mit derselben Gewissenhaftigkeit wie immer, sah aber, daß in diesem Augenblick ein junger Mann aus dem Geschäft, der zuweilen Briefe aus dem großen Kontor zu mir bringen mußte, eintrat.

Ich ließ ihn einige Minuten warten, nahm die hundert Tausendmarkscheine aus den Händen meines Chefs entgegen und zählte sie vor seinen Augen nach. Dann steckte ich sie in eines der großen Geldkuverts, die ich im Kontor hatte, verschloß dieses sorgfältig und klebte noch extra eine Geschäftsmarke darauf.

Da ich das verschlossene Kuvert gleich in den Geldschrank legte, erschien es mir unnötig, den Brief zu siegeln. Du mußt verstehen, das Geldkuvert war eines von denen, wie ich eine Anzahl gleicher in meinen Vorräten in einem Fach liegen hatte, und die Geschäftsmarke gab es gleichfalls in vielen Exemplaren in dem Kontor.

Der Chef hatte sich inzwischen entfernt, und ich fertigte den Buchhalter – er hieß Gustav Hanisch – ruhig und bedächtig ab. Er mußte warten, bis ich mehrere Briefe durchgelesen und unterschrieben hatte. Ich achtete nicht auf ihn, wußte aber, daß er den letzten Tag in der Firma war. Er hatte sich nicht als sehr fähig gezeigt, und wir konnten nur besonders tüchtige Leute gebrauchen. So war ihm gekündigt worden.

Daran dachte ich an jenem Tag nicht. Etwa eine Stunde später wurde ich an das Telephon gerufen, das sich in einem Nebenraum befand.

Eben dieser Gustav Hanisch rief mich herbei und machte es sehr eilig. Ich lief schnell hinüber, achtete weiter nicht auf Hanisch, der aber doch, wie ich später erfuhr, eine Minute allein in meinem Kontor zurückgeblieben war. Damals fiel mir das nicht auf, aber als ich nach dem Gespräch wieder in mein Kontor zurückkam, sah ich zu meinem Schrecken, daß ich den Geldschrank hatte offenstehen lassen. Das widerfuhr mir sonst nicht, ich schloß, ehe ich telephonierte, immer erst ab. Aber diesmal hatte ich es vergessen, weil Hanisch das Gespräch als besonders eilig gemeldet hatte. Später erst dachte ich daran, daß es keineswegs besonders eilig gewesen war. Ich glaubte, Hanisch habe sich nur wichtig machen wollen. Gewohnheitsmäßig sah ich in den Geldschrank und fand gottlob alles in Ordnung. Auch das

Kuvert mit den hundert Tausendmarkscheinen lag noch unversehrt darin, genau, wie ich es hineingelegt hatte.

Völlig beruhigt schloß ich nach Beendigung der Geschäftsstunden meinen Geldschrank ab und begab mich nach Hause.

An diesem Tag also war Hanisch das letztemal im Geschäft. Am andern Morgen brachte mir ein anderer Buchhalter die Briefe zur Unterschrift.

Etwa zehn Tage vergingen, ohne daß das Geld, das nach meiner Ansicht immer noch wohlverwahrt in dem geschlossenen Kuvert im Geldschrank lag, von meinem Chef von mir zurückgefordert wurde. Die Zahlung, die damit getätigt werden sollte, hatte sich aus irgendeinem Grund verschoben.

Endlich erschien der Chef eines Morgens, begrüßte mich, wie immer, sehr freundlich und bat mich, ihm das Geld zurückzugeben, da er es heute auszahlen müsse. Ganz ruhig und ahnungslos ergriff ich das Kuvert und legte es vor meinen Chef auf den Tisch. Er nickte mir lachend zu und meinte:

»Der Ordnung halber wollen Sie das Kuvert aufmachen und mir die Scheine vorzählen.«

Ebenso lachend löste ich den Geschäftsstempel mit einem Brieföffner und schlitzte dann damit das Kuvert auf. Wir plauderten dabei von allen möglichen Dingen und ohne auf das Kuvert herabzusehen, nahm ich dessen Inhalt heraus. In diesem Augenblick wurde mir irgendwie bewußt, daß das, was ich aus dem Kuvert zog, seltsam weich war. Ich sah darauf nieder – und hatte ein Päckchen Zeitungspapier in der Hand.«

Heinz Mainau wurde bei diesem Bericht vor Erregung noch jetzt blaß und fahl. Marlies faßte erschrocken seine Hand.

»O Vater – armer lieber Vater!«

Er raffte sich auf und nickte ihr zu.

»Ja, Marlies, das sind Stunden, die vergißt man nie, die prägen sich in Hirn und Herz und schrecken einen aus den Träumen auf.

Kurzum, ich will dich nicht mit allem Drum und Dran quälen – trotz der Versicherung, daß ich nicht wisse, wie das wertlose Papier mit den Scheinen vertauscht worden sei, fand ich nur ein ungläubiges Achselzucken bei meinen Chefs.

Was galt mein bisher ehrenhaftes, untadeliges Leben – ich konnte ja einer Verirrung erlegen sein. Das einzige, was man mir zubilligte, war, daß man mir drei Tage Zeit gab, die verschwundenen hunderttausend Mark wieder herbeizuschaffen, widrigenfalls man gegen mich Anzeige erstatten und mich verhaften lassen würde. Man nahm wohl an, daß man so am ehesten das entwendete Geld wiederbekommen könnte, man glaubte es ja in meinem Besitz.

Ich war wie vor den Kopf geschlagen, ging wie im Traum nach Hause und berichtete alles meiner Frau. Sie war nicht weniger erschrocken als ich, glaubte nicht einen Moment an meine Schuld und riet mir, nur das Geld zunächst irgendwie zu verschaffen. Das Weitere würde sich dann schon finden. Sie war anbetungswürdig und sehr tapfer. Zuerst bot sie mir ihr kleines Kapital an, das ich aber vorläufig verschmähte. Es war mir klar, daß ich unbedingt das Geld herbeischaffen oder ins Gefängnis wandern müsse.

Ich ging im Geist alle Menschen durch, die mir helfen konnten, das Geld aufzutreiben. Aber – es gelang mir nicht, auch nur einen Pfennig zu erhalten, nachdem ich offen berichtet hatte, was geschehen war. Zwei Tage irrte ich erfolglos umher.

Alles, was ich selbst besaß, waren achttausend Mark. Damit konnte ich nichts anfangen. Ich zergrübelte mir den Kopf, wo das Geld geblieben sein könnte. Und da kam mir die Erinnerung an Gustav Hanisch. Er war zugegen gewesen, als ich das Geld nachzählte und – er hatte mich eilig zum Telephon gerufen. Ich dachte an den offenen Geldschrank und konnte mich plötzlich nicht mehr von dem Verdacht losmachen, daß der entlassene Buchhalter das Geld entwendet haben müsse. Wie er das fertiggebracht hatte, war mir unerklärlich – aber ich kam von dem Verdacht nicht los. Bei dem Hausmann des Geschäftes erkundigte ich mich telephonisch nach der Adresse des Hanisch, und als ich diese erhalten, suchte ich seine Wohnung auf. Ich fand dort nur seine Mutter mit verweinten Augen. Sie sagte mir, ihr Sohn sei schon seit zehn Tagen fort, er habe seine Stellung verloren und sei nun ins Ausland gereist, um zu versuchen, sich dort eine Existenz zu gründen.

›Ich weine mir noch die Augen aus dem Kopf, mein Herr, weil ich vielleicht meinen Sohn nicht mehr wiedersehen werde. Er hat mir sein letztes erspartes Geld, wohl an die hundert Mark, zurückgelassen, er war immer ein guter Sohn, und wenn er eine Stellung gefunden hat, wird er mehr schicken.‹

So erzählte sie mir weinend. Mein Verdacht wurde immer größer.

›Wohin ist er denn gereist? Ich hätte eine Stellung für ihn‹, log ich der armen Frau vor, weil ich hoffte, von ihr die Adresse ihres Sohnes auf diese Weise leichter zu erfahren. Sie konnte mir aber nichts anderes sagen, als daß er mit einem Schiff als Heizer über See fahren wolle, weil er kein Geld zur Überfahrt habe. Es sei ihr nur aufgefallen, daß er sich eine Landkarte von Australien sehr gründlich angesehen habe.

›Am Ende ist er gar so weit fort, und wer weiß, was ihm da alles widerfahren kann.‹

Und sie weinte wieder. Ich war mir bewußt, daß ich nun nichts mehr erfahren würde, aber als ich niedergedrückt nach Hause ging, sagte ich mir, daß man mich am nächsten Tag voraussichtlich verhaften würde. Dann saß ich fest und konnte der Spur nicht folgen, die ich entdeckt hatte. Ich wußte, es würde mir nichts helfen, den Verdacht auf Gustav Hanisch zu lenken. Er war sicher längst über alle Berge. Aber vielleicht gelang es mir, wenn ich in Freiheit blieb, ihn irgendwie zu erreichen.

Es setzte sich in meinem Kopf fest, er müsse das Geld entwendet haben. Wie er das so schnell fertiggebracht hatte, wußte ich nicht, hatte auch jetzt keine Zeit, darüber nachzudenken. Ich wollte um jeden Preis fliehen, damit ich nicht ins Gefängnis käme, sondern selbst meine Sache führen konnte.

Deine Mutter zog ich ins Vertrauen. Sie zeigte sich tapfer, obgleich ihr das Herz fast brechen wollte. Sie packte mir schnell die nötigsten Sachen ein, ich nahm meine achttausend Mark zu mir, deine Mutter verfügte für euch über ihr kleines Vermögen, das ihr niemand nehmen konnte.

Heimlich, wie ein Dieb, schlich ich mich davon, und es war fast ein Wunder, daß ich unangehalten entkam. Ich fuhr nach Bremerhaven und erfuhr, daß vor zehn Tagen ein Dampfer nach Australien abgegangen sei. Eine Einsicht in die Schiffsliste ergab, daß ein Gustav Hanisch als Zwischendeckpassagier mitgereist war.

Nun hatte ich ein Ziel. Gustav Hanisch war nach Melbourne eingetragen. Ich erkundigte mich nach dem nächsten Dampfer – der lag gerade abfahrbereit im Hafen. Zum Glück besaß ich einen Auslandspaß, weil ich für die Firma zuweilen ins Ausland reisen mußte. Ich gab als Ziel Sydney in Australien an, obwohl auch ich nur bis Melbourne fahren wollte. Aber ich sagte mir, man würde mich vielleicht verfolgen und in Sydney meine Auslieferung beantragen. Auch ich reiste nur Zwischendeck, denn ich mußte so viel wie möglich mit meinen Mitteln haushalten. Sollte man mich trotz meiner Sicherheitsmaßregeln verhaften, wollte ich erst dann den Verdacht auf Hanisch lenken.«

Erschöpft mußte Mainau eine Weile schweigen. Alles, was er erlitten hatte, drohte ihm erneut die Fassung zu rauben. Marlies streichelte seine Hand, sah ihn mit feuchten Augen an und sagte wieder: »Mein armer, armer Vater!«

Er legte ihre Hand zärtlich an seine Wange, trank wieder einige Schlucke Tee und fragte besorgt:

»Hast du noch Zeit?«

Sie sah nach der Uhr und nickte.

»Ich muß wissen, wie du endlich dein Ziel erreicht hast, Vater.«

Er hatte sich eine Zigarette angebrannt und tat einige Züge daraus. Dann berichtete er weiter.

»Ich will dir jetzt nicht meine verschiedenen Irrfahrten ausführlich erzählen, das kann später einmal geschehen. Genug – als ich in Melbourne ausstieg, erfuhr ich, daß Hanisch schon eine Station früher an Land gegangen sei. Da ging auch ich zurück, bis zu der Station und forschte von nun an nach Hanisch. Wie ich später erfuhr, hatte er einen falschen Namen angenommen und war in das Innere des Landes gegangen. Wo sollte ich ihn nun suchen?

Aber die Gewißheit, daß er das Geld entwendete hatte, wurde immer fester in mir. Zum Glück wurde ich nirgends aufgehalten, man hatte mich vielleicht nur in Sydney gesucht. Laß mich dir nicht beschreiben, wie ich jahrelang der Spur von Hanisch folgte. Nirgends konnte ich ihn erreichen. Jahrelang trieb ich mich in Australien umher, hatte mir ebenfalls falsche Papiere besorgt und ging allen erdenklichen Spuren nach, ohne jedoch die richtige zu finden. Zwischendurch mußte ich mir immer erst wieder Geld verdienen, um weiter suchen zu können.

Was habe ich in diesen qualvollen Jahren nicht alles getan, um mein Ziel zu erreichen, das mir anscheinend immer ferner gerückt wurde. In einer deutschen Zeitung las ich dann die Todesanzeige deiner Mutter, und das warf mich auf ein langes Krankenlager. Ich war völlig vernichtet und wollte ebenfalls sterben.

Da kam mir der Gedanke an dich. Ich hatte gerade wieder eine größere Summe als Goldgräber verdient und konnte mir nun wenigstens durch ein Detektivbüro Nachricht über dich beschaffen. Ich hatte in all der Zeit nicht gewagt, deiner Mutter Nachricht zu senden, weil ich für sie Unannehmlichkeiten fürchtete.

Durch die Auskunftei konnte ich dann erfahren, daß du in Mattenheim in Oberbayern Aufnahme gefunden habest. Da wußte ich dich wenigstens in guter Hut. Der Besitzer der Auskunftei, dem ich einiges von meinem Schicksal erzählte, bot mir an, bei ihm einzutreten. Ich hatte ihm erzählt, wie ich mich wie ein Spürhund auf die Spur von Hanisch gesetzt hatte, und er fand Gefallen an mir. Ich nahm sein Anerbieten schon deshalb an, weil ich hoffen konnte, bei dieser Tätigkeit einmal auf Hanisch zu stoßen. Zuweilen fand ich eine flüchtige Spur, aber ehe ich ihr weiter nachgehen konnte, war sie wieder verwischt. Nur soviel erfuhr ich, daß ein Mann nach meiner Beschreibung – Hanisch hatte nämlich an seiner linken Gesichtshälfte eine lange tiefe Narbe – in die Golddistrikte gegangen sei und von einer der Goldgräberstätten nach der andern einen schwunghaften Handel treibe. Er sollte viel Geld verdienen.

So zog ich in all den in Frage kommenden Distrikten umher, durchsuchte ganz Australien, ohne ihn zu finden. Einige Male warfen die Strapazen mich aufs Krankenlager, und zuweilen stand ich dicht vor dem Tod. Aber mit zäher Energie biß ich mich immer wieder durch, mit dem Ziel vor Augen, daß ich für mein einziges Kind meinen Namen reinwaschen wollte.

Jahre gingen darüber hin, und als ob mich das Schicksal für allen Kummer entschädigen wollte, verdiente ich viel Geld. Ich hatte schon ein recht nettes Konto bei einer australischen Bank, das ich dir vererben wollte. Es war kein märchenhafter Reichtum, aber schon hätte ich die hunderttausend Mark selbst zurückzahlen können. Das wollte ich aber nicht, da ich sie nicht entwendet hatte. Ich wollte nur meinen Namen wieder reinwaschen.

Fast neun Jahre verfolgte ich mit zäher Energie dieses Ziel – und ganz plötzlich sollte ich ihm dann ein gutes Stück näher kommen. Meine Auskunftei hatte mich wieder einmal in einem schwierigen Fall nach dem nördlichen Australien geschickt, wo ich einen Raubmörder suchen sollte. Die Witwe des Ermordeten setzte eine hohe Belohnung dafür aus, damit der Mörder ihres Gatten seine Strafe erhielt.

Mein Chef betraute mich mit der Aufgabe, weil ich verschiedentlich mit sehr gutem Erfolg gearbeitet hatte. Das Leben eines Detektivs ist immer gefährdet, dieser Auftrag war aber besonders gefährlich. Doch ich war sehr darauf aus, meiner Tochter wieder eine schöne, runde Summe zu ihrem Erbe zuschreiben zu können. Auch reizte mich die Gefahr. Genug, ich nahm den Auftrag an, und nach etwa sechs Wochen konnte ich den Raubmörder, einen widerlichen Burschen, ausliefern. Ich hatte meinen Auftrag erledigt, hatte den Raubmörder der Polizei einer kleinen Stadt übergeben und sehnte mich nach Ruhe, nach einem reinlichen Bett, das ich wochenlang entbehrt hatte, und nach einer anständigen, kräftigen Mahlzeit. Ich sah schrecklich verwildert aus, das Leben im Busch bringt das so mit sich, und sicherlich hätte niemand in mir den ehemaligen Geschäftsbeamten eines großen Handelshauses erkannt. Ich sah über den Marktplatz hinüber ein sehr hübsches, anständiges Gasthaus liegen und nahm an, daß ich hier gut aufgehoben sein würde.

Als ich die Gaststube betrat, sah ich an einem der hinteren Tische einen Mann lehnen, der wohl der Besitzer des anscheinend sehr einträglichen Geschäftes war. Er wandte sich zu mir herum und gab einem Kellner Weisung, mich nach meinem Begehr zu fragen. Ich hatte mich niedergesetzt, aber als ich das Gesicht des Wirtes sah, zuckte ich wie unter einem Peitschenschlag zusammen.

Der Mann da vor mir war, wenn mich nicht alle meine Sinne täuschten, Gustav Hanisch. Er führte zwar einen andern Namen und war bedeutend stärker und behäbiger geworden – aber ich erkannte ihn dennoch, sah auch die Narbe auf der linken Gesichtsseite. Er erkannte mich nicht, und ich war sehr froh, daß ich so verwildert aussah. Anscheinend betrachtete er mich ein wenig mißtrauisch, vielleicht war er bange, ob ich meine Zeche bezahlen könnte. Der Kellner brachte mir Speise und Trank, und ich zwang mich, alles möglichst ruhig zu verzehren. Ich fragte, nachdem ich mit einem großen Geldstück bezahlt hatte, ob ich ein gutes, sauberes Zimmer bekommen könnte. Jetzt kam der Wirt näher heran, der Kellner hatte ihn wohl von meiner Zahlungsfähigkeit verständigt. Er verbeugte sich – und an der Art seiner Verbeugung erkannte ich meinen früheren Untergebenen abermals.

›Es sind noch zwei Zimmer frei, mein Herr, eines im ersten, eines im zweiten Stock.‹

Dann nannte er die Preise, und ich entschloß mich für das im ersten Stock, weil es das teuerste war und ich ihn sicher machen wollte. Mein Vollbart, der mir in diesen Tagen fast bis in die Augen hinauf gewachsen war, machte mich völlig unkenntlich, und wie hätte Hanisch auch auf den Gedanken kommen sollen, daß Heinz Mainau, sein früherer Vorgesetzter, ihm hier gegenübersäße.

Es erschienen dann noch mehrere Gäste, und ich überlegte mir, als ich merkte, wie Hanisch von allen Seiten vertraulich begrüßt wurde, daß ich mich erst einmal gründlich ausschlafen wollte. Ich war zu müde, um einen vernünftigen Gedanken fassen zu können.

Daß Gustav Hanisch hier Albert Breuer hieß, hatte ich schnell ermittelt, und ich war überzeugt, daß er sich ganz sicher fühlte. Wie er in diese Stadt und zu diesem Gasthaus gekommen war, das, nach meiner ungefähren Schätzung gut seine zehntausend Pfund wert war, wußte ich nicht, aber ich hatte verschiedentlich gehört, daß er überall gute Geschäfte gemacht habe, immer unter dem Namen Albert Breuer. Unter diesem suchte ich ihn schon viele Jahre – und hier lief ich, ohne jede andere Absicht als die, mich auszuruhen, geradewegs in sein Haus.

Als ich mich erschöpft auf mein Zimmer zurückzog, sah ich noch, daß eine hübsche Frau, Mitte der Dreißig, zu ihm herantrat und etwas mit ihm besprach. Es war seine Frau. Sie führte mich selbst in mein Zimmer und sagte lachend:

›Sie sehen furchtbar müde aus, Herr.‹

Ich nickte ihr zu.

›Das bin ich auch!‹

Dann war ich allein. Ich säuberte mich, so gut es ging, kleidete mich aus, warf ich mich auf mein Lager und schlief fast achtzehn Stunden, ohne aufzuwachen. Es war heller Tag, als ich endlich wieder zu mir kam.

Sogleich fiel mir ein, wen ich gestern endlich gefunden hatte. Nachdem ich mir darüber klar war, sprang ich aus dem Bett. Ich fühlte mich durch den langen Schlaf wunderbar gestärkt, gar nicht, als hätte ich wochenlange Strapazen hinter mir. Ich ließ mir das Frühstück auf das Zimmer kommen. Gestern sehnte ich mich nach dem Augenblick, wo ich mir meinen wilden Bart abnehmen lassen konnte, heute sagte ich mir, daß ich ihn noch sehr nötig gebrauchte, um für Hanisch unkenntlich zu bleiben. Zuerst suchte ich nun das Polizeiamt auf und erkundigte mich nach dem Gasthofbesitzer Albert Breuer. Ich hörte dort, daß er seit fast drei Jahren hier in der Stadt sei und den großen Gasthof gekauft habe, und zwar für zehntausend Pfund. Außerdem habe er noch ein Kapital in der gleichen Höhe auf der Bank liegen. Es hieß, er habe in den Goldfeldern Glück gehabt und sich nun hier zur Ruhe gesetzt. Gleich nach seinem Auftauchen in der Stadt habe er geheiratet, und die Ehe wurde mir als eine glückliche bezeichnet. Hanisch genoß als Albert Breuer ein gutes Ansehen, und sein Geschäft ging außerordentlich gut.

Da ich am Tag vorher den gefürchteten Raubmörder eingeliefert hatte, wurde mir bereitwillig jede gewünschte Auskunft erteilt, aber man fragte mich, warum ich ein besonderes Interesse an Breuer nähme. Da erklärte ich, daß ich in ihm einen Landsmann vermute und daß ich einige Zeit in seinem Gasthof zu wohnen gedächte, um mich ein wenig zu erholen, ehe ich an neue Aufgaben ginge. Damit gab man sich zufrieden. Man bestätigte mir, was ich längst wußte, daß Breuer ein Deutscher von Geburt sei.

Befriedigt von dieser Auskunft, ging ich wieder zum Gasthof zurück und setzte mich in das große Gastzimmer, das zu dieser Zeit leer war. Nur der Besitzer des Gasthofes saß behaglich bei einem anscheinend sehr guten Frühstück am Fenster und begrüßte mich freundlich.

›Sie haben mit der Ergreifung des Raubmörders ein gutes Stück Arbeit geleistet. Habe ich recht, wenn ich annehme, daß Sie ein Deutscher sind?‹

Ich hatte mir schon einen ganz bestimmten Plan gemacht, wie ich ihn fangen könnte, und bestätigte ihm ruhig, daß seine Vermutung richtig sei, nannte ihm auch den von mir in Australien angenommenen Namen. Darauf antwortete er mir:

›Es ist seltsam, man spürt es doch gleich, wenn man einen Landsmann vor sich hat. So gescheit wie Sie ist ja auch nur ein Deutscher.‹

›Es gibt auch sehr gescheite Leute anderer Nationen, das kommt wohl nur auf den nötigen persönlichen Scharfsinn an.‹

›Mag sein. Sie sind jedenfalls sehr scharfsinnig.‹

Ich richtete mich auf, schob meinen Teller von mir und sah ihn lange und scharf an.

›Das bin ich – ich sehe durch die Menschen hindurch, als seien sie von Glas.‹

Er lachte ein wenig gezwungen.

›Das ist doch wohl ein bißchen viel behauptet. Jeden Menschen können Sie doch nicht durchschauen.‹

›Aber die meisten. Sie zum Beispiel könnten mir keine Rätsel aufgeben.‹

Er wurde unruhig und sah sich unbehaglich um. Dann sagte er, sich zur Ruhe zwingend:

›Sie sind ein Spaßvogel!‹

›Mir ist das vollständig ernst, Herr Breuer – ich könnte Ihnen manches über Sie sagen, nachdem ich Sie einmal scharf angesehen habe.‹

Wieder zwang er sich zum Lachen. Dann richtete er sich, anscheinend zu einem Scherz bereit, auf und sagte aufmunternd:

›Na, dann schießen Sie mal los!‹

›Wo haben Sie die hunderttausend Mark mit dem Kuvert hingetan, Gustav Hanisch?‹

Wie verstört sank er einen Augenblick in den Sessel zurück, richtete sich dann aber, blaß bis in die Lippen, hoch auf und wollte seine Waffe ziehen. Da lag aber schon meine Waffe im Anschlag.

›Stillgesessen, keine Hand gerührt, sonst schieße ich Sie nieder!‹

Er sah, daß er nicht dazu kommen würde, seine Waffe zu ziehen, zwang sich zur Ruhe und lehnte sich gleichsam belustigt zurück.

›Sie sind wirklich ein toller Spaßvogel. Aber was Sie sagen, verstehe ich nicht.‹

›Doch, Sie verstehen mich ganz genau, und wenn Sie nicht wollen, daß ich hier Lärm schlage und Sie sofort verhaften lasse, dann verhalten Sie sich still und beantworten Sie meine Fragen. Also, wo haben Sie das Kuvert mit den hunderttausend Mark gelassen, das Sie aus dem Geldschrank Ihres Vorgesetzten entwendeten?‹

Ich hatte mir im Lauf der Jahre überlegt, daß die Entwendung des Geldes nur dadurch möglich geworden sei, daß er ein anderes Kuvert mit Papierschnitzeln gefüllt und es ebenso mit einer Geschäftsmarke zugeklebt hatte, wie ich das Kuvert mit den Tausendmarkscheinen. Zu etwas anderem hatte er nicht Zeit gehabt, solange ich telephonierte.

Bei meinen Worten wurde er kreidebleich und stotterte fassungslos:

›Das geht zu weit, Herr Detektiv, ich muß doch bitten – was faseln Sie da zusammen? Ich ersuche Sie, Ihre Waffe wegzustecken.‹

›Damit Sie einen unbequemen Zeugen aus dem Weg räumen können? Nein nein, mein Herr Hanisch, dazu habe ich Sie nicht fast zehn Jahre in diesem ganzen Erdteil gesucht. Endlich habe ich Sie gefunden. Wissen Sie, wer ich bin?‹

›Ich weiß überhaupt nichts, als daß Sie ein Verrückter sind, der sich irgend etwas in den Kopf gesetzt hat und mich hier dumm machen will.‹

›Trotzdem werde ich Ihnen sagen, Hanisch, wer ich bin. Ich bin ihr einstiger Vorgesetzter, sehen Sie mich nur einmal genauer an und denken Sie sich meinen wüsten Bart weg. Ich bin Heinz Mainau, den Sie durch ihren Schurkenstreich ins Unglück gebracht haben. Mir wurde in die Schuhe geschoben, was Sie getan hatten. Ich mußte fliehen, um dem Gefängnis zu entgehen. Ein Zufall lenkte meinen Verdacht auf Sie, ein schlaues Stückchen haben Sie sich geleistet. Ihr eigene Mutter verriet mir, ohne es zu ahnen, daß Sie nach Australien gegangen waren. Ich reiste sofort hinter Ihnen her – entdeckte in der Schiffsliste Ihren Namen und folgte Ihrer Spur. Zehn Jahre lang haben Sie mich hinter sich hergezogen, zehn Jahre suche ich Sie. Ihretwegen ist meine geliebte Frau vor Kummer und Herzeleid gestorben. Ihretwegen ist mein Kind allein und verlassen in der Welt und auf die Mildtätigkeit von Verwandten angewiesen! Ihretwegen muß ich wie ein Verbannter in der Fremde laufen. Ihretwegen bin ich Detektiv geworden und habe zehn Jahre darauf gehofft, Sie endlich zu finden. Und nun habe ich Sie, Hanisch, und lasse Sie nicht eher wieder los, bis Sie mir das Geld für meine Firma zurückgezahlt, bis Sie mir eine notariell beglaubigte Erklärung geschrieben haben, daß Sie es waren, der das Geld entwendete und wie Sie es getan haben!‹

›Sie – Sie müssen sich irren, was wollen Sie nur – ich heiße Breuer und nicht Hanisch.‹

›Und die Narbe auf Ihrer linken Gesichtsseite? Die ist Ihr Verräter, Hanisch, an der habe ich Sie sofort erkannt. Zehn Jahre bin ich hinter Ihnen her. Jetzt, da ich Sie endlich habe, lasse ich Sie nicht mehr los. Entweder, Sie gestehen alles – oder ich liefere Sie aus.‹

Er wurde störrisch.

›Dann müssen Sie doch zugeben, daß auch Sie unter einem falschen Namen hier weilen.‹

›Das ist mir einerlei. Mit Vergnügen werde ich mich mit Ihnen zusammen festnehmen lassen – jetzt kann ich ja meine Unschuld beweisen.‹

›Wie denn? Wenn ich nun nicht gestehe?‹

›Ah – jetzt haben Sie sich schon verraten. Wenn Sie nicht freiwillig gestehen, dann wird man Sie dazu zwingen. Ich will Ihnen eine Brücke bauen, Ihrer Frau wegen will ich tun, was ich kann, um Sie vor dem Schlimmsten zu bewahren. Ich werde Ihnen einen Notar bringen, der Ihre Sache im geheimen aufnimmt und Sie nicht anzeigt, sofern Sie die gestohlenen hunderttausend Mark zurückzahlen. Vielleicht läßt sich Ihr Verbrechen auch vor Ihrer Frau geheimhalten, damit sie nicht bitteres Leid erfahren muß. Verstehen Sie mich doch, ich will nichts, als meine Ehre wiederhaben und das gestohlene Geld, das Sie jetzt sehr wohl entbehren können, zurückgezahlt wissen. Jetzt überlegen Sie, ich gebe Ihnen drei Tage Bedenkzeit. Aber ich werde Sie währenddessen scharf beobachten, werde Sie nicht aus den Augen lassen. Glauben Sie nicht, daß es Ihnen etwas hilft, wenn Sie mich heimlich umbringen – meine Anklage gegen Sie liegt bereits bei der Polizeibehörde. Wenn ich sterbe, wird sie geöffnet. Sie gewinnen also nichts, wenn Sie mich ermorden.‹

Er fuhr auf.

›Ich habe noch nie einen Menschen umgebracht!‹

›Um so besser für Sie. Jetzt entscheiden Sie sich – ich warte.‹

Damit war unser Gespräch für diesmal zu Ende. Aber es dauerte noch lange Zeit, bis ich ihn so weit hatte, wie ich ihn haben wollte. Wochen vergingen, in denen er mir immer wieder versprach, alles zu bekennen, nur müsse ich ihm Zeit lassen. Der unschuldigen Frau wegen wollte ich ihn schonen. Und endlich hatte ich ihn soweit. Der mir bekannte Notar versprach, die Sache geheimzuhalten, solange Breuer sich eines einwandfreien Lebens befleißigte. Er setzte eigenhändig die Erklärung des Geständnisses von Hanisch auf, und dieser mußte es unterschreiben. Die hunderttausend Mark hat Hanisch mir ausgefolgt, und wenn ich sie dem rechtmäßigen Eigentümer zurückgezahlt habe, werde ich die Quittung an den Notar einsenden, der sie Hanisch übergeben wird. Obgleich ich durch seine Schuld schwer gelitten habe und sie deiner Mutter das Leben gekostet hat, war es mir lieb, daß ich ihn nicht auszuliefern brauchte. Schließlich habe ich ihm sogar versprochen, mich hier in Berlin nach seiner Mutter zu erkundigen, ob sie noch lebt und wie es ihr geht. Das habe ich bereits getan – sie lebt noch und beweinte ihren Sohn schon als Toten. Wie glücklich sie war, als ich ihr Kunde von ihm brachte, kannst du dir kaum denken. Hanisch wird ihr auf meine Benachrichtigung hin einen monatlichen Geldbetrag senden, damit sie sorglos in ihren bescheidenen Verhältnissen leben kann. So, mein Kind, nun weißt du in großen Umrissen alles, was du wissen mußt.«

Marlies beugte sich ergriffen über des Vaters Hand und küßte sie.

»Wie gut und edel hast du gehandelt, mein geliebter Vater.«

»Davon mache kein Aufhebens, Marlies – Hanisch war schließlich kein schlechter Mensch, sondern nur ein schwacher. Und es hätte keinen Zweck gehabt und niemandem genützt, wenn ich ihn aus seiner gesicherten Lage herausgerissen hätte. Es wäre nur noch eine unglückliche Frau vernichtet worden. Siehst du das ein?«

»Ja, Vater. Und Mutter wäre auch nicht wieder vom Tod auferstanden. Nun will ich dir nur wünschen, daß auch bei deinem ehemaligen Chef alles gutgeht und du vollends dieser Last ledig wirst. Du bleibst doch dann bei uns in Deutschland?«

»Ja, mein Kind, lange genug habe ich die Heimat schmerzlich entbehrt. Erst, wenn man sich ihr fernhalten muß, lernt man sie richtig lieben und schätzen. Ich habe mir immerhin ein Vermögen von fast zweihunderttausend Mark erspart und kann bei meinen bescheidenen Ansprüchen von dessen Zinsen sorglos leben. Das Kapital kann ich dann bei meinem Tod dir hinterlassen.«

»Sprich nicht von deinem Tod, Vater, du wirst mir hoffentlich noch recht lange erhalten bleiben. Was willst du nun zunächst beginnen, wenn du erst mit deinem ehemaligen Chef im klaren bist und deine Ehre vor der Öffentlichkeit wiederhergestellt ist?«

»Das wird an dir und deinem Mann liegen. Wir sprechen darüber, sobald alles geordnet ist und ich frei und offen zu euch kommen kann. Damit du nicht mehr in Verlegenheiten kommst deinem Mann gegenüber, werden wir uns nicht mehr sehen und sprechen, bis ich dich aufsuchen und mit deinem Mann reden kann. Aber ich sage dir noch einmal – wenn es deiner Ruhe und deines Friedens wegen nötig wird, daß dein Mann schon jetzt von meiner Existenz hört, so entbinde ich dich deiner Schweigepflicht. Sage ihm dann alles, was er wissen muß, damit er seinen Frieden wiederfindet und nicht an dir irre zu werden braucht. Er darf nur vorläufig nicht weiter darüber sprechen.«

»Deswegen kannst du ganz ruhig sein, Vater. Lutz ist ein verständiger, guter Mensch – er gleicht dir sehr in seinen Ansichten. Ich glaube, ihr werdet euch mögen.«

Als sie beide auf die Straße traten, verabschiedeten sie sich, und Marlies umfaßte, von ihrem Gefühl hingerissen, den Hals ihres Vaters und küßte ihn zum Abschied. Dann lief sie schnell davon. Der Vater sah ihr nach, bis sie um die Ecke verschwunden war. Beide ahnten nicht, daß auf der gegenüberliegenden Seite ein junger Herr den Schritt verhielt, als er beide aus dem Café kommen sah. Mit weit aufgerissenen Augen sah er, wie Marlies den Herrn küßte und dann davoneilte. Er zuckte erschrocken zusammen, überquerte dann den Fahrweg und ging dicht an Heinz Mainau vorüber, der sich jetzt langsam zum Gehen wandte. Der junge Herr war Lutz Bergmann, der den ihm fremden Mann am liebsten niedergeschlagen hätte. Aber er bezwang sich mit aller Kraft. Jetzt mußte er erst nach Hause und Marlies zur Rechenschaft ziehen, mußte wissen, wer dieser Mann gewesen war, der jetzt in Gedanken verloren weiterging, ohne auf Lutz zu achten.

17

Dieser ging hastig weiter, seiner Wohnung zu. Er war auf dem Heimwege zufällig hier vorüber gekommen, ohne zu ahnen, was für eine Begegnung er haben würde. Mit zusammengezogener Stirn und fest aufeinandergebissenen Zähnen langte er einige Minuten später als Marlies zu Hause an. Sie hatte gerade abgelegt und kam aus ihrem Ankleidezimmer heraus. Als sie ihn stehen sah, kam sie nichtsahnend auf ihn zu.

»Ich bin auch eben erst heimgekommen, Lutz«, sagte sie ganz unbefangen und wollte ihm die Lippen zum Kuß bieten.

Er machte sich mit seinem Mantel zu schaffen und mußte sich mühen, seine Haltung nicht zu verlieren.

»Das weiß ich«, sagte er heiser.

Sie sah ihn beunruhigt an und merkte, daß es in seinem Gesicht heftig zuckte. Er wehrte sie ab, als sie ihn jetzt umfassen wollte. Schnell trat er in ein Zimmer, und sie folgte ihm betreten.

»Was ist dir, Lutz?«

Er strich sich über die Stirn, dann stieß er heiser hervor:

»Jetzt ertrage ich das nicht mehr, Marlies. Ich – ich sah dich eben mit einem fremden Herrn aus einer kleinen Konditorei treten, sah, daß du dich mit einem innigen Kuß von ihm verabschiedetest. Ich habe versucht, dir mein Vertrauen zu erhalten, obwohl mir in der letzten Zeit viel in deinem Wesen unerklärlich war. Weil du mir dein Wort gabst, daß du nichts Unrechtes tun würdest, habe ich dir mein Vertrauen nicht entzogen. Aber jetzt, Marlies – jetzt mußt du sprechen. Wer war der Mann, von dem so Abschied nahmst? Ich muß das unbedingt wissen – sonst werde ich wahnsinnig!«

Die letzten Worten stieß er wie einen Schrei hervor. Sie war blaß geworden. Gottlob, daß sie reden durfte, denn es mußte jetzt sein, wenn sie die Liebe und das Vertrauen ihres Gatten nicht verlieren wollte.

Sie erfaßte seine Hand, legte ihre Wange darauf und sagte innig:

»Mein armer Liebster – wie konnte ich ahnen, daß du Zeuge dieses Abschiedes geworden bist. Nun muß ich schon reden. Aber du wirst gleich wieder ganz ruhig sein und deine Marlies lieb und zärtlich wie früher in deine Arme nehmen. Liebster, ich weiß doch, daß du gelitten hast wie ich. Sieh mich doch an, schau mir in die Augen – kannst du glauben, daß deine Marlies einen Mann küßt, den sie nicht auch mit deiner Erlaubnis küssen dürfte? Gottlob, daß ich seit heute meiner Schweigepflicht entbunden bin, wie lange hätten wir uns sonst noch quälen müssen.«

»Wer war der Mann?« stieß er heiser hervor und sah sie mit weitoffenen Augen an. Sie sah beseligt, wie sehr sie geliebt wurde, und schmiegte sich an ihn.

»Es war – mein Vater, Lutz«, sagte sie leise.

Er zuckte zusammen und sank kraftlos in einen Sessel. Nun die drückende Last von ihm genommen war, verließ ihn die Haltung. Er hatte Marlies mit sich niedergerissen und nahm sie auf seinen Schoß, sie wie ein geliebtes Kind an sich drückend, als habe er Angst, sie könnte ihm dennoch genommen werden.

»Dein Vater? Marlies – guter Gott, dein Vater?«

Sie strich ihm zärtlich über die Stirn und küßte seine Augen.

»Ja, mein Lutz. Ich habe vor kurzer Zeit erst erfahren, daß mein Vater, den ich immer für tot hielt, noch am Leben ist.«

Und hastig berichtete sie ihm, wie sie den ersten Brief von ihrem Vater erhalten hatte und wie sehr sie in Sorge gewesen sei, daß er, Lutz, denken könnte, sie habe gewußt, daß ihr Vater noch lebe und warum er Deutschland verlassen habe.

Er hörte ihr zu, ohne sie zu unterbrechen; endlich sagte er leise und zärtlich:

»Meine arme Marlies! Ich wußte längst, daß dein Vater nur verschollen, sein Tod aber niemals bestätigt worden war und weshalb er ins Ausland ging.«

Sie barg den Kopf weinend an seiner Brust.

»Und – so lieb hattest du mich, daß es dir nichts ausmachte, daß mein Vater vielleicht ein Verbrecher sein könnte?«

Er küßte sie zärtlich.

»Noch viel, viel lieber, mein süßes Herz. Was ging mich dein Vater an? Dich wollte ich haben, dich liebte ich, dich mit deinem tapferen Herzen, mit deinen reinen, stolzen Augen – mit deinem Temperament, das dich kampfbereit mit Fruchtsoße gegen deine vermeintliche Nebenbuhlerin vorgehen ließ. Ach du süßes, wundervolles Geschöpf, was wäre aus mir geworden, wenn ich deine Liebe verloren hätte an einen andern Mann!«

Sie mußten sich erst einmal wieder recht von Herzen küssen und sich immer wieder sagen, wie lieb sie einander hatten.

Erst dann machte Marlies sich los, strich sich aufatmend das Haar aus der Stirn und sagte:

»Und das schönste, außer dem, daß ich dein Vertrauen nun wieder ganz besitze, ist, daß mein Vater gekommen ist, seine Unschuld zu beweisen. Es wird nur noch wenige Tage dauern, bis alles in Ordnung ist. Und ehe er nicht zu uns kommt, darfst du keinem Menschen verraten, daß er hier in Deutschland ist, weil – ach Lutz, das ist schrecklich, weil er steckbrieflich verfolgt worden ist. Es ist eine furchtbar traurige Geschichte, die ich dir zu erzählen habe, aber erst nach Tisch. Jetzt mußt du essen, damit du wieder Mut und Kraft bekommst. Nach Tisch erzähle ich dir alles, und versprich mir nur gleich, daß du schweigen wirst, bis Vater dir erlaubt, zu sprechen.«

»Du hast mein Wort, Marlies.«

»Und nun komm, in der Küche wird man schon warten auf das Zeichen zum Anrichten.«

Sie wollte sich erheben, aber er hielt sie noch fest.

»Warte noch – erst muß ich mir ganz deutlich machen, daß du nun wieder mir gehörst.«

Sie lachte mit feuchten Augen.

»Nie habe ich jemandem außer dir gehört, Lutz, und werde nie jemandem gehören. Mein lieber, armer Vater wird trotz allem nur das Gnadenbrot in meinem Herzen haben, so weit du es mir gestattest«, sagte sie halb lachend, halb weinend.

»Oh, gegen ihn werde ich großmütig sein, Marlies!«

Nach dem Essen, als sie bei einer Tasse Mokka zusammensaßen, berichtete Marlies, was ihr Vater ihr erzählt hatte. Lutz war ergriffen und bekundete große Teilnahme für ihren Vater.

»Wir müssen ihm helfen, alles das bald zu vergessen, Marlies.«

Sie faßte seine Hand und legte, wie so oft, ihre Wange darauf.

»Wie gut, daß du das aussprichst, Lutz; mein Vater wird ein wenig Liebe sehr nötig haben.«

»Er sieht im übrigen noch sehr jugendlich aus, das stellte ich fest, als ich die Straße überschritt, um auf ihn einzudringen. Wie gut, daß ich mich beherrschte und dich erst hören wollte.«

»Das war sehr gut. Er hat sicher nicht geahnt, daß du mein Mann bist. Aber nun muß ich eine Frage an dich richten. Du sagtest, daß du um meines Vaters Schicksal gewußt hast und daß du ihn nur für verschollen hieltest. Wer hat dir das gesagt?«

»Tante Albertine.Sie sagte es mir, schon ehe ich mich mit dir verlobte, weil sie es für ihre Pflicht hielt. Auch Tante Beate hat es gewußt. Sie wollten aber beide nicht, daß du dadurch beunruhigt würdest.«

»Wie gut von ihnen! Ich weiß nicht, ob ich sonst den Mut gefunden hätte, deine Werbung anzunehmen.«

»Ich fürchtete das gleiche, und es war ganz in meinem Sinn, daß wir dir alles verheimlichten. Wir wollten dich doch nur schonen.«

Sie hatten noch viel über diese Angelegenheit zu sprechen, und Lutz berichtete dann seiner Frau, daß er in der nächsten Woche einen Vortrag halten würde.

»Darf ich dabei sein, Lutz?« fragte Marlies.

»Selbstverständlich, ich kann mir gar nicht denken, daß du nicht dabei sein könntest.«

»Ich werde sehr stolz sein auf meinen Mann.«

»Und ich auf meine Frau.«

Marlies hatte es doch für besser gehalten, ihrem Vater ein kleines Briefchen in sein Hotel zu senden. Sie schrieb:

»Lieber teurer Vater!

Ich habe beichten müssen. Lutz hatte uns vor der Konditorei gesehen, als ich Dich zum Abschied küßte. Ganz außer sich kam er gleich nach mir nach Hause, und es würde ein Unglück gegeben haben, wenn ich länger geschwiegen hätte. Das muß ich Dir sagen. Er freut sich sehr, Dich bald kennenzulernen. Denke Dir, er hatte von Tante Albertine bereits alles über Dich erfahren und nahm an, Du seist verschollen. Ich sollte nichts von alledem wissen, weil sie glaubten, es könnte mich bedrücken. Du kannst daraus ersehen, wie sehr mein Mann mich liebt. Und er hat gesagt, wir müssen Dir helfen, alles Schlimme bald zu vergessen. Er ist einzig gut, mein Lutz. Hoffentlich sehen wir uns bald, lieber Vater. Ich erwarte voll Ungeduld deine Mitteilung, daß alles in Ordnung ist.

Einstweilen mit herzlichen Grüßen von uns beiden

Deine Kinder.«

Dieser Brief erfreute Heinz Mainau sehr. Er war nun beruhigt, daß Marlies keine Unannehmlichkeiten mehr haben würde, und konnte in Ruhe warten, bis er die Nachricht erhielt, daß sein ehemaliger Chef, der ihm damals das Geld in Verwahrung gegeben hatte, von seiner Reise zurück war. Noch an demselben Tag fragte er telephonisch im Geschäft an, ob der Chef zu sprechen sei. Man beorderte ihn auf elf Uhr. Da er sich unter dem Namen angemeldet hatte, den er sich in Australien zugelegt hatte, wurde er ohne jede Aufregung erwartet. Der Chef glaubte, er wollte ihm irgendeine Offerte machen oder ihm ein Geschäft vorschlagen. Ruhig stand er von seinem Schreibtisch auf, als Heinz Mainau eintrat.

»Was verschafft mir die Ehre, Herr – «

Er stockte und sah seinen Besucher sprachlos an. Obwohl Mainau sich sehr verändert hatte, erkannte der Chef ihn auf der Stelle. Man vergißt nicht so leicht einen Menschen, der einem hunderttausend Mark unterschlagen hat. Mainau merkte sofort, daß er erkannt war und sagte ruhig und gefaßt:

»Sie sehen schon recht, ich bin Heinz Mainau.«

»Das ist ja eine Frechheit, die – «

»Bitte, warten Sie einen Augenblick. Ich bin gekommen, um Ihnen die hunderttausend Mark wiederzubringen, die ich endlich dem wirklichen Dieb abnehmen konnte, nachdem ich ihn zehn Jahre lang gesucht und verfolgt habe.«

Der Chef zog sein Taschentuch hervor und wischte sich fassungslos seine Glatze.

»Was wollen Sie mir da sagen? Waren Sie denn nicht der Dieb?«

»Nein, ich war es nicht!«

»Aber warum sind Sie dann seinerzeit geflohen? Nach Australien, wie wir ermittelt hatten.«

»Weil Sie sonst Ihr Geld nicht wiederbekommen hätten, denn ich sagte mir, wenn ich mich ins Gefängnis einsperren ließe, würde der Dieb, auf den ich schon damals Verdacht hatte, ungehindert entkommen. Ich bin ihm bis Australien gefolgt, habe seine Spur dann verloren, habe sie immer einmal wieder auftauchen sehen und stand ihm dann plötzlich ganz unerwartet gegenüber.«

Kopfschüttelnd sah der Chef ihn an.

»Erlauben Sie – aber das klingt alles wie ein Märchen.«

»Ich kann es Ihnen nicht verdenken, daß Sie erst lernen müssen, an meine Worte zu glauben. Aber bitte, hier sind die hunderttausend Mark, freilich nicht in lauter Tausendmarkscheinen, aber genau auf den Pfennig. Sie haben nur den Zinsverlust zu tragen, ich war froh, daß ich wenigstens die runde Summe herausbekam. Die Zinsen wollte der Dieb nicht bezahlen. Immerhin war es mir wichtig, wenigstens die hunderttausend Mark zu bekommen.«

Fassungslos starrte der Chef auf das Geld, das Heinz Mainau ihm in Banknotenpäckchen aufzählte.

Jetzt fiel der Chef haltlos in seinen Sessel und forderte Heinz Mainau durch eine schwache Handbewegung auf, sich gleichfalls niederzulassen. Dieser tat es, und während der Chef das Geständnis von Hanisch durchlas, blieb er ganz still sitzen. Endlich legte der Chef das Schriftstück beiseite, sah Mainau mit einem schmerzlichen Blick an und sagte heiser:

»Und ich – wir alle haben Sie für den Täter gehalten und Sie verwünscht, weil uns der Verlust des Geldes selbstverständlich nicht gleichgültig sein konnte bei dem damals ohnehin schweren Geschäftsgang. Mein Kompagnon ist inzwischen verstorben. Wir haben schwere Zeiten durchgemacht, weil ich seine Erben auszahlen mußte. Und nun kommen mir die hunderttausend Mark sehr gelegen. Vielleicht sind sie imstande, die Firma vor dem Zusammenbruch zu retten. Darf ich Sie bitten, mir meinen Verdacht zu vergeben, und darf ich Ihnen dafür danken, daß Sie mir das Geld gerettet haben?«

Er reichte Mainau die Hand, die dieser ergriff. Sie sahen sich beide lange in die Augen, und der Chef sagte aufatmend:

»Nun erzählen Sie mir bitte ausführlich, wie das alles gekommen ist.«

Heinz Mainau berichtete ihm dasselbe, was er Marlies im Café erzählt hatte. Aufmerksam hörte der Chef zu, bis zum Schluß. Dann atmete er auf.

»Und nun wollen wir sofort beide zur Polizei fahren, damit auch dort Ihr Name von jedem Makel befreit werde. Ich freue mich herzlich für Sie, daß nun alles restlos zu Ihren Gunsten aufgeklärt worden ist.«

Heinz Mainau erhob sich zugleich mit ihm und war nur zu gern bereit, den Weg zur Polizeibehörde zu machen.

Dort wurden seine Personalien durchgesehen und die nötigen Eintragungen gemacht. Er mußte auch dort ausführlich seine Jagd nach Hanisch erzählen. Man wollte Hanisch noch nachträglich verfolgen, allein Heinz Mainau sagte ruhig und bestimmt:

»Ich habe ihm versprochen, seiner Frau wegen eine Verfolgung zu verhindern. Die ganze böse Sache hat schon meiner eigenen Frau das Leben gekostet, ich mag nicht, daß es noch ein zweites Opfer gibt. Sie erfahren von mir weder den jetzigen Namen von Hanisch noch dessen Wohnort. Eine Anklage liegt nicht gegen ihn vor, und mein ehemaliger Chef wird auch keine erheben. So wird die Sache, wie ich hoffe, erledigt sein.«

Das erreichte er denn auch. Eine amtliche Ehrenerklärung wurde in das Amtsblatt eingerückt, und damit war der Vorfall als erledigt zu betrachten.

Der über die Rückgabe des Geldes sehr erfreute Chef wollte Mainau zum Mittagessen einladen, dieser dankte aber, weil es ihn drängte, seine Tochter und deren Mann aufzusuchen. Jetzt konnte er es ja hocherhobenen Hauptes tun.

Sie schüttelten sich herzlich die Hand und trennten sich.

Heinz Mainau nahm eine Autotaxe und fuhr zu seinen Kindern.

18

Marlies und Lutz waren gerade fertig mit dem Mittagessen und saßen im Nebenzimmer bei einer Tasse Kaffee, als ihnen Heinz Mainau gemeldet wurde. Marlies sprang auf mit freudestrahlendem Gesicht, und auch Lutz erhob sich. Als Heinz Mainau eintrat, flog Marlies auf ihn zu.

»Vater – lieber Vater, ist nun alles wieder gut?«

Er streichelte ihr Haar.

»Gottlob, mein Kind, dein Vater ist kein Geächteter mehr!«

Sie zog ihn zu Lutz hin.

»Lutz – da ist mein Vater!«

Die beiden Herren sahen sich groß und ernst in die Augen, als müsse einer dem andern bis ins Herz hinein sehen. Dann streckten sie sich die Hände entgegen und drückten sich fest und warm.

»Ich freue mich, Sie endlich bei uns zu sehen, Herr Mainau – oder darf ich Vater zu Ihnen sagen?«

»Es wird mir lieb sein und ein Zeichen, daß ich wieder in den Kreis achtbarer Ehrenmänner aufgenommen bin. Schwer genug ist es mir geworden, lange Jahre mit dem drückenden Bewußtsein herumlaufen zu müssen, ein steckbrieflich als Verbrecher verfolgter Mensch zu sein.«

Marlies zog ihm einen bequemen Sessel heran und reichte ihm eine gefüllte Tasse, nachdem sie einige belegte Brote bestellt hatte, die bald gebracht wurden.

Tief aufatmend lehnte Mainau sich in den Sessel zurück.

»Ahnt ihr, meine Kinder, wie wohl mir zumute ist? Ich muß allerdings gestehen, daß ich auf der Polizei fast schlappgemacht hätte, nachdem mir die Beamten glückwünschend die Hände geschüttelt hatten, samt meinem ehemaligen Chef. Die Erfüllung einer jahrelang getragenen Sehnsucht ist ein wenig angreifend. So bei dir zu sitzen, meine Marlies, gaukelte mir meine Phantasie oft vor, ich glaubte dich allerdings in Mattenheim. Nun hast du an deines Mannes Seite schon ein eigenes schönes Heim – und ich darf bei euch sein und mich an diesem guten Kaffee laben. Es ist traumhaft schön – und – «

Er konnte nicht weiter reden, seine Augen füllten sich mit heißen Tränen, und er mußte tapfer schlucken, um die Fassung nicht zu verlieren. Marlies' Tränen liefen dafür ungehindert. Sie setzte sich auf die Lehne seines Sessels, umfaßte ihn liebevoll und küßte seine Wange.

»Lieber, lieber Vater – ab nun soll dein Leben ohne Angst und Sorge verlaufen.«

Lutz reichte seinem Schwiegervater die Hand und drückte sie warm.

»Wir wollen versuchen, Sie alles Schwere vergessen zu lassen.«

Eine Weile saßen sie schweigend, bis sie sich alle drei gefaßt hatten.

Solange man noch in Berlin blieb, streckte Mainau schon seine Fäden aus, um für seinen künftigen Beruf Vorbereitungen zu treffen. Er war nach einer kleinen Pension in der Nähe seiner Kinder übergesiedelt und besuchte sie jeden Tag. Marlies mußte, wenn man des Abends zusammensaß, den beiden Männern immer wieder ihre Lieder singen. Und es ließ sich schwer feststellen, ob sie ihrem Vater oder Lutz damit eine größere Freude machte.

Marlies hatte an Tante Albertine und Tante Beate über die glückliche Heimkehr ihres Vaters und dessen vollkommene Ehrenrettung geschrieben. Tante Albertine antwortete darauf mit einem sehr originellen Brief und verlangte ziemlich energisch, daß Mainau nach Mattenheim kommen möge, wenn auch sie dort anwesend sein würde.

»Ich muß mir doch diesen weitgereisten Mann ansehen und mit ihm Freundschaft schließen. Derartig interessante Momente kommen einem im Leben selten genug vor. Vorläufig grüße ihn mit verwandtschaftlicher Herzlichkeit, er wird sich hoffentlich meiner noch erinnern, aus der Zeit, wo ich noch nicht eine einsame alte Frau war. Ich freue mich für Dich, Marlies, daß Du Deinen Vater wieder hast und dich seiner Wiederkehr von Herzen freuen kannst. Wie gut, daß ich Lutz beizeite darüber aufklärte, daß wir nicht wußten, ob Dein Vater nur verschollen oder tot sei. Wie sieht er denn aus? Soweit ich mich erinnere, war er ein ansehnlicher Mann, als Deine Mutter sich mit ihm verheiratete. Aber alte Männer halten meist ebenso wenig, wie alte Frauen, was sie in der Jugend versprochen haben. Doch da fällt mir ein, gar so alt kann er noch nicht sein, noch nicht mal fünfzig. Da ist er, mit mir verglichen, ja ein Kind. Nun, wir werden uns trotzdem verstehen. Ich habe eine Vorliebe für alles Außergewöhnliche, und er hat in jedem Fall ein ganz außergewöhnliches Leben geführt. Wir werden uns also gewiß diesen Sommer in Mattenheim treffen. Euch erwarten wir auch dort, wenn Ihr auf der Durchreise nach Tegernsee seid. Glaube mir, Marlies, ich habe große Sehnsucht nach Euch, und mein gesamtes Stift ist mir sozusagen zuwider mitsamt seinen alten Dämchen, die nicht schöner anzusehen sind als ich selber – ich glaube, im Gegenteil.

Viele Grüße also an Deinen Vater und den geliebten Lutz, und Küßchen für Dich, meine liebe Marlies.

Deine alte Tante Albertine«

Lächelnd las Marlies diesen Brief ihrem Vater und Lutz vor. Ihnen wurde durch solche Briefe die originelle Tante Albertine greifbar nahegerückt. Und auch Lutz lachte vergnügt.

»Mach dich nur darauf gefaßt, Vater, daß du wie eine Zitrone ausgequetscht wirst; Tante Albertine wird dir nicht das kleinste Abenteuer schenken, und ich rate dir, ergib dich nur gleich ohne Widerstreben.«

Mainau lachte:

»Ich bin an Kummer gewöhnt«, scherzte er.

Marlies aber sagte bittend:

»Vergeßt nur nicht, daß sie einsam ist. Im Grunde meint sie es doch gut.«

»Keine Angst, Marlies, ich werde nicht vergessen, daß sie lieb und gut zu dir war in ihrer Art. Und Originale, finde ich, sind stets besser zu ertragen als Schablonenmenschen.«

So kam die Zeit der Abreise für das junge Ehepaar heran. Lutz nannte es ihre Hochzeitsreise, die sie jetzt nachholen wollten. Herzlich verabschiedeten sie sich von dem Vater, der einige Tage später nach Mattenheim fuhr. Marlies hatte ihn angemeldet.

In Mattenheim wurde er sehr herzlich empfangen. Tante Beate war durch Marlies über alles unterrichtet worden. Tante Albertine war auch schon eingetroffen und begrüßte Mainau in ihrer drolligen pomphaften Weise, die er geduldig über sich ergehen ließ.

Herbert von Mattenheim hatte inzwischen an der Arbeit wirklich Gefallen gefunden und sah viel wohler aus als früher, als er nur Berliner Nachtleben genoß. Er war auch entschieden liebenswerter geworden, und seit einiger Zeit ging er wieder auf Freiersfüßen. Die Tochter eines Münchener Großbrauereibesitzers, ein liebes und frisches Mädchen, hatte sein Herz gewonnen, und er das ihre. Der väterliche Segen sollte nächstens eingeholt werden. Die beiden jungen Menschen hatten sich in München kennengelernt in einer bekannten Familie, die Herbert auf einer Geschäftsreise nach München besuchte. Er hatte Grüße seiner Mutter überbringen sollen – und bei dieser

Gelegenheit Hanna Weiß kennengelernt. Sie sahen sich öfter und fanden immer mehr Gefallen aneinander. Diesmal würde Herbert nicht nach Geld freien, obgleich seine Braut durchaus kein armes Mädchen war.

Es sei im voraus gesagt, daß alle Pläne, die Lutz, seine Frau und sein Schwiegervater machten, im kommenden Jahr Verwirklichung fanden. Nicht immer ging alles glatt. Wer jemals selbst gebaut hat, wird das verstehen, und wer noch bauen will, wird es verstehen lernen. Aber in den ersten Tagen des nächsten Juli fand die Übersiedlung von Berlin nach Tegernsee statt. Inzwischen hatte Heinz Mainau schon einige einträgliche Fälle erledigt und konnte sich nun in seinem Blockhaus in Ruhe und Frieden einrichten, während Marlies und Lutz in ihrem schönen Haus das gleiche taten. Zur Einweihung des Hauses fehlte auch Tante Albertine nicht.

Marlies aber und ihr Lutz lebten sich schnell ein und fühlten sich in inniger Verbundenheit mit der schönen Natur über alle Begriffe glücklich und froh. Abends sang Marlies ihre Lieder, daß sie vom Berge her zum See hinunter schallten. Es war ein herrliches Leben für das junge Paar, denn die Liebe bürgte für ihr Glück.